N3日語

聽解實戰演練

模擬試題 8 回 +1 回題型重點攻略解析

作者 • 田中綾子 / 堀尾友紀 / 須永賢一 /
獨立行政法人國際交流基金 /
財團法人日本國際教育支援協會

譯者 • 黃彥儒 / 黃曼殊
審訂 • 田中綾子

MP3
寂天雲 APP

如何下載 MP3 音檔

❶ 寂天雲 APP 聆聽：掃描書上 QR Code 下載「寂天雲－英日語學習隨身聽」APP。加入會員後，用 APP 內建掃描器再次掃描書上 QR Code，即可使用 APP 聆聽音檔。

❷ 官網下載音檔：請上「寂天閱讀網」（www.icosmos.com.tw），註冊會員／登入後，搜尋本書，進入本書頁面，點選「MP3 下載」下載音檔，存於電腦等其他播放器聆聽使用。

國家圖書館出版品預行編目（CIP）資料

N3 日語聽解實戰演練：模擬試題 8 回 +1 回題型重點攻略解析（寂天雲隨身聽 APP 版）/ 田中綾子, 堀尾友紀, 須永賢一, 獨立行政法人國際交流基金, 財團法人日本國際教育支援協會著；黃彥儒, 黃曼殊譯. -- 初版. -- 臺北市：寂天文化事業股份有限公司, 2024.02
面； 公分
ISBN 978-626-300-239-5 (16K)
1.CST: 日語 2.CST: 能力測驗
803.189　　113000913

N3 日語聽解實戰演練：
模擬試題 8 回 +1 回題型重點攻略解析

作者	田中綾子／堀尾友紀／須永賢一／獨立行政法人國際交流基金／財團法人日本國際教育支援協會
試題解析作者	游凱翔
譯者	黃彥儒／黃曼殊
審訂	田中綾子
編輯	黃月良
校對	洪玉樹
內文排版	謝青秀
製程管理	洪巧玲
發行人	黃朝萍
出版者	寂天文化事業股份有限公司
電話	(02) 2365-9739
傳真	(02) 2365-9835
網址	www.icosmos.com.tw
讀者服務	onlineservice@icosmos.com.tw

＊本書原書名為《速攻日檢 N3 聽解：考題解析＋模擬試題》

出版日期　2024 年 2 月　　初版一刷（寂天雲隨身聽 APP 版）
郵撥帳號　1998-6200　寂天文化事業股份有限公司

訂書金額未滿 1000 元，請外加運費 100 元。
〔若有破損，請寄回更換，謝謝。〕

目　録

前言

日檢的聽解測試目標著重在於測試應試者「進行某情境的溝通能力」，測試應試者是否能在現實生活中活用日文的題型。N3 聽解考題分五大題，分別是**「（一）課題理解、（二）重點理解、（三）概要理解、（四）發話表現及（五）即時應答」**，比 N4、N5 多了一項「**概要理解**」考題。總題數約 28 題，考試時間 40 分鐘，總分 60 分。也就是說，是否能掌握聽解分數，成為是否能通過新日檢的重要關鍵。

本書針對新日檢考試變化，量身設計了二大部分，讓考生能在短時間內有效率地做好聽解準備。

【Part 1】題型重點攻略＆詳細試題解析（一回）

▶ **題型重點攻略**：以「**試題型式、題型特色、解題技巧**」三個角度，澈底分析 N3 聽解各項考題。讀者可以藉此了解考題型態、目前的出題趨勢，以及應考注意事項等等。

▶ **詳細試題解析（一回）**：一回合的試題解析中包含詳細的用語、文法、字彙說明，以及題意解析、中文翻譯。試題解析有助於考生精確掌握命題方向並迅速抓到考題重點、關鍵字句，藉此找到有系統的出題規律。

【Part 2】聽解考題的模擬試題

▶ **多回模擬題**：分別收錄「**課題理解**」8 回、「**重點理解**」8 回、「**概要理解**」10 回、「**發話表現**」8 回、「**即時應答**」8 回。反覆練習模擬試題，能提升臨場應試能力，降低出錯率，達到在有限的時間內，獲取最高的成效！

▶ **參考考古題**：分析參考聽解考古題撰寫成本書的模擬試題內容。利用考古題為導引，掌握 N3 聽解的重點情境、試題用語、出題頻繁的重點。

聽解項目型態說明

以下具體地說明 N3 的聽解項目。

N3 聽解問題大致分為兩大類形態：

第一種形態：「是否能理解內容」的題目。

N3 聽解中的「問題 1」、「問題 2」、「問題 3」屬於此形態。

▶ **「問題 1」的「課題理解」**

應考者必須聽取某情境的會話或說明文，然後再**判斷接下來要採取的行動，或是理解其重點**，繼而從答案選項中選出答案。例如「会社で、男の人と女の人がセミナーについて話しています。女の人は、このあと、まず何をしますか？」等，應考者根據考題資訊做出判斷。

▶ **「問題 2」的「重點理解」**

聽者必須**縮小情報資訊範圍，聽取前後連貫**的日文後判斷出**原因理由、特定關鍵重點**等等內容。例如「男の人は水族館へ行って、どんなところがよかったと言っていますか。」、「男の人はどうして昨日大家に注意されましたか。昨日です。」等等。這項考題的技巧是需要能聽取關鍵資訊。

▶ **「問題 3」的「概要理解」**

這項考題是升上 N3 級數後新增的，N4、N5 並無此考項。本項考題中常見針對某主題的完整發話，應考者聽完後必須**從中理解說話者的主張、想法，或是會話重點為何**，每題文字長度約 200 ～ 250 字左右。

例如兩人的對話裡，其中「友達のうちへ来た本当の理由は何か」，或是電視主播針對「左撇子」為關鍵字的內容進行說明，讀者必須理解「アナウンサーは主に何について話していますか」等等。

第二種形態：是「是否能即時反應」的題目。

N3 聽解中的「問題4」、「問題5」屬於此形態。第二類的考題測試的是「是否具有實際溝通的必要聽解能力」，所以考題是設定在接近現實的情境，可說是最具新日檢特徵的考題。

▶「問題 4 」的「發話表現」

測試應考者是否能**立即判斷在某場合或狀況下，要說什麼適合的發話**。應考者必須根據試題紙上印出的插畫及考試當下播放的題目說明文，綜合判斷之後選擇適合該情境的說法。例如「会場は人がいっぱいで、座れるかどうかわかりません。係の人に、何と言いますか。」，考生必須從3個選項中選出正確答案。

▶**問題 5 的「即時應答」**

測試應試者是否能**判斷要如何回應對方的發話**。例如，如果對方問道「試験勉強、あまりやってないんだ。今から頑張らなきゃ」這表示發話者希望對方鼓勵自己。另外，像是如果對方問「今日の授業って、どこから？」是考生必須根據線索判斷，問的是上課的內容範圍，還是問上課的場所或時間。

合格攻略密技

常有人問道，日檢的聽解要怎麼準備？

大家都知道，要參加考試的話，最基本的當然是具備符合該程度的字彙量以及文法知識。但是針對日檢聽解項目，具體來說應該怎麼做準備呢？

基本語感訓練：聽力的項目尤其需要語感的培養，所以長期來說自行找自己興趣的角度切入學習日文是最佳方法。無論是網路上隨手可得的線上新聞、YouTube 影片，或是動漫、日文歌曲，還有教科書裡附的聽力練習等等，都可以達到不錯的效果。重點在於接觸的頻率要高，常常聽才能培養出自然天成的日文耳。

熟悉題型：如果你時間有限，那麼反覆做模擬題是迅速累積實力的捷徑。各題型的重點相距甚遠，因此請務必一一練習。藉由大量的模擬題練習可以熟悉題型，同時縮短應試時需要反應時間。

其中最大的效果是可以快速地強迫文法、字彙、聽力三者合而為一，讓原本看得懂但是傳入耳中陌生的字彙，以及使用不順的文法，在不斷的練習中順利融會貫通，效果就會反應在成績上。

重度聽力訓練：最重度的訓練，要反覆聆聽音檔，直到聆聽當下，可以馬上反應出其意思為止。訓練要依下面的步驟進行：

Step1 不看文字直接聆聽，找出無法聽懂的地方。

Step2 閱讀聽力的「スクリプト」文字內容，尤其加強 Step1 聽不懂的地方。

Step3 再次聆聽音檔——這步驟中不可以看文字。**直到你能夠完全聽清楚每字每句**。

Step4 作答完本書中的試題後若仍有餘力，**請熟讀聽力原文**。使耳朵、眼睛得到的訊息合而為一，學習過程中將能有效提升語彙、表達、和聽力方面的能力。

筆記密技：請養成專屬於自己的筆記密技，訓練自己熟練筆記技巧，才有辦法在緊湊的考試時間內，迅速記下重點。同時利用手腦並用的方式，提升自己考試時的注意力。有時候考試的各種干擾，會打散注意力，這時筆記的技巧就可以強迫自己專心，拉回思緒。

無論是長時間準備，或是短時間的衝刺，上述的應試密技一定能助大家順利高分通過考試！

N3 Part 1

問題 1 課題理解

題型重點攻略

試題型式

問題紙

大題當頁印有「問題 1」的說明文，以及「例」讓考生練習。

問題 1

問題 1 では、まず質問を聞いてください。それから話を聞いて、最もよいものを一つえらんでください。

れい

1　8 時45分
2　9 時
3　9 時15分
4　9 時30分

試題紙上列出 4 個答案選項。從 4 個選項中，選擇最適當的答案。

6 ばん

1　たいそう教室にもうしこむ
2　DVD を買う
3　びょういんに行く
4　スポーツクラブに行く

試題紙上的選項，以圖示、文字等形式出題。

音檔

❶ 考試中，首先會**播放「問題 1 」的說明文，以及「例」**讓考生練習。

001

問題 1

問題 1 では　まず質問を聞いてください。それから話を聞いて、問題用紙の 1 から 4 の中から、最もよいものを一つえらんでください。

002

❷ **正文考題：**
提問→會話短文→提問（約 10 秒的作答時間）。即題目會在對話內容**開始前**，和對話**結束後**各唸一次提問，**總共會唸兩次**。兩次提問之間，是一段完整的會話短文。

❸ 在問題結束後，會有約 10 秒的作答時間。

題型特色

❶ 「問題 1」佔聽解考題中的 6 題，試題紙上有印選項，選項有的是文字、圖示。

❷ 大部分是**雙人對話，偶爾也會出現只有單人的說明文**。應考者必須在聽完後，**判斷接下來要採取的行動，或是理解其重點**，繼而從答案選項中選出答案。

❸ 「問題 1」的出題內容如果是文字題的話，可能是**考會話主角的下一步行動**等等。圖示題不多，如果是圖示題的話可能是考**物品、日期時間**等等。

❹ 近年來，在「問題 1」中常出現的情境設定是**學校、公司、家庭**。如果是學校的話，以留學生為對象的會話佔比重不少；如果是家庭的話，以夫妻對話的情境居多；若是公司的話，上司部屬以及同事間的會話佔比重最高。

❺ **問題的問法**常見「何をしますか」、「この後まず何をしますか。」等等。例如「女の学生は歓迎会の日までに何をしますか。」、「男の人はこの後まず何をしますか。」。

解題技巧

❶ 「問題 1」在試題紙上會提示 4 個選項，所以務必在聽力播出前**略看一下選項，掌握考題方向**。這個動作對理解會話內容有極大幫助。

❷ **請仔細聆聽題目**。本大題中有 2 次問題提問，如果漏聽了第一次，會話結束後，會再播送一次問題提問，務必掌握最後一次機會。因為就算能聽懂對話內容，沒聽懂考題要問哪個點，也無法找出答案。

❸ 請一邊聆聽對話，一邊看試題紙作答。聽對話內容時，隨時**逐一排除不可能的選項**。

❹ 作答的當下請立刻畫卡，因為之後並沒有多餘的時間讓你補畫。

❺ 如果無法選出答案，請確認整篇對話中重複聽到最多次的單字，並直接選擇此單字所在的選項，如此一來便可以降低答錯的機率。

試題解析

例 003

1. 8時45分
2. 9時
3. 9時15分
4. 9時30分

スクリプト

ホテルで会社員の男の人と女の人が話しています。女の人は明日何時までにホテルを出ますか。

M：では、明日は、9時半に事務所にいらしてください。

F：はい、ええと、このホテルから事務所まで、タクシーでどのぐらいかかりますか。

M：そうですね、30分もあれば着きますね。

F：じゃ、9時に出ればいいですね。

M：あ、朝は道が込むかもしれません。15分ぐらい早めに出られたほうがいいですね。

F：そうですか。じゃ、そうします。

女の人は明日何時までにホテルを出ますか。

公司職員的男人與女人在飯店交談。女人明天幾點之前要離開飯店？

男：那麼，明天9點半請您到辦公室。

女：好的。嗯，從這個飯店到辦公室坐計程車要多久？

男：這個嘛，30分鐘的話就可以到。

女：那麼我9點出發就可以了，是吧？

男：早上路上可能會塞車，提早15分鐘出門會比較好喔。

女：這樣啊，那就這麼辦吧！

女人明天幾點之前要離開飯店？

1. 8時 45分
2. 9時
3. 9時 15分
4. 9時 30分

答案 1

文法重點

❶ 「時間／Vる＋までに＋V」表示在某一時間之前，完成了某個動作或發生了某種事情，述語多以「瞬間性」動作敘述。另有一個意義完全不同的句型「時間／Vる＋まで＋V」表示動作持續到某一時間為止，多以「持續性」動作敘述。必須注意兩者差異。

- 夜の10時までに着きます。（要在晚上10點以前抵達。）
- 暗くなるまでにうちに帰りました。（在天色暗下來之前回到家了。）
- 夜の10時までテレビを見ていました。（一直看電視到晚上10點。）
- 暗くなるまでずっと外で働きました。（一直在外面工作直到天色暗下來。）

❷ 這裡「いらしてください」是「いらっしゃってください」的口語表達，因為「いらっしゃってください」不太好發音，因此口語會話經常說成「いらしてください」，這種方式在商務場合經常使用。「いらっしゃってください」則是「来てください」的尊敬語。

- お時間がありましたら、ぜひうちまでいらしてください。
（如果有時間的話，請務必到我家。）

❸ 「30分もあれば」中的接續助詞「ば」表達「假定條件」及「習慣、常理」的用法。「數量＋も」表示數量多。

另外，在N３裡還有表示「條件並列」的「～も～ば～も」是「既～又～」、「也～也～」的意思。但是本段會話中的「30分もあれば」並不是這個句型。

- 1週間もあれば習得できます。（只要有一個禮拜就可以學會。）
- 人生は楽しいこともあれば、苦しいこともある。（人生有苦也有樂。）

❹ 「～ばいい」是「如果～就可以了」的意思，用於表達說話者的希望、願望。另外「～ばいい」也用於表達對他人的勸誘或提議。

- A：明日雨が降らないといいですね。（要是明天不下雨該有多好呀！）
B：そうですね。いい天気になればいいですね。
（對呀！是個好天氣就好了呢！）
- A：何時ごろ行きましょうか。（幾點去呢？）
B：午後３時までに来てくれればいい。（下午３點之前來就行。）

1番 004

1. 別の会議室を探す。
2. 会議室Aを予約する。
3. 利用者の人数を調べる。
4. 先輩にどちらの会議室がいいか、聞いてみる。

スクリプト

男の人と女の人が電話で話しています。男の人が、このあとしなければならないことは何ですか。

F：はい、学生会館です。

M：あ、もしもし。あの、来週月曜日の午後1時から3時間、会議室をお借りしたいんですが。

F：ええっと…。25日午後1時ですね。はい、空いています。会議室Aと会議室Bの二部屋あるんですが、この日は何名様でのご利用ですか。

M：ああ、何人だったかなぁ…。

F：10名様以上ですと会議室Aの、広いほうが使いやすいかと。

M：たしか、8人だったんですが、広いほうがいいかなぁ。

F：AとBでは、ご利用料金が違いまして、3時間のご利用ですと、1,500円ほど変わってきますが。

M：ああ、そうですか。ぼくだけでは決められないな。ちょっと先輩と相談して、またご連絡させてください。

F：はい、わかりました。

男の人が、このあとしなければならないことは何ですか。

男人與女人在電話中說話。男人之後得做什麼？

女：您好，學生會館。

男：啊，您好。我要借會議室，時間是下禮拜一下午 1 點到 3 點。

女：嗯～，25 日下午 1 點對吧？可以的，那時間有空檔。有 A 會議室和 B 會議室二間，這一天有幾位要使用呢？

男：幾位來者 ?!

女：10 位以上的話，A 會議室比較寬敞、比較好使用。

男：應該是 8 位。寬敞的好像比較好的樣子。

女：A、B 費用不同。借 3 小時的話，就差 1,500 日圓。

男：這樣子啊。我一個人不能決定。我先跟前輩商量一下再跟你連絡。

女：好的，我知道了。

男人之後得做什麼？

1. 找別的會議室。
2. 預約 A 會議室。
3. 調查使用人數。
4. 問前輩哪一個會議室好。

答案 4

文法重點

❶ 「お／ご～します」是謙讓語表現，用在自己（己方）做的動作或持續的狀態上。由這基礎形態中的「～します」可以搭配其他的句型做適當的變化，例如「お／ご～したいです」（します＋たい）；お／ご～いたします」（します→いたします＊表達出更為謙遜的語意）；「お／ご～できます」（します→できます＊します改為可能形）。

- 私が社長に商談の結果をお知らせします。
  （由我來告訴社長商談的結果。）
- 台北へいらっしゃったら、ご案内します。
  （您來台北的話，我為您做嚮導。）
- 傘をお借りしたいです。（我想要跟您借傘。）

❷ 「何名様でのご利用ですか」這裡使用「～格助詞で＋の～」的方式來修飾後方的名詞，表示使用某「工具、手段、方法、方式」所進行的「動作」。

「お／ご～です」是對於對方進行的動作或持續的狀態表達尊敬。

- 大声での会話は人の邪魔になる。（交談的音量過大會干擾到他人。）
- この問題についてどうお考えですか。（關於這個問題，您怎麼想？）
- 鈴木先生はやっぱりご欠席ですか。（鈴木老師果然還是缺席嗎？）

❸ 「10名様以上ですと」的「と」表示順接的假定條件，用於「某事成立於某個假定基礎上」時。

- 本校の学生ですと、10パーセント安くなります。
（是本校學生的話，就打九折。）

❹ 「～かと」是「～かと思う」的省略說法。當想要委婉地表示「～と思う」時，會改用「～かと（思う）」的婉轉方式將自己的想法傳達給對方，經常用於接待客人或商務場合中，相當「我覺得是不是～」的意思。

- これ、何かの間違いかと思うんですけど。（這個是不是哪裡弄錯了？）

❺ 「數量＋ほど」表示「大約、大概的數量」。

- お値段は大体700～1,000円ほどです。
（價格大約700～1,000日幣左右。）

❻ 「Vてくる」接在「変わる、増える、減る…」等含有變化意義的動作動詞後面，表示動作的變化過程，由過去到現在逐漸變化出新的發展。

- 日本に来る留学生が増えてきましたね。（來日本的留學生增加了呢！）

❼ 「V（さ）せてください」是使役形和表示請求的「Vてください」搭配，表示「請求對方允許我做～」的意思。

- もう少し考えさせてください。（請讓我再稍微考慮一下。）

2番 005

1. 大阪駅に行く。
2. 大阪駅に電話する。
3. 森口駅に行く。
4. 森口駅に電話する。

スクリプト

駅で女の人と駅員が話しています。女の人はこれから、どうしますか。

F：すみません。今乗ってきた電車に、忘れ物しちゃったんです。黒くて大きめのかばんなんですけど。

M：今出た大阪行きの電車ですね。何両目に乗っていたか覚えていますか。

F：はい、確か前から2両目だと思います。

M：では、次の森口駅に電話してみますので、少々お待ちください。……お客様、お荷物、次の駅で見っかりました。

F：そうですか。よかった。ありがとうございます。

M：すぐ取りに行かれますか。

F：はい。

M：じゃ、森口駅の忘れ物センターに行ってください。あしたになりますと、大阪駅の忘れ物センターに移ってしまいますので、気をつけてくださいね。

F：わかりました。ありがとうございました。

女の人はこれから、どうしますか。

女人與站務員在車站交談。女人接下來要做什麼？

女：不好意思，我把東西忘在剛才的電車裡。是個黑色略大的行李。

男：是現在離開的往大阪電車嗎？您是否記得搭乘的是第幾節車廂？

女：是的，應該是前面數來第二節車廂。

男：那麼我打電話到下個森口車站看看。請您稍等。……這位旅客，您的行李在下個車站找到了。

女：這樣子啊，太好了！謝謝。

男：您要馬上去取嗎？

女：是的。

男：那麼請您到森口車站的遺失物中心。到了明天物品就會移到大阪站的遺失物中心了。請您注意。

女：好的，謝謝。

女人接下來要做什麼？

1. 去大阪站。
2. 打電話到大阪站。
3. 去森口站。
4. 打電話到森口站。

答案 3

文法重點

❶ 「Vてくる」接在移動動詞後面，表示空間、所在位置的移動，有「朝說話者這邊移動靠近」、「由遠而近過來」的意思。

- **頂上(ちょうじょう)から戻(もど)ってくるのに1時間(じかん)かかった。**
  （從山頂返回到這裡花了1個小時。）

❷ 「V～ちゃった（～じゃった）」是「～てしまった（～でしまった）」的口語表現。對話中為了要簡短表達，而經常使用省略發音的形式。

- **今朝(けさ)また寝坊(ねぼう)して遅刻(ちこく)しちゃったよ。**（今天早上又睡過頭遲到了啦。）

❸ 「A~~い~~め＋の＋N」多用來表示「程度的稍微增加或減少」，多用於「有正反對立語意」的形容詞，如「大(おお)きめ／小(ちい)さめ」、「多(おお)め／少(すく)なめ」、「長(なが)め／短(みじか)め」等。

- **最近(さいきん)、短(みじか)めのスカートが流行(はや)っています。**（最近正在流行偏短的裙子。）

❹ 「目的地＋行き」表示「前往某處」之意。「行き」可讀做「いき」或「ゆき」，「ゆき」比較偏古語，多用於書面或文學上，口語上經常使用「いき」。

- **この電車(でんしゃ)は東京行(とうきょうゆ)きです。**（這班電車前往東京。）

❺ 「疑問子句～か＋子句」表示將疑問子句插入全句中的句型。如果句型中含疑問詞，則以「疑問子句～か＋子句」表達；如果句型中不含疑問詞，則以「疑問子句～かどうか＋子句」表達。

- 地震はいつあるかわかりません。（不知道什麼時候會有地震。）
- 明日は運動会です。いい天気かどうか心配です。
（明天是運動會，我擔心不知明天天氣好不好。）

❻ 「～ので、Vてください」的接續助詞「ので」在這裡沒有原因理由的意思，而是後句中有表示命令、請求或勸誘等，要求對方做某行為的前提訊息。「ので」可以和「から」互換，意思不變。

- 折り返しお電話いたしますので、少々お待ちください。
（我等會兒回電話給您，請稍等一下。）
- 冷蔵庫にケーキがありますから、召し上がってください。
（冰箱裡有蛋糕，請享用。）

❼ 「取りに行かれますか」中，以「動詞被動形式」表示尊敬語表達。

- 鈴木教授が哲学の論文を書かれました。（鈴木教授寫了哲學的論文。）

3番 006

1. あしたの朝8時
2. あしたの夜8時
3. あさっての朝8時
4. あさっての夜8時

スクリプト

会社で部長と部下が話しています。部長にいつ会いますか。

F：部長、お願いしたいことがあるんですが。今よろしいですか。

M：あ、悪いけど、今から出かけるんだ。

F：あの、明日は？

M：そうだね。明日の午後はいくつか会議が入ってるな。あさって以降のほうがいいんだけど。

F：あさって以降ですか。

M：急ぐの？

F：ええ。先日の報告書なんですが、あさっての昼までに出さなければならないんですが。部長のはんこが要るんです。

M：そうか。じゃ、当日じゃ無理だね。それなら会議の後。そうだな。8時に来てよ。そのころには終わっているはずだから。

F：はい、分かりました。

部長にいつ会いますか。

部長和下屬正在公司裡交談。何時要和部長見面？

女：部長，我有件事想拜託您，您現在方便嗎？

男：啊，不好意思，我現在正要出去。

女：那明天？

男：唔……，明天下午有幾個會要開。後天以後應該比較好。

女：後天以後啊？

男：事情很急嗎？

女：是啊，前幾天的報告書，要在後天中午之前繳交，需要蓋部長的印章。

男：這樣啊，當天的話會來不及耶。那會議結束後，唔，八點你來找我好了。我想那時候會議應該結束了。

女：好的，我知道了。

何時要和部長見面？

1. 明天早上 8 點
2. 明天晚上 8 點
3. 後天早上 8 點
4. 後天晚上 8 點

答案 2

文法重點

❶ 「んだ」是「のだ」的口語表現，「因為是…」的意思。用於敘述「因為這樣的事情」等表示原因的場合，或用於需要詢問或確認時的場合。

◉ 課長は入院した。精密検査を受けるんだ。（課長住院了。因為要做精密檢查。）

◉ A：さっきからほとんど食べてないね。（你從剛才開始就幾乎沒什麼吃耶。）
　B：ごめん。これ、苦手なんだ。（對不起。我不敢吃這個。）

❷ 「いくつか会議」中的「いくつか」（幾個）是「疑問詞 ＋ か」句型，表示「不明確的～」，如「いつか、誰か、何か…」。
「時間＋以降」表示某一時間之後一直～。「～以後」與其意思相似，但是「～以後」還有現在之後的意思。

◉ いくつか質問があります。（有幾個問題。）

◉ 9 月以降閉店する。（9 月之後店結束營業。）

❸ 「当日じゃ無理」的「じゃ」是「では」的口語形式，表示條件，可以用「たら」替代。之後常伴隨否定、負面事物、判斷或提問。

◉ 洗ったぐらいじゃ、この汚れは落ちないよ。（光洗是去不掉這污漬的。）

❹ 「それなら」用於聽完對方的話後，為解決問題、改善內容而提出意見、提案、提問等。

◉ A：留学はやめて、就職することにした。（我放棄留學，決定要去工作了。）
　B：それなら、すぐに就職活動を始めたほうがいいよ。
　（那樣的話，最好馬上開始找工作比較好喔。）

❺ 「普通形＋はず」是「照理說應該～」的意思，表示說話者根據自己的知識、知道的事實或理論來推測判斷結果。

◉ 3 月ですから、桜はもうそろそろ咲くはずです。
（現在是 3 月，所以櫻花應該差不多該開了。）

４番 007

1. 田中さんに伝言を伝える。
2. 水井デパートにファイルをメールする。
3. 今すぐパンフレットを翻訳する。
4. メールを中国語に翻訳する。

スクリプト

男の人と女の人が電話で話しています。女の人はこの後まず、何をしなければなりませんか。

F：はい、アキラ翻訳社です。

M：水井デパートの鈴木と申しますが、田中さんはいらっしゃいますか。

F：申し訳ありません。田中はいま外出中なんですが。

M：では、伝言をお願いできますか。お願いしていたパンフレットの英語翻訳ができたと伺ったんですけど、早く見たいので、Ｅメールで送ってほしいとお伝えください。

F：水井デパート様のパンフレットの英語翻訳ですね。田中から聞いております。

M：そうですか。では、申し訳ありませんが、ファイルを私に送っていただけますか。

F：承知しました、では、さっそく。

M：あ、それから、パンフレットの中国語翻訳もお願いしているんですが、一緒に送ることになっていますよね。

F：申し訳ございません。その件なんですが、明日まで待っていただけますか。

M：わかりました。

女の人はこの後まず、何をしなければなりませんか。

男人與女人在電話中交談，女人之後首先得做什麼？

女：您好，這裡是光明翻譯社。
男：您好，我是水井百貨的鈴木，請問田中先生在嗎？
女：很抱歉，田中目前外出。
男：那麼可以請你幫我留言嗎？我聽說小冊子的英文翻譯完成了，我想早點看。請你轉達要他 E-mail 給我。
女：水井百貨的小冊子的英文翻譯嗎？我有聽田中提到。
男：這樣子啊，不好意思可以麻煩你將檔案 E-mail 給我嗎？
女：好的，那麼我馬上處理。
男：還有，我也委託了小冊子的中文翻譯，你也會一起 E-mail 給我嗎？
女：很抱歉，那個案子可以請您等到明天嗎？
男：我知道了。

女人之後首先得做什麼？

1. 向田中轉達留言。
2. 寄 E-mail 檔案給水井百貨。
3. 現在馬上翻譯冊子。
4. 將 E-mail 翻譯成中文。

答案 2

文法重點

❶ 「お／ご～できます」是「お／ご～する」的謙讓可能表現，表示自己或我方人員會、能夠、可以為對方做某動作行為。

- 明日（あした）の午後（ごご）ならお届（とど）けできます。（明天下午的話可以為您送到。）
- ツインならご用意（ようい）できます。（如果是雙人房的話可以為您預備好。）

❷ 「～と伺（うかが）う」是「～と聞（き）く」的謙讓語，表示自己或我方人員「聽、聽到」的意思。「伺（うかが）う」同時也是「訪問（ほうもん）する」的謙讓語，相當「拜訪」的意思。「お／ご～ください」是敬意比較低的尊敬語表現，要求對方做某事的意思。「Vております」是「Vている」的謙讓表現。

- ご出張中（しゅっちょうちゅう）だと伺（うかが）っておりますが、いつお帰（かえ）りになったのですか。
（我聽說您在出差，是什麼時候回來的呢？）
- 今日（きょう）の午後（ごご）、お宅（たく）へ伺（うかが）います。（今天下午我到府上拜訪。）
- ご不明（ふめい）な点（てん）がございましたら、お問（と）い合（あ）わせください。。
（有什麼不清楚的地方，請您盡量問。）

❸ 「Vてほしい」是「希望對方做某動作」的意思。用於「對他人的某種要求或希望」時。希望的對象用助詞「に」表示。

- 息子（むすこ）にもっと勉強（べんきょう）してほしいな。（真希望兒子可以更加用功一點。）

❹ 「Vる／Vない＋ことになっている」表示按照預定計畫、慣例、規則等已經決定好的事。

- この公園（こうえん）ではたばこを吸（す）ってはいけないことになっている。
（這個公園有規定不可以抽菸。）

5番 008

1. 本2冊とCD1枚を返す。
2. 本3冊を返す。
3. 本3冊とCD1枚を返す。
4. 本1冊を返す。

スクリプト

男の人と女の人が電話で話しています。女の人はこのあと、何をしなければなりませんか。

M：もしもし、こちら市立図書館です。鈴木恵さんいらっしゃいますか。

F：はい、私ですが。

M：あの、お借りになってる『小鳥の歌』とイタリア旅行の本が期限を過ぎているんで早く返していただけませんか。あっ、それとスペインの民族音楽のCDも早くお願いします。

F：あっ、そうですか。すみません。あっ、あと『ポタちゃんの冒険』っていう本もそうですよね。

M：いいえ。それはうちじゃないと思います。

F：そうですか。すみません。今日すぐ行きます。

女の人はこのあと、何をしなければなりませんか。

男女兩人正在講電話。女人之後得做什麼？

男：喂，這裡是市立圖書館。請問鈴木惠小姐在嗎？

女：我就是。

男：您借的《小鳥之歌》與義大利旅行的書，這兩本書已經過期了，是否可以請您盡早歸還？啊，還有西班牙民俗音樂的CD也請您趕快歸還。

女：啊，是喔。真是抱歉。啊，還有《波特的冒險》對吧？

男：不是，我想那本書不是我們圖書館的。

女：這樣啊。真是不好意思。我今天馬上拿去還。

女人之後得做什麼？

1. 還書2本及1片CD。
2. **還書3本。**
3. 還書3本及1片CD。
4. 還書1本。

答案 1

文法重點

❶ 「ご／お～になる」是尊敬語的慣用句型，表示對話題中人物的動作、行為、存在的尊敬。尊敬程度高於「Vれる、Vられる」（以被動形表示尊敬）。

- 朝(あさ)のお薬(くすり)をご服用(ふくよう)になりましたか。（您吃了早上的藥了嗎？）
- これは先生(せんせい)がお書(か)きになった本(ほん)です。（這是老師所寫的書。）
- これは先生(せんせい)が書(か)かれた本(ほん)です。（這是老師所寫的書。）

❷ 「過ぎているんで」的「んで」是「ので」的短縮音口語表現，侷限於平輩、關係親近者之間使用。

- 急(いそ)いで作(つく)ったんで、おいしくないかもしれないよ。（因為是急忙做的，可能不好吃唷。）

❸ 「A っていう B」是「A という B」的口語表現。用於「以普通名詞 B 解釋專有名詞 A」時。「A って B」則是更輕鬆的講法。

- 東大寺(とうだいじ)っていうお寺(てら)、行(い)ったことある？（你有去過名叫東大寺的佛寺嗎？）
- さっき森(もり)さんって男性(だんせい)から電話(でんわ)があったよ。（剛才有一位姓森的男士打電話來喔。）

❹ 「～よね」是「～對吧？」的意思。是在明確向對方傳達心情和訊息的「～よ」之後，加上徵求對方同意的「～ね」。「～ですよね」比「～ですね」含有更強烈地徵求對方確認的語氣。

- A：計算(けいさん)、合(あ)ってますよね。（計算沒問題吧？）
  B：はい。2回確認(かいかくにん)しました。（是的。已經確認過兩次了。）

❺ 這裡的「うち」作為名詞謙讓語表現，表示「敝～」「我們～」的意思。

- うちの学校(がっこう)は来週(らいしゅう)から夏休(なつやす)みです。（敝校從下週開始放暑假。）

6番 009

1. サンプルを支店に送る。
2. 会議の準備をする。
3. 木村さんに仕事をたのむ。
4. 調査結果を入力する。

スクリプト

会社で女の人と男の人が話しています。女の人はこのあと、まず何をしますか？

M：鈴木さん、昨日お願いしたアンケート調査の入力、いつできますか。

F：あっ、すみません。昨日は新製品のサンプルを支店に送る準備をしていたので、入力するのをすっかり忘れていました。

M：ああ、新製品のサンプルはもう少し先でも大丈夫なのに。じゃ、まあ、できるだけ早くお願いね。

F：えーっと、そうですね…。アンケート調査の入力には時間がかかりますし、明日の会議の準備もありますし…。

M：あ、そうか。それもあったね。忙しいところ悪いんだけど。こっちも急ぎなんだ。前にもやってもらったことがあるから、鈴木さんに頼みたいんだよね。会議の準備って、なにが残ってるの？。

F：パソコンの準備と資料の印刷です。

M：そうか。じゃあ、そっちは木村さんに頼んでおくよ。

F：分かりました。じゃ、すぐします。

女の人はこのあと、まず何をしますか？

男女兩人正在公司交談。女人之後要做什麼？

男： 鈴木，昨天拜託你的問卷調查輸入，什麼時候完成？

女： 啊，不好意思。昨天忙著準備新產品樣品要送到分店的事，完全忘記了。

男： 啊，明明新產品樣品可以晚一些沒關係的。唉呀，麻煩你盡可能快一些。

女： 唔……，這個……。問卷調查輸入要花些時間，還有明天的會議要準備。

男： 啊，對耶，還有那個啊！你那麼忙不好意思，但是我也很急，你以前幫忙做過了，所以才會想拜託鈴木小姐你的。會議的準備，還剩多少？

女： 電腦準備還有資料印刷。

男： 這樣，那麼那些我來請木村小姐做。

女： 我知道了，我馬上就去做。

女人之後要做什麼？

1. 送樣品去分店。
2. 做會議的準備。
3. 拜託木村工作。
4. 輸入調查結果。

答案 4

文法重點

❶ 「～のに」當作終助詞，放在句尾，表示說話者對意外的事物表示不滿、指責或遺憾等。

- どうして食べないの？せっかく作ったのに。（你怎麼不吃，這可是我特地做的！）

❷ 「～Ｖるの／Ｎ＋に～」，在這裡是用於表示「花費時間、金錢」，後面常接上「～かかります／～要ります」等等。此句型還可以表示「用途」，後面常接上「～に使う」等等。也可以表示「評價」，後面常接上「～にいい、～にわるい／便利、不便／～役に立つ」等評價性語詞。

- 新しい会社に慣れるのには長く時間がかかった。（花了很長時間習慣新公司。）
- 定規は長さを測るのに使います。（尺是用來測量長度的。）
- この近くに新しいスーパーができて、買い物に便利です。（這附近開了一家新超市，買東西很方便。）

❸ 「～し～し」在文章及會話中均可使用，可以表示理由並列，也可以表示列舉人事物的狀態。

- あの店の料理はとてもおいしいし、しかも安くて量もたっぷりだ。（那家店的料理很好吃，而且又便宜，量也很足夠。）
- 彼はかっこいいし、スポーツもできます。（他很帥，而且運動很行。）

❹ 這裡「それもあった」的「た」並不是表示時間的過去，而是表示說話當時的「發現」，用於「所找尋的人或物已經出現」或「所期待或擔心的事情已經成為事實」時。「發現」的用法僅限表「存在」「有無」的動詞及名詞斷定句使用。

- あ、あった。（啊！有了！在這。）
- なんだ、そこにいたの。（什麼啊！原來是在那裡呀！）
- やっぱり今日（きょう）は休（やす）みだった。（果然今天是休息。）

❺ 「～ところ」相當於中文「～的時候」的意思，用於拜託他人、向他人致歉、打招呼時的某行為的前提訊息。後面常接上「すみません／ありがとうございます」這類完全贊同的回覆。

- お時間（じかん）、大丈夫（だいじょうぶ）？お忙（いそが）しいところ、すみません。
  （您時間方便嗎？您百忙之中，不好意思。）
- お休（やす）みのところ申（もう）し訳（わけ）ございませんが、こちらの書類（しょるい）に目（め）を通（とお）していただけませんか。（您在休息中很抱歉，這邊的文件可以請您過目嗎？）

❻ 「会議の準備って」的「って」表示提出話題或表示說話的對象，多以會話形式出現，和「は」的功能相近，用於提出新的疑問和說話者感興趣的表達方式。

- A：美術館（びじゅつかん）って、どの建物（たてもの）ですか。（美術館是哪棟建築物啊？）
  B：あの白（しろ）いビルですよ。（是那棟白色的大樓。）

❼ 「なにが残（のこ）ってるの？」的「の？」是「んですか」的口語形式，語調上揚，用於「疑問、確認」時。

- A：ホテルはもう予約（よやく）したの？（飯店已經預約好了嗎？）
  B：いえ。まだ何（なに）もしてないんです。（沒有。我什麼都還沒弄。）

❽ 「～て（で）おく」表示「之後將發生的事情，或為某些可能發生的事所做的準備」。另外也可以表示「維持原先的狀態」。

- 集合時間（しゅうごうじかん）が変（か）わったこと、みんなに伝（つた）えておいて。
  （你先通知大家集合時間改了。）
- A：コップ、洗（あら）いましょうか。（我來洗杯子吧！）
  B：いいですよ。後（あと）でやりますから、置（お）いておいてください。
  （沒關係啦，我等一下就來洗，請先放著吧！）

Memo

題型重點攻略

試題型式

問題紙

> 大題當頁印有「問題 2」的說明文，以及「例」讓考生練習。

> 試題紙上列出 4 個答案選項。從 4 個選項中，選擇最適當的答案。

もんだい
問題 2

問題 2 では、まず質問を聞いてください。そのあと、問題用あります。それから話を聞いて、問題用紙の 1 から 4 の中からください。

れい

1　いそがしくて時間がないから
2　料理がにがてだから
3　ざいりょうが　あまってしまうから
4　いっしょに食べる人がいないから

1 ばん

1　気に入ったのがなかったから
2　今すぐ買うひつようが　なくなったか
3　ねだんが高かったから
4　おっとといっしょに　えらびたかった

> 試題紙上的選項，以文字形式出題。

音檔

❶　考試中，首先會播放「問題 2」的說明文，以及「例」讓考生練習。

もんだい
問題 2

問題 2 では　まず質問を聞いてください。そのあと、問題用紙を見てください。読む時間があります。それから話を聞いて、問題用紙の 1 から 4 の中から、最もよいものを一つえらんでください。

❷　**正文考題：**
提問→閱讀 4 個回答選項（約 20 秒閱讀時間）→會話短文→提問（約 10 秒的作答時間）。即題目會在對話內容開始前，和對話結束後各唸一次提問，**總共會唸兩次**。兩次提問之間，是一段完整的會話短文。N3 的問題 2 裡，會話短文開始之前會有 20 秒閱讀選項的時間。。

❸　在問題結束後，會有約 10 秒的作答時間。

題型特色

❶ 「問題 2」佔聽解考題中的 6 題。

❷ N3 裡此單元在對話播出之前，**有 20 秒左右的時間可以閱讀選項**。**選項的長度比「問題 1」長，也比較複雜。**

❸ 選項以文字形式出題。「問題 2」的考題會話其範圍為更多元的**日常對話**。出題內容傾向**詢問理由或原因、或是詢問對話相關細節**等等。

❹ 問題的問法常見「どうして…」、「どんなところ…」等等。例如「男の人はどうして昨日大家に注意されましたか。昨日です。」、「女の人はこのレストランのどんなところが一番気に入っていると言っていますか。」。

解題技巧

❶ 「問題 2」在試題紙上會提示 4 個選項，所以在聽完問題之後的 20 秒閱讀時間裡，務必**仔細閱讀選項，掌握考題方向**。

❷ **仔細聆聽題目**，本大題中有 2 次問題提問。因為有閱讀的時間，所以這大題中，聽懂第一次問題提問變得十分重要。掌握問題提問，同時與文字選項連結，這樣才能在接下來的會話中找到正確答案的線索。

❸ 如果漏聽了第一次，會話結束後，會再播送一次問題提問，務必掌握最後一次機會。因為就算能聽懂對話內容，沒聽懂考題要問哪個點，也無法找出答案。

❹ 一邊聆聽對話，一邊看試題紙作答。聽對話內容時，隨時**逐一排除不可能的選項**。作答的當下請立刻畫卡，因為之後並沒有多餘的時間讓你補畫。

❺ 若無法選出答案，請確認整篇對話中重複聽到最多次的單字，並直接選擇此單字所在的選項，如此一來便可以降低答錯的機率。

試題解析

例 012

1. いそがしくて時間(じかん)がないから。
2. 料理(りょうり)がにがてだから。
3. ざいりょうが余(あま)ってしまうから。
4. いっしょに食(た)べる人(ひと)がいないから。

スクリプト

女(おんな)の人(ひと)と男(おとこ)の人(ひと)がスーパーで話(はな)しています。男(おとこ)の人(ひと)はどうして自分(じぶん)で料理(りょうり)をしませんか。

F：あら、田中(たなか)くん、お買(か)い物(もの)？
M：うん、夕飯(ゆうはん)を買(か)いにね。
F：お弁当(べんとう)？自分(じぶん)で作(つく)らないの？時間(じかん)ないか。
M：いや、そうじゃないんだ。
F：じゃ、作(つく)ればいいのに。
M：作(つく)るのは嫌(きら)いじゃないんだ。でも、一人(ひとり)だと。
F：材料(ざいりょう)が余(あま)っちゃう？
M：それはいいんだけど、一生懸命(いっしょうけんめい)作(つく)っても一人(ひとり)で食(た)べるだけじゃ、なんか寂(さび)しくて。
F：それもそうか。

男(おとこ)の人(ひと)はどうして自分(じぶん)で料理(りょうり)をしませんか。

男女兩人在超市交談，男人為什麼不自己做飯？

女：啊，田中先生，你來買東西？
男：是啊，我來買晚餐。
女：便當？你自己不做飯嗎？大概沒時間吧？
男：不，不是啦。
女：那，做個飯不就好了！
男：我是不討厭做飯，但是一個人就……。
女：食材就會剩下？
男：那是沒問題，但是我拼命做了飯，但是就只能一個人吃，總覺得有點寂寞。
女：那也是啦！

男人為什麼不自己做飯？

1. 因為忙得沒有時間。
2. 因為不擅長做飯。
3. 因為食材會剩下。
4. 因為沒有人一起吃。

答案 4

文法重點

❶ 「時間ないか」的語調下降，表示推測或是徵求對方對自己判斷的同意。

- これはすごい、本物の金メダルではないか。（這太棒了，是真的金牌吧？）

❷ 形式名詞「の」和「こと」有時用法可以互換，但主要區別如下：「の」表示直接感受或體驗到的具體動作及現場事態，後項接知覺、作用於動作對象、遭遇等相關的動詞。「こと」表示抽象的概念和一般的理論內容，後項接與說話言語、思考判斷、表示意思等動詞。

- 母に言うのを忘れた。（我忘了和媽媽說。）➡強調「動作行為」用「の」。
- 母に言うことを忘れた。（我忘了要和媽媽說什麼。）➡強調「說話內容」用「こと」。
- 日本語を教えるのは難しい。
（我認為教日文很困難。）➡告訴別人自己的心得、個人經驗。
- 日本語を教えることは難しい。
（一般來說教日文是很困難的。）➡客觀地說明教日語的困難。

❸ 「一人だと」的「と」是「順接假定條件」的用法，表示如果前項成立的情況出現，那後項將如何。「と」主要用來敘述客觀事實、情況的前後關係，後項不能用於表示請求、命令、勸誘等句子。

- 本校の学生だと、10 パーセント安くなります。（本校學生的話，就打 9 折。）
- 雨だと、明日の試合は中止になります。（如果明天是雨天，比賽就中止。）

❹ 「それはいい」這裡的「いい」帶有「同意、許可」的語氣，也就是同意「それ」前面句子的敘述，相當「沒問題；沒關係；我會那樣做」的意思。

- A：日曜日、買い物を手伝ってもらえる？（星期天能請你幫忙買東西嗎？）
B：それはいいよ。でも、朝早かったら、手伝えないかも。
（沒問題呀！可是如果太早的話，我可能沒辦法幫忙。）

❺ 「なんか寂しい」的「なんか」是「總覺得」「好像」的意思，用於自己有種說不出原因，或者難以言喻的感覺時。「なんか」可以替換為「なんだか」，兩者意思相同。

- 今日はなんか集中できないなあ。（今天總覺得無法集中精神呢！）
- なんだか元気ないね。（你好像沒什麼精神耶。）

1番

013

1. 小さくて家の中で飼えること。
2. 値段が安いこと。
3. 世話が簡単なこと。
4. 人に慣れてかわいいこと。

スクリプト

男の人と女の人がいま人気の動物について話しています。男の人はこの動物の一番の人気の理由は何だと言っていますか。

F：ねえ、パマットっていう動物知ってる？ねずみのような、うさぎのような。家で飼う人が増えているって書いてあるけど。

M：ああ、それすごい人気なんだ。

F：小さいから狭いアパートでも飼えるね。

M：そうだね。

F：でも高いんじゃない？

M：ううん。値段も手頃で世話も簡単だよ。それに何よりもいいのはね、すぐ人に慣れてかわいいんだ。

F：へえ、私も欲しいな。

男の人はこの動物の一番の人気の理由は何だと言っていますか。

男女兩人正在談論關於現在最受歡迎的動物。男人說這個動物最受歡迎的原因為何？

女：你知道「Pamatto」（パマット）嗎？長得既像老鼠又像兔子的。書上說越來越多人在家中飼養這種動物。

男：牠還真是受歡迎耶。

女：因為牠的體積小，所以空間狹小的公寓也可以飼養。

男：說的也是。

女：可是價錢很貴吧。

男：不會耶。價錢合理，而且照顧起來一點也不麻煩。最大的優點就是牠適應人類的速度很快，真的很可愛喔。

女：哦，我也想養耶。

男人說這個動物最受歡迎的原因為何？

1. 體積小所以可在家中飼養。
2. 價格便宜。
3. 照顧起來一點也不麻煩。
4. 能夠適應人類，而且很可愛。

答案 4

文法重點

❶ 「～のような（N）」表示「舉例、例示」，用於「列出一具體事例來說明後項事物」時。除此之外，還可以表示「比喻、比況」的意思。

- わたしはジュースのような飲み物しか飲めない。
（我只能喝像果汁那樣的飲料。）
- この飲み物は苦くて、薬のような味がする。
（這飲料很苦，嚐起來好像有藥味。）

❷ 「っていう」是「という」的口語表現。「N1 っていう N2」表示用 N1 對 N2 加以修飾或說明。「って」是表示引用的「と」的口語表現。可以用來說明定義或表示主題，也可以至於普通形後表示傳聞。

- 一期一会って言葉、聞いたことある？
（你有聽過一期一會這個詞嗎？）
- 花子ちゃんがわたしに会いたいって（言っていた）。
（花子說她想見我。）
- 月曜の授業、休講だって。
（聽說星期一的課停課。）

❸ 「普通形＋んじゃない？」是「普通形＋のではないでしょうか」的口語表現，相當「不是～嗎？」的意思。說話者不以斷定的「だ」做有根據的判斷，而改用徵求對方同意的形式來表達自己想法及意見。

- A：これ、腐ってるんじゃない？（這個是不是臭掉了？）
B：本当だ。変なにおいがする。（真的耶！有奇怪的味道。）

❹ 「何よりも」是「比什麼都（好）、最好」的意思。會話中「何よりもいいのは」指的是「最大的好處在於～」。

- 健康が何よりも大切だ。
（健康比什麼都重要。）

2番 014

1. 歩くのは体にいいから。
2. おかあさんと話したいから。
3. バスが嫌いだから。
4. 家が近いから。

スクリプト

女の人と男の人が、幼稚園の前で話しています。女の人の子どもはどうして幼稚園のバスに乗らないのですか。

F：おはようございます。

M：あ、おはようございます。お宅のお子さんは幼稚園のバスじゃないんですね。

F：ええ、歩いてくるんですよ。

M：体にいいですね。お宅は近いんですか。

F：近いっていうわけじゃないんです。子どもの足で 30 分ぐらいかな。

M：そりゃ大変だ。バスが嫌いだから？

F：いえ、うちの子は、私と話しながら幼稚園に通うのが好きなんです。

M：そうですか。楽しいでしょうね。

女の人の子どもはどうして幼稚園のバスに乗らないのですか。

男女兩人正在幼稚園前面談話。女人的小孩為什麼不搭乘幼稚園的娃娃車？

女：早安。
男：早安。您的孩子沒有搭幼稚園的娃娃車啊？
女：是啊，他都是用走的。
男：這樣對身體很好。您家住得很近嗎？
女：也不算很近，以小孩子的腳程大概要走30 分鐘吧！
男：這樣很辛苦耶。因為他不喜歡娃娃車？
女：不是，我家的孩子喜歡一邊跟我說話一邊走來幼稚園。
男：這樣啊！這樣一定很開心。

女人的小孩為什麼不搭乘幼稚園的娃娃車？

1. 因為步行對身體好。
2. 因為想和媽媽說話。
3. 因為不喜歡娃娃車。
4. 因為離家近。

答案 2

文法重點

❶ 「Vてくる」接在「歩く、走る、飛ぶ…」等移動動詞後面，表示移動時的狀態。

◉ 子どもが汗を流して、ここまで走ってきた。（孩子滿頭大汗，用跑的到這裡。）

❷ 「～（っていう）わけじゃない」是「～（という）わけではありません」的口語表現，「並不是說～」的意思，用於「對前項論述的否定，僅告訴對方此敘述並不是完全正確」時。

◉ 僕はお酒を飲まないけど、全然飲めないっていうわけじゃないんです。
（我雖然不喝酒，但並不表示我完全不會喝酒。）

❸ 「～かな」是終助詞，用於表示自問自答的心情。另外也可以用於向對方提問，或是委婉地委託或尋求許可的心情。

◉ A：薬が効いたかな。ちょっと楽になった。
（藥應該起作用了。我覺得稍微舒服一點了。）
B：よかったね。（那太好了。）

◉ A：この書類、ちょっと松村さんに渡してくれないかな。
（這份文件可以幫我交給松村先生嗎？）

◉ B：いいよ。（可以啊。）

❹ 「數量＋くらい（ぐらい）」表示數量的大約值，是「大約、大概」的意思。「くらい」、「ぐらい」大部分是可以互換共通的，但是也有其慣用的使用習慣，像是：「名詞＋ぐらい」；「この・その・あの・どの＋くらい」；「用言、助動詞＋くらい（ぐらい）」。不過目前混用的情況也很常見。

◉ きょう、髪の毛 10 センチぐらい切った、。（今天我把頭髮剪了大約 10 公分。）

❺ 「そりゃ」是「それは」的省略說法，「そりゃ」也可以發音為「そりゃあ」。

◉ そりゃあ見事なパフォーマンスだった。（那是非常精彩的表演。）

3番

1. お酒を飲みすぎたから。
2. いつもより早く起きたから。
3. 込んだ電車に乗ったから。
4. かばんが挟まって動けなかったから。

スクリプト

男の人と女の人が話しています。男の人はどうして疲れているのですか。

M：おはようございます。
F：おはよう。朝から元気がないわね。飲みすぎ？
M：いや…。ものすごいラッシュで、もう、身動きができないぐらいだったんですよ。隣の人なんか、かばんがドアに挟まってましたよ。その状態で1時間。もう…。
F：なんだ、そんなこと？それならもっと早いのに乗ればいいじゃない。ラッシュアワーの前の。
M：早起きできれば苦労しませんよ。

男の人はどうして疲れているのですか。

男女兩人正在交談。男人為何感到疲憊？

男：早安。
女：早安。一大早就這麼沒有精神啊。昨天喝太多了嗎？
男：不是……。因為實在是太擁擠了，真是的，擠到整個身體無法動彈。隔壁的人的包包還被門夾住，這種擁擠持續了一個小時，真受不了……。
女：什麼嘛，就因為那種事情？那你在尖峰時段之前更早一點搭車不就好了。
男：能早起的話就不會那麼辛苦了。

男人為何感到疲憊？

1. 因為酒喝多了。
2. 因為比平常還早起。
3. 因為搭了擁擠的電車。
4. 因為包包被夾住無法動彈。

答案 3

文法重點

❶ 「～わね」是女性用語，用於「向對方確認某項事物之真實性，或要求對方贊同自己的看法」時。

- 今日(きょう)はずいぶん寒(さむ)いわね。（今天很冷吧！）

❷ 「普通形＋ぐらい」用來比喻某狀態到達的程度。

- この問題(もんだい)は小学生(しょうがくせい)でもできるぐらい簡単(かんたん)だ。
  （這問題簡單得連小學生都會。）

❸ 「N＋なんか」表示對某事物「輕視、嫌惡」，後面常接否定或較低的評價。若用在敘述自己或自家的事情則表示「謙遜」。

- あいつの話(はなし)なんか聞(き)きたくないよ。
  （我不想聽那傢伙的任何事。）
- 僕(ぼく)なんか何(なに)もできなくて、ごめんなさい。
  （我實在什麼都不會，很抱歉。）

❹ 這裡「もう↘」的音調下降，並沒有「已經」的意思，而是強調自己厭煩、受不了等不快的感受，相當「受不了」「真是的」的意思。

- A：この計算(けいさん)、違(ちが)ってますよ。
  （你這裡計算錯了。）
  B：本当(ほんとう)だ。嫌(いや)になっちゃうな、もう…。
  （真的耶！好討厭喔！煩死了……。）

❺ 「なんだ」相當「什麼嘛！」的意思，用於「表示聽到出乎預料的事情而感到失望無力」時。

- A：どうして彼女(かのじょ)とけんかしたの？
  （你為什麼和她吵架呢？）
  B：お昼(ひる)をどこで食(た)べるかで意見(いけん)が分(わ)かれて…。
  （為了午餐要在哪裡吃而意見不合……。）
- A：なんだ、そんなこと？
  （什麼嘛！就為了這點事啊？）

4番 016

1. いつもより寒(さむ)かったから。
2. いつもより暖(あたた)かかったから。
3. 具合(ぐあい)が悪(わる)くなった人(ひと)がいたから。
4. 十分(じゅうぶん)なお金(かね)がなかったから。

スクリプト

男(おとこ)の人(ひと)が話(はな)しています。登山(とざん)はなぜ失敗(しっぱい)したと言(い)っていますか。

M：今回(こんかい)我々(われわれ)が頂上(ちょうじょう)まで行(い)けなかった理由(りゆう)ですか。そうですね、やはり今年(ことし)の異常(いじょう)な気候(きこう)が原因(げんいん)だと思(おも)います。いつもの年(とし)より気温(きおん)が高(たか)めでしたから雪(ゆき)の状態(じょうたい)がよくなかったですね。あっ、体(からだ)の調子(ちょうし)ですか。ええ、そりゃもう全員問題(ぜんいんもんだい)ありませんでしたよ。あっ、あの、最後(さいご)に、経済的(けいざいてき)に応援(おうえん)していただいた方々(かたがた)に申(もう)し訳(わけ)ないと思(おも)ってます。

登山(とざん)はなぜ失敗(しっぱい)しましたか。

男人正在講話。他說為什麼會登山失敗？

男：你是問這次我們沒能攻頂的原因嗎？ 唔……。我想還是因為今年氣候異常的關係。由於今年比往年的氣溫高，因此雪的狀況也不是很好。啊，身體狀況嗎？是啊，大家的身體狀況都沒有問題。啊，最後我想對給予我們經濟援助的各位，至上十二萬分的歉意。

他說為什麼會登山失敗？

1. 因為比往年寒冷。
2. 因為比往年暖和。
3. 因為有人身體狀況不佳。
4. 因為經濟狀況不佳。

答案 2

文法重點

❶ 這裡「そうですね」用於「想要在說話過程中加入一些思考時間」時。

- A：このスケジュール、少しきついんじゃない？
  （這個行程是否有點太緊湊了？）

  B：そうですね。ちょっと厳しいかもしれませんね。
  （嗯，也許有點太嚴苛了。）

❷ 這裡「やはり」表示對某種情況做結論的意思，帶有「雖然發生了許多狀況，但最後還是這樣」這類可以解釋或接受結果的心情。口語說法是「やっぱり」。

- いろいろ考えたが、やはりわたしは留学に行こうと思う。
  （經過了多方思考，我還是打算去留學。）
- さっきビールを頼んだけど、やっぱりいい。自分で買いに行くから。
  （剛才有拜託你買啤酒，不過還是算了。我自己去買就好了。）

❸ 「A~~い~~＋め」是「一點」「一些」的意思。用於「程度稍微增加或減少」時。

- ソースを少し多めに入れてください。（請多加一點醬汁。）

❹ 這裡的「いつも」作為名詞使用，表示「往常、照舊」的意思。

- 明日、いつもの所で待ち合わせよう。（明天在老地方碰面吧！）
- 今日はいつもより早く起きた。（今天比往常早起。）

❺ 「Vて／Vないで＋いただきたい」是希望對方做某事、不做某事。「いただきたい」是「もらいたい」的敬語形式。「Vてもらいたい」「Vてほしい」意思相近。

- 誰かに自分の気持ちや悩みを聞いてもらいたい。
  （希望有人傾聽自己的心情、煩惱。）
- このレポートを見ていただきたいんですが…。
  （希望您能幫我看這份報告……。）
- 親への感謝も忘れないでもらいたい。
  （希望你也不要忘了對父母的感謝。）

5番 (017)

1. 館長が経営をやめると決めたから。
2. 理科の嫌いな子どもが増えているから。
3. 経営状態がよくないから。
4. 子どもたちの夢を育てられないから。

スクリプト

女の人が話しています。女の人は博物館がなくなるのはどうしてだと言っていますか。

F：実は私の勤めている自然科学博物館がなくなることになったんです。ここは、今まで、子どもたちの夢を育てる場として十分役立ってきたはずなんですが……。経営状態はよかったにもかかわらず、博物館の館長一人の考えでこうなるなんて、本当に残念です。理科の嫌いな子どもも増えているというのに、これでいいのでしょうかね。

女の人は博物館がなくなるのはどうしてだと言っていますか。

女人正在講話。她說博物館即將走入歷史的原因為何？

女：我所服務的自然科學博物館即將走入歷史。到目前為止，這裡應該是對於孕育孩子們夢想有很大貢獻的地方。但是即使經營良好，只不過因為博物館館長一個人的想法而導致這種結果，真的非常令人感到遺憾。明明討厭理科的孩子也逐漸增加，這樣真的好嗎？

她說博物館即將走入歷史的原因為何？

1. 因為館長決定讓博物館走入歷史。
2. 因為不喜歡理科的孩子逐漸增加。
3. 因為經營不善。
4. 因為無法孕育孩子們的夢想。

答案 1

文法重點

❶ 「ことになった」表示因天時地利人和，事情自然演變導致這樣的結果。強調「非說話者單方面決定的結果」。

- 先生と相談した結果、その大学に入学することになった。
（和老師商量的結果，決定進那所大學就讀。）

❷ 「名詞＋として」是「作為～；以～身分」的意思，用於表示「某個特定的名義、立場、資格」等情況時。

- 学生としては学校の規則を守らなければなりません。
（作為一個學生，必須遵守學校的規則。）

❸ 「普通形＋はず」表示說話者的推測、猜想，是「照理說應該～」的意思。因為「～べき」中文的翻譯也是「應該～」，所以有些學習者產生了混淆。「～べき」是說話者客觀上認知有某義務、某責任，兩者文法意思完全不同。

「はずがない」則是「強烈認定某事物不可能會是～」。

- 今日は日曜日だから、郵便局は閉まっているはずだ。
（今天是禮拜日，所以郵局應該沒開。）
- こんな真っ黒な商品が売れるはずがない！
（這種烏漆抹黑的商品怎麼可能暢銷。）

❹ 「普通形＋にもかかわらず」是「儘管～還是～」的意思，用於前句事態跟自己預想的狀況相反，後句多為說話者吃驚、意外、不滿、或責難的語氣。

- 一生懸命勉強したにもかかわらず、試験に落ちた。
（儘管很努力在念書，但還是沒有考上。）
- このレストランはおいしいにもかかわらず、あまりお客さんがいない。
（儘管這家餐廳很好吃，但卻沒什麼客人。）

❺ 「普通形＋なんて」用於表達說話者對於發生了自己沒預料到的事感到「驚訝」或「感慨」。除此之外，「なんて」和「なんか」同樣也可以表示對前項敘述內容表示「輕視」或「嫌惡」。

- こんな所であなたに会うなんて、びっくりしたよ。
（居然能在這地方碰到你，真是嚇我一跳啊！）
- そんなことを言うなんて、ひどい。
（竟然講這種話，太過分了。）

6番 018

1. 新しい技術を研究したり、勉強したりすること。
2. 病気の人の気持ちを考えて、助けること。
3. 医者の決めた方法を正しく行うこと。
4. 医者の仕事をしやすくすること。

スクリプト

女の人はこれからの看護師の仕事で一番大切なことは何だと言っていますか。

F：皆さん、看護師の仕事とは何でしょうか。病院は病気をより早く治すところです。病気を治すために、医者も看護師もいつも研究したり、勉強したりすることが必要です。そして、新しい機械や技術を使って、一番いい方法を考えることが大切でしょう。しかし、最近、このようなことだけではなく、病気の人は、自分で治す力を作ることが大切だと考える人が多くなってきました。病気の人の気持ちになって考えることができる人が病院には必要なのです。これからの看護師は医者の決めた方法を正しく行うだけでは十分でありません。病気の人の気持ちをわかってあげて、病気の人に自分で病気を治そうという気持ちを持たせることがもっと大きな仕事だと言えるでしょう。

これからの看護師の仕事で一番大切なことは何ですか。

女人說今後的護士，最重要的工作為何？

女： 大家覺得護士的工作是什麼？醫院是一個能早日治癒疾病的地方。為了治療疾病，不論是醫生或護士都需要持續不斷研究與學習。進而使用新型的儀器及技術，思考最佳醫療方法，這是十分重要的。但是最近除此之外，越來越多的人認為，病患要增強自身自癒能力。醫院需要能站在病患的立場，將心比心的人。今後的護士光只是正確無誤地執行醫生所決定的治療方式是不夠的，還要了解病患的心情，讓病患覺得靠自己也是有可能讓疾病痊癒的，這一點可說是更加重大的任務。

女人說今後的護士，最重要的工作為何？

1. 研究及學習新技術。
2. 考慮病患的心情，並給予幫助。
3. 正確地執行醫生
4. 簡化醫生的工作。

答案 2

文法重點

❶ 「N＋とは」是「というのは」的書面語，「所謂的N」的意思。用來說明前項名詞的意思或定義。若前項接普通形，則表示說話者對前項敘述感到驚訝、感嘆。

- わたしにとって家族はとは一体何なのだろうか。（對我而言家人到底是什麼？）
- あの人がこんな嘘をつくとは、信じられないな。（那個人居然撒了這麼大的謊，令人無法相信呀！）

❷ 「より＋形容詞」這裡的「より」作副詞使用，表示「更加～」的意思，與「～もっと／～さらに」意思相近。

- 明日から、より暑くなるみたいです。（從明天開始，好像會變得更熱的樣子。）

❸ 「～ために」在本文中表示「為了～目的，做～」。另外「～ために」也表示原因、理由。

- 自分の家を買うためにお金を貯めている。（為了買屬於自己家在存錢。）
- 大雪のために電車が止まった。（因為大雪電車停駛了。）

❹ 「～だけではなく～」是「不只是～而且～」的意思，表示不僅前項如此，後項也是如此。

- 彼は日本語だけではなく、英語もペラペラだ。（他不只是日文很棒，就連英文也很流利。）

❺ 「～の気持ちになる」是「站在～人的心情」的意思，類似的用法還有「～の立場になる」（站在～的立場）。

- 相手の気持ちになって考えよう。（以對方的心情去思考。）
- 相手の立場になって考えるのは大事だ。（以對方的立場去思考是很重要的。）

❻ 「～だけでは～ない」是「光是～並不能～」的意思，表示只做到前項，是無法得到後項期待的結果，後項多接負面評價或是消極敘述。

- ただ話しただけではあの人の気持ちはわからない。（只是和他交談並無法了解他的心情。）

問題 3 概要理解

題型重點攻略

試題型式

大題當頁印有「問題 3」的說明文。

試題紙沒有印刷任何插畫或文字選項。

問題紙

問題 3

問題 3 では、問題用紙に何もいんさつされていません。この問題
ないようかを聞く問題です。話の前に質問はありません。まず話を
質問とせんたくしを聞いて、1 から 4 の中から、最もよいものを一

－ メモ －

音檔

❶ 考試中，首先會**播放「問題 3」的說明文**，以及**「例」**讓考生練習。

019

020

問題 3

問題 3 では、問題用紙に何もいんさつされていません。この問題はぜんたいとしてどんなないようかを聞く問題です。話の前に質問はありません。まず話を聞いてください。それから、質問とせんたくしを聞いて、1 から 4 の中から、最もよいものを一つえらんでください。

❷ **正文考題：**
會話短文➡提問（4 個選項）（約 10 秒的作答時間）也就是說，題目會在對話結束後唸一次提問，**只會有 1 次提問**。

❸ 在問題結束後，會有約 10 秒的作答時間。

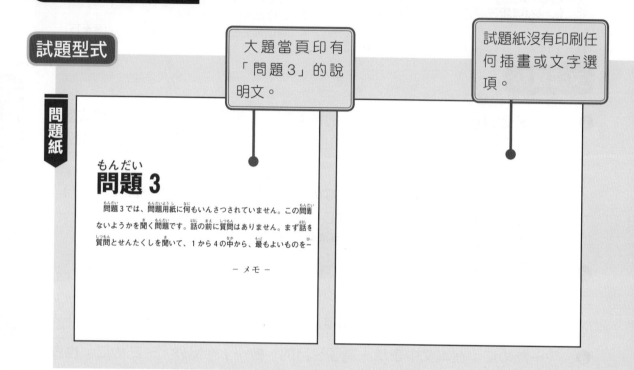

題型特色

❶ 「問題 3」 佔聽解考題中的 3 題。**這項考題是升上 N3 級數後新增的**，N4、N5 並無此考項。

❷ N3 裡此單元試題紙沒有提供答案選項，**回答的選項以聲音形式出題**，只有在完整發話後提問 1 次。

❸ 本項考題出題內容有會話形式也有一整段說明的形式。若是會話形式長度約 160 ~ 220 字左右；若是整段說明的形式長度約 200 ~ 300 字左右。

❹ 應考者聽完**針對某一主題的說明**後，考生必須根據出題內容提供的線索歸納出**主題的核心重點、說話者的主張**等等。

❺ 考題的一開始，通常會說明接下來的內容的情境設定。例如，「自然公園で案内の人が話しています。」，或是很簡單的「男の人と女の人が話しています。」等等。最後的提問才是真正的題目。例如，「女の人は何について話していますか。」、「男の人が、会議について、言いたいことは何ですか。」

解題技巧

❶ 「問題 3」考題中試題紙上沒有提供答案選項，同時提問只有在完整內容後問一次，應考者需要聽完題目再選出正確答案。也就是說，應考者必須**將聽到內容在腦袋中消化整理，隨時做下筆記，才能在最後聽到題目時選出正確答案**。

❷ 本大題中只有 1 次問題提問，同時因為沒有任何文字、圖示線索，而且提問是在最後才出現，所以**請仔細做筆記將聽到的訊息盡量記下來**，將聽到的訊息組織起來才能掌握問題核心。因此考生必須多練習自己的做筆記技巧。

❸ 「問題 3」中的考題單字難度較高，但是回答項目相對的卻比較容易。所以本大題主要是測驗考生是否理解該**主題的核心重點、說話者的主張**，聽不懂的單字可以忽略，只要抓到主旨重點即可。

試題解析

例 021

スクリプト

女の人が友達のうちに来て、話しています。

F1：田中です。

F2：あ、はあい。昨日友達が泊りに来てたんで、片付いていないけど、入って

F1：あ、でもここで。すぐ帰るから。あのう、この前借りた本なんだけど、ちょっと破れちゃって。

F2：え、本当？

F1：うん、このページなんだけど。

F2：あっ、うん、このくらいなら大丈夫。読めるし。

F1：ほんと？ごめん。これからは気をつけるから。

F2：うん、いいよ。ねえ、入ってコーヒーでも飲んでいかない？

F1：ありがとう。

女の人は友達のうちへ何をしに来ましたか。

1. 謝りに来た。
2. 本を借りに来た。
3. 泊まりに来た。
4. コーヒーを飲みに来た。

女人來到朋友家交談。

女 1：我是田中。
女 2：喔，好。昨天我朋友來住我家，我還沒整理。請進。
女 1：嗯，我在這裡就好。我馬上就回去了。嗯，前陣子跟妳借的書，有點破了。
女 2：啊，真的嗎？
女 1：嗯，就是這一頁。
女 2：嗯，這樣程度的話沒關係，還可以看。
女 1：真的嗎？對不起。之後我會小心。
女 2：嗯，沒關係。你要不要進來喝杯咖啡？
女 1：謝謝。

女士到到朋友家做什麼？

1. 來道歉。
2. 來借書。
3. 來住宿。
4. 來喝咖啡。

答案 1

文法重點

❶ 會話中「来てたんで」的「んで」是「ので」的口語表現。

- 今日(きょう)は友達(ともだち)が来(く)るんで、ちょっと忙(いそが)しい。
（因為今天朋友要來，有點忙。）

- お腹(はら)いっぱいなんで、もう食(た)べられない。
（因為吃飽了，已經吃不下了。）

❷ 「～ちゃって（～じゃって）」是「～てしまって（～でしまって）」的口語表現，對話中為了要簡短表達，而經常使用省略發音的「縮約形」。

- ごめん、電車(でんしゃ)に遅(おく)れちゃって。
（很抱歉，我沒趕上電車。）

❸ 這裡「なら」前面多接名詞，表示「主題」的意思，可以和「は」通用。說話者將他人談論時所提到的人事物提出來作為主題並繼續敘述。

- A：今日(きょう)は日本料理(にほんりょうり)が食(た)べたいですね。
（今天好想吃日本料理呢！）

  B：日本料理(にほんりょうり)なら、駅前(えきまえ)の店(みせ)が安(やす)くておいしいですよ。
（日本料理的話，站前那間店又便宜又好吃喔！）

❹ 這裡「飲んでいかない？」的句型中，「Vていく」使用的動詞多為無移動性、方向性質的動作動詞，表示「做完某動作再走」的意思。

- ぜひうちでご飯(はん)を食(た)べていってください。
（請務必在我家吃完飯再走吧。）

1番 022

スクリプト

男の人と女の人が話しています。

M：お買い上げ、ありがとうございます。

F：あの、自宅に送ってもらうことは、できるかしら。

M：はい、もちろんです。それではこちらにお名前、ご住所、お電話番号をお書きください。

F：あの、何か書くものを貸してくれる？

M：はい、こちらをお使いください。では、お願いします。

F：えーっと、ここにね。あら、これじゃ、だめね。

M：あ、お客様、何か？

F：えっと、確か出かける前にちゃんと…。ないわね。

M：どうなさいましたか。

F：忘れちゃったわ、あれ。私はね、あれがないとよく見えないから書けないのよ。

M：ああ、それは困りましたね。

女の人が伝えたいことは何ですか。

1. ペンを持ってくることを忘れた。
2. 住所と電話番号を覚えていない。
3. 書くものを貸してほしい。
4. めがねを持ってきていない。

男女兩人正在交談。

男：感謝您的購買。
女：可以宅配送到我家嗎？
男：是的，當然可以。請您在這邊寫上您的姓名、住址和電話號碼。
女：請問有什麼可以寫的東西可以借我嗎？
男：請您用這個。那麼就麻煩您了。
女：寫在這邊對吧？啊！這不行。
男：什麼地方有問題？
女：啊，我出門前的確……。不見了。
男：怎麼了呢？

女：我忘了那個。沒有那個我就看不清楚了，這樣沒辦法寫！
男：啊，那可傷腦筋啊！

女人想說的是什麼？
1. 忘了帶筆來。
2. 忘了住址、電話號碼。
3. 希望對方借她可以書寫的東西。
4. 沒有帶眼鏡。

答案 4

文法重點

❶ 「お／ご＋名詞」用於對話題中的人物表示尊敬，或抬高話題中的人物所屬的事物。原則上，若為日本固有和語名詞會接「お」，若名詞為漢語名詞則接「ご」。

- 先生_{せんせい}がお電話_{でんわ}をくださった。（老師打電話給我。）
- ご両親_{りょうしん}はご健在_{けんざい}ですか。（令尊命堂都健在嗎？）

❷ 「～かしら」是終助詞，為女性用語，男性不常使用，用來表示對自己所懷疑的事情做自問自答式的提問。除此之外，對於自己自問自答的「疑問」也可以使用「かな」，男女皆可使用。

- あの人_{ひと}は本当_{ほんとう}に信用_{しんよう}できるかしら。（真的可以相信那個人嗎？）
- 佐々木先生_{ささきせんせい}は今日_{きょう}休_{やす}みかな。（不曉得佐佐木老師今天會不會請假？）

❸ 「お～ください」是為了表示敬意而抬高對方的禮貌性用語，尊敬程度比「Ｖてください」要高，可用於長輩、上司或是顧客等的請求。

- 家族_{かぞく}にもよろしくお伝_{つた}えください。（請代我向您家人問候。）

❹ 「どうなさいましたか」句中「なさいます」是「します」的尊敬語。

- 小川先生_{おがわせんせい}はゴルフをなさいますか。（小川老師打高爾夫球嗎？）

❺ 「～ないと～」表示「不～的話，就～」的意思。「～と」表示假設。後面也常接否定表現。

- 急_{いそ}がないと遅_{おく}れちゃうよ。（不快一點就要遲到了喔。）
- 免許_{めんきょ}を取_とってからでないと運転_{うんてん}できない。（沒有考到駕照的話，不能開車。）

Part 1
考題・㈢ 概要理解

2番 023

スクリプト

女の人が話しています。

F：わたしの国には「動物の夢」占いというのがあります。夢に動物が出てきたときに、皆さんもぜひ試してみてください。一般に白い動物は幸運を示します。例えば、白いうさぎは、幸せな家庭を表します。また、白い猫は商売が順調なことを示します。白い象は信頼できる友人、白い馬は恋人を表しているそうです。自分が好きな動物がたくさん出てくる場合は、もうすぐいいことが起こるそうです。動物の赤ちゃんの夢を見た場合は、自分がお母さんになりたいという気持ちがあることだそうです。

この女の人は何について話していますか。

1. 動物が好きな事
2. 白い動物の特徴
3. 動物占いの信頼性
4. 夢で動物が出てきたときの意味

女人正在談話。

女：我們的國家有一種稱為「動物之夢」的占卜。當夢境裡出現動物時，大家一定要試試看。一般而言，白色的動物表示幸運。例如，白色的兔子表示幸福的家庭。另外，白色的貓表示生意興隆。白色的大象表示可以信賴的朋友，而白馬則表示情人。據說如果自己喜歡的動物大量出現在夢裡時，馬上就會發生好的事情；如果是夢見動物小寶寶，則是自己想成為一位母親。

女人正在談論什麼？

1. 愛好動物的事。
2. 白色動物的特徵。
3. 動物占卜的可靠性。
4. 夢裡出現動物時的意義。

答案 4

文法重點

❶ 「Vてくる」的動詞若為「出(で)る、湧(わ)く、現(あらわ)れる、浮(う)かぶ…」等「顯現語意的動詞」時，表示某種事物的產生或出現，意思是「原本沒有的東西出現了，或出現在說話者的視野了」。

- 太陽(たいよう)が雲(くも)の中(なか)から現(あらわ)れてきました。（太陽從雲中出現了。）
- いいアイデアが頭(あたま)に浮(う)かんできました。（有好點子浮現在腦海中。）

❷ 「ぜひ」是「務必、無論如何一定要～」的意思，表示說話者「懇切地、熱切地希望～」，後面常接表示願望、要求的表現。因為中文翻譯的關係，也許有人會將其與「かならず」混淆，「かならず」是「必定～」的意思，表示說話者強烈主張某事物一定會發生。

- ぜひ試(ため)してみてください。（請務必試試看。）
- 夏(なつ)は必(かなら)ず海(うみ)へ行(い)きます。（夏天一定會去海邊。）

❸ 「～場合」表示在眾多狀況的可能性中，選擇出一個來說明。

- 都合(つごう)が悪(わる)い場合(ばあい)は、お知(し)らせください。（不方便的話，請您通知我。）
- 雨(あめ)の場合(ばあい)、試合(しあい)は中止(ちゅうし)です。（如果下雨比賽就中止。）

❹ 「普通形＋そうだ」是表示「傳聞」的句型。用於表達消息來源是由他人、報章雜誌或其他管道得到的。前句常與「～によると」、「～の話(はなし)では」等詞語搭配。此用法與表示「樣態」的「そうだ」在接續上、用法上及意思上均不同，必須注意。

- あの動物園(どうぶつえん)には珍(めずら)しい鳥(とり)がいるそうだ。
（聽說在那座動物園有罕見的鳥類。）
- あっ、棚(たな)から荷物(にもつ)が落(お)ちそうだ。（啊，行李快要從架子上掉下來了。）

❺ 「N１＋という＋N２」及「普通形＋という＋N」的形式，是表示對後項名詞加以修飾，或說明該名詞的性質、特徵、屬性或類型等。

- 警察(けいさつ)という仕事(しごと)は大変(たいへん)な仕事(しごと)だ。（警察這樣的工作是很辛苦的工作。）
- このアパートにはペットを飼(か)ってはいけないというルールがある。
（這間公寓有一個不准飼養寵物的規定。）

3番 024

スクリプト

会社で男の人と女の人が話しています。

M：それでは次の会議の日にちですが、20日はいかがでしょう。

F：すみません。その日は別の会議が入っておりますので、遅くても4時45分には終わらせていただけないでしょうか。

M：それじゃあ、20日の1時半から4時半ということでいかがでしょう。

F：あっ、申し訳ありません。その日は午前中に空港に出迎えに行くように言われておりまして、もしかしたら30分ぐらい遅れる可能性があるんですが。

M：じゃあ、そのときは先に始めていますね。

F：分かりました。

女の人が次の会議について、言いたいことは何ですか。

1. 遅れて出席する。
2. 出席できない。
3. 日にちを変えて出席する。
4. 進行の順番を変えなければ、出席できない。

男女兩人正在公司交談。

男： 那麼關於下次商談的日期，定在20號如何？

女： 我那天還有其他的會議，所以最晚可以在4點45分結束嗎？

男： 那20號的1點半開始到4點半如何？

女： 啊，非常抱歉，我那天早上要去機場接機，可能會遲到大約30分鐘。

男： 那個時候我們就先開始吧。

女： 我知道了。

女人針對會議想說的是什麼？

1. 晚點出席。
2. 無法出席。
3. 更換時間出席。
4. 如果不更換進行順序，就無法出席。

答案 1

文法重點

❶ 「Vております」是「Vています」的謙讓語，用於謙遜地說明自己或自己一方成員正在進行某動作，或是某狀態持續中。

- ご連絡お待ちしております。
  （我會等候您的聯絡。）
- 息子は今中学校に通っております。
  （我兒子目前上國中。）

❷ 以「動詞使役形＋請求句」構成「V（さ）せていただけないでしょうか」的句型，表示客氣委婉地請求對方允許自己做某動作，語氣比「V（さ）せていただけませんか」更鄭重。

- 申し訳ございませんが、今日は早めに早退させていただけないでしょうか。（非常抱歉，今天能否讓我早退呢？）

❸ 這裡「ということ」是表示「確認」的意思，用於「做總結或確認從對方那裡得到的訊息」時。

- A：もう少し安くしてもらえませんか。
  （可以再便宜一點嗎？）
  B：う～ん。じゃあ、今回だけ特別サービスということで。
  （嗯。那只有這次給你特別優惠喔。）

❹ 「Vる＋ように言う」表示間接請求對方做「ように」前面提到的內容。

- 部長にすぐ会社に戻るように言われた。
  （被部長說立刻回來公司。）
- 約束の時間に遅れないように言われた。
  （被要求約定的時間不可以遲到。）

問題 4 發話表現

題型重點攻略

試題型式

大題當頁印有「問題 4」的**說明文，以及「例」**讓考生練習。

試題紙印出圖示，判斷箭頭（➡）所指的人物該說什麼話。

問題紙

問題 4

問題4では、えを見ながら質問を聞いてください。やじるし（➡）の人は何と言いますか。1から3の中から、最もよいものを一つえらんでください。

れい

音檔

❶ 考試中，首先會播放「問題 4」的說明文。

問題 4

025 問題 4 では、えを見ながら質問を聞いてください。やじるし（➡）の人は何と言いますか。1 から 3 の中から、最もよいものを一つえらんでください。

026 ❷ **正文考題：**
針對試題紙上的**圖示略做簡單說明，「問題」緊接在說明的後面，接下來是答案選項**。也就是說，這大題沒有 AB 兩人會話之類的內容。

❸ 在問題結束後，會有約 10 秒的作答時間。

題型特色

❶ **「問題 4」**佔聽解考題中的 4 題，**為改制後的新題型**。

❷ 題目類型為**看圖並選出適當的表達內容**。

❸ 試題紙上印出圖示，考生必需**判斷畫中箭頭標示的人物，在該圖片的情境中，會說什麼內容**。從中選出適合者。

❹ 聽力內容多為**日常內容**，可能出現**勸誘、發問、請求、委託**等等情境。

❺ **一題只有三個選項**，試題紙上不會印出。注意，試題紙上只有印出圖示。

❻ 近年來的考題，其**問題的部分有增長、對情境說明更為詳細的趨勢**。例如「会場は人がいっぱいで、座れるかどうかわかりません。係の人に、何と言いますか。」

解題技巧

❶ 拿到試卷後、聽力播出前**略看一下圖片，了解圖片情境**，有助於掌握考題方向。看完圖片，推敲其情境後，請作好聆聽題目的準備。

❷ 注意！耳朵聽到的題目的選項也許似乎都合理，這時**只有搭配圖片的細節，才能在短短的幾秒中內選出最適當的選項**。一定要邊聽邊仔細看試題紙作答，同時隨時做筆記。

❸ **作答的當下請立刻畫卡**，因為之後並沒有多餘的時間讓你補畫。

❹ 要特別注意箭頭（➡）**所指人物是聽話者，還是發話者**。判斷問題中是聽話者還是發話者會說的內容，是關鍵的線索。

試題解析

例 027

スクリプト

ホテルのテレビが壊（こわ）れています。何（なん）と言（い）いますか。

F：1. テレビがつかないんですが。

2. テレビをつけてもいいですか。

3. テレビをつけたほうがいいですよ。

內容分析

題目問，飯店的電視壞了時，該怎麼說。

選項 1：正確答案。意思是「電視開不了」，「～んですが」表示說明。

選項 2：意思是「可以開電視嗎」，用「Vてもいいですか」表示徵求許可。不符題意。

選項 3：「開電視比較好喔」的意思。「Vたほうがいい」表示給對方建議，告訴對方「做～比較好」。不符題意。

1番 028

スクリプト

友達は、学生相談室を知らないそうです。友達に何と言いますか。

F：1. 学生相談室、連れて行ってもらえる？
　　2. 学生相談室、連れて行こうか。
　　3. 学生相談室、案内されようか。

朋友不知道學生諮詢室在哪。要說什麼？

1. 可以帶我去學生諮詢室嗎？
2. 我帶你去學生諮詢室吧！
3. 被帶去學生諮詢室吧！

答案 2

內容分析

題目問，聽說朋友不知道學生諮詢室，該對朋友怎麼說。

選項 1：這句應該是朋友說的。「Vてもらえる？」是請求對方（家人、熟人、朋友）能否做某動作的問句。

選項 2：正確答案。「V（よ）う」是意向形，用於說話者把自己當時的打算或想法告訴對方時。

選項 3：「案内される」是「案内する」的尊敬語慣用型，對於朋友不需要使用尊敬語，用法不自然。

2番 029

スクリプト

自転車（じてんしゃ）に乗（の）るときは、ヘルメットが必要（ひつよう）です。子（こ）どもに、何（なん）と言（い）いますか。

F：1. ヘルメット、かぶらないと。

2. ヘルメットつけないで。

3. ヘルメット、要（い）らないよ。

騎腳踏車時要戴安全帽，該對小朋友說什麼？

1. 要戴安全帽喔。
2. 請不要戴安全帽。
3. 不需要安全帽喔。

答案 1

內容分析

題目問，騎自行車時必須要戴安全帽，該對孩子怎麼說。

選項 1：正確答案。「～ないと」是「～ないといけない」的省略說法，「不～不行」、「必須～」的意思。

選項 2：「戴帽子」使用的動詞是「かぶる」，「つける」是誤用。

選項 3：不合邏輯，故不是正確選項。

3番 030

スクリプト

込んでいて、通れません。乗客に何と言いますか。

M：1. どうぞ、お通りください。

2. 通してくださって、ありがとうございます。

3. すみません、通していただけますか。

人潮擁擠無法通行，要對乘客說什麼？

1. 請通過。
2. 謝謝您讓我通行。
3. 不好意思，可以讓我過去嗎？

答案 3

內容分析

題目問，當人潮擁擠無法通過時，該對乘客們怎麼說。

選項 1：自動詞「通る」是「由某處通過」的意思。「お～ください」是尊敬語的請求命令表現。不符提問方向。

選項 2：這句是對方讓路之後應該回對方的話。他動詞「通す」是「使～通過某處」的意思。「Vてくださる」用於帶著感謝心情，接受對方的行為時。

選項 3：正確答案。「Vていただけませんか。」用於客氣地拜託對方能否做某動作時。

4番 031

スクリプト

友達の服に醤油がつきそうです。友達に何と言いますか。

F：1. 醤油、つけなくちゃ。
　　2. 醤油、ついちゃうよ。
　　3. 醤油、まだついてるよ。

朋友的衣服就要沾上醬油了，該對朋友說什麼？

1. 得沾醬油。
2. 要沾上醬油了。
3. 上面還沾著醬油。

答案 2

內容分析

題目問，眼看醬油就要沾到朋友衣服了，該對朋友怎麼說。

選項 1： 他動詞「つける」是「使～沾上」的意思。「～なくちゃ」是「～なくては（いけない）」的口語表現，表示「必須～」。

選項 2： 正確答案。自動詞「つく」是「表面沾上、附著」的意思。「～ちゃう」是「～てしまう」的口語表現，這裡表示以遺憾語氣陳述不期待的後果。

選項 3： 「自Vている」的句型表示現象發生後，其狀態的持續。

問題 5 即時應答

題型重點攻略

試題型式

問題紙

大題當頁印有「問題 5」的**說明文**。

試題紙沒有印刷任何插畫或文字選項。

問題 5

問題 5 では、問題用紙に何もいんさつされていません。

そのへんじを聞いて、1 から 3 の中から、最もよいものを

－ メモ －

音檔

❶ 考試中，首先會**播放「問題 5」的說明文，以及「例」**讓考生練習。

問題 5

032

問題 5 では、問題用紙に何もいんさつされていません。。まず文を聞いてください。それから、そのへんじを聞いて、1 から 3 の中から、最もよいものを一つえらんでください。

033

❷ **正文考題：**
兩人進行一問一答，A 說完對話文中第一句之後，B 有 3 個回答選項。

❸ 在問題結束後，會有約 10 秒的作答時間。

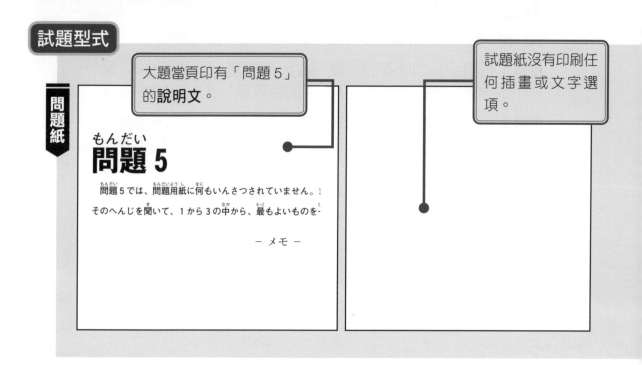

題型特色

❶ 「問題 5」佔聽解考題中的 9 題，為**改制後的新增題型**。

❷ **聽力內容多半是由兩人進行一問一答**，回答的部分是答案選項。

❸ 請特別留意，**一題只有 3 個選項**。同時，試題紙上沒有印刷任何插畫或文字選項。考生必須聽取短句發話，並選出適切的應答。

❹ 題目內容與日常生活情境息息相關，形式包含**疑問句、勸誘句、命令句、委託或請求同意的句子**等等。例如「先輩、田中さんに会いたいんですが、連絡先をご存知ですか。」、「あと一時間でパーティー始まるから、もう料理並べとこうか。」等等。

解題技巧

❶ 試題本上不會出現任何文字。因此千萬不要忘記隨時做筆記。作答的當下請立刻畫卡，因為之後並沒有多餘的時間讓你補畫。

❷ 聽解考題中，本大題為最需要臨場應變能力和精準判斷力的大題，請務必大量練習試題。

❸ 題目內容與日常生活情境息息相關，因此必須多學習情境慣常用法。要注意題目中設下的文法思維陷阱，因為有時候文法是正確的，但卻是不自然的表現方式。

❹ 因為沒有任何的圖示或文字線索做為判斷的依據，因此導致作答時間變成十分緊迫，沒有時間讓你慢慢思考。如果你思索前一題，就會漏聽下一題，最後便會不自覺慌張起來，產生骨牌效應通通答錯。因此只要碰到聽不懂的題目，就請果斷選擇一個可能的選項，然後迅速整理心情，準備聽下一題。若是一直執著在某一題上，反而會害到後面的題目，最後失敗走出考場。

試題解析

例 034

スクリプト

M：すみません、今(いま)、時間(じかん)、ありますか。

F：1. ええと、10 時(じ) 20 分(ぷん)です。
2. ええ。何(なん)ですか。
3. 時計(とけい)はあそこですよ。

男：不好意思，你現在有時間嗎？

女：1. 嗯，10 點 20 分。
2. 嗯，什麼事？
3. 時鐘在那裡喔。

內容分析

＊男士詢問女士現在是否有時間，問句也可以用「すみません、今、いいですか」替換。

選項 1：這裡「ええと」是考慮如何回答問題時的語氣，與問句回答不符。

選項 2：正確答案。這裡「何ですか」表示「有什麼事情呢？」的意思。

選項 3：表示物品所在位置的句型，與題意不符。

1番 035

スクリプト

M：私、今度マラソン大会に出ることになったんだ。

F：1. 次は参加できるといいね。
　　2. すごいね。見に行くね。
　　3. どうして出ないの？

男：我這次要參加馬拉松比賽喔。
女：1. 下次可以參加就好了。
　　2. 太厲害了，我會去看喔！
　　3. 為什麼不出賽呢？

內容分析

＊男士說到這次決定要參加馬拉松比賽，使用「Vる＋ことになった」是表示事情自然而然演變的結果，有強調「某事情的決定非說話者單方決定的結果」含意。「んだ」用於強調說明原因理由，是「のだ」的口語表現。

◉ 今度大阪支社に転勤することになりました。（我要調職到大阪分公司了。）

選項 1：「次」是「下次、下回」的意思。「といい」是表示如果某件事發生的話有多好的意思。本選項與題意不符。

◉ あした雨が降らないといいね。（明天要是不下雨就好啦！）

選項 2：正確答案。對參加馬拉松比賽表示「厲害、了不起，會去觀看」的意思。

選項 3：「どうして出ないの？」（為什麼不參加呢？）。這裡「～の？↗」是「～んですか」的口語表達，用於和熟人說話時。本選項與問題不符。

2番 036

スクリプト

F：鈴木さん、できるだけ野菜は食べるようにしてくださいね。

M：1. 食べなくてもいいんですか。
　2. はい、今日からそうします。
　3. 毎日食べ方を教えてあげましょうか。

女：鈴木你要盡量吃蔬菜喔。

男：1. 不吃也可以嗎？
　2. 好的，今天開始我就這麼做。
　3. 我來教你每天食用的方法吧！

內容分析

＊「意志Vる＋ようにしてください」是間接、多次性的請求。意思是要求對方養成某種習慣或持續做某種努力。常與副詞「できるだけ」、「必ず」、「絶対に」搭配使用。此句型比「Vてください」直接的請求表現更鄭重禮貌。

◉ 明日の朝の会議は遅れないようにしてください。
（明天早上的會議請盡量不要遲到。）

選項 1：「Vなくてもいい」是表示「不需要或可以不必做某事情」的意思，因此整句會變成「不需要吃嗎？」的意思，本選項與題意不符。

選項 2：正確答案。「そうします」的「そう」是「那樣」的意思，「します」是「做」的意思，「そうします」可以解釋為「我知道了，就那樣做」，帶有同意對方委婉請求的語氣。

選項 3：「Vて＋あげましょうか」是說話者自願為對方做某事情或某動作的表達方式，相當「我來幫你～吧！」的意思，本選項與題意不符。

◉ 写真を撮ってあげましょうか。（我來幫你拍照吧！）

3番 037

スクリプト

M：鈴木さん、今度の日本語試験、鈴木さんも受けるでしょう？
F：1. 受けたみたいだよ。
2. えっ？中止になったの？
3. もちろん受けるよ。

男：鈴木，這次的日語測驗，鈴木妳也會報考嗎？
女：1. 好像考過了喔。
2. 啊？暫停舉辦了嗎？
3. 當然會報考喔。

內容分析

＊問題中男士向對方確認是否參加這次的日語考試。「普通形（Na・N+ でしょう？／」語調上揚表示確認語氣，用於「為求得對方同意而進行詢問或確認」時。相當「～吧？」的意思。

選項 1：這裡「普通形（ナ形容詞・名詞去だ）＋みたいだ」有「推測」的意思，表示說話者在說話當時依據聽來或看來的消息，或自身心理或生理的感覺所做的推測。相當「似乎～；好像～」的意思。本選項不符題意。

◉ **消防車の音がしますから、近くで火事があったみたいだ。**
（因為有傳來消防車的聲音，附近似乎發生了火災。）

選項 2：「えっ？」（啊？）是表示「驚訝」的感嘆詞。「中止になったの？」的「～の？／」是「～んですか」的口語表達，用於向對方確認事實時。問題中並未提到中止的訊息，所以本選項與題意不符。

選項 3：正確答案。副詞「もちろん」表示「當然」「不用說」的意思。

4番 038

スクリプト

F：渡辺(わたなべ)さん、今度(こんど)の日曜日(にちようび)は空(あ)いてる？ちょっと買(か)い物(もの)に付(つ)き合(あ)ってほしいんだけど。

M：1. えっ？僕(ぼく)しかいないの？

2. うん、いいよ。午後(ごご)なら。

3. 気持(きも)ちはうれしいんだけど。

女：渡邊你這禮拜天有空嗎？我想要你陪我去買東西。

男：1. 啊，只有我嗎？

2. 嗯，好啊！下午的話可以。

3. 你的心意我心領了。

內容分析

＊女士詢問男士這個星期天是否有空，希望陪她去買東西。這裡「Vてほしい」用於「說話者希望對方做某動作或保持某狀態」時。「Vてほしい」和「Vてもらいたい」的用法接近，但「Vてもらいたい」的動詞只能接意志動詞，而「Vてほしい」則無此限制。「～んだけど」用於避免請求或命令語氣過於直接時。

◉ あのう、この資料(しりょう)を見(み)てほしいんですが…。
（那個，想麻煩你看一下這份資料…。）

選項 1：「しか～ない」表示「只有」，有強調「極少」「不足」「遺憾」的含意。整句含有「只有我一人去嗎？」的驚訝語氣，非正確的選項。

選項 2：正確答案。「うん、いいよ。」表示答應對方。這裡「名詞＋なら」相當「～的話」，用於承接對方的發言內容，進而陳述說話者自己的意見或意志。

選項 3：選項含有「心情上是很開心，但～」猶豫的語氣，與題意不符。

5番 039

スクリプト

M：鈴木さん、先週頼んだ調査報告書、あとどのぐらい残ってる？

F：1. 3日過ぎました。

2. もうすぐ終わると思います。

3. まだこんなに残っているんですか。

男：鈴木，上禮拜拜託你的調查報告，還剩多少？

女：1. 過三天了。

2. 我想快要做好了。

3. 還剩這麼多啊？

內容分析

＊男士詢問上週委託對方的報告書還剩多少未進行。「あと＋數量」相當於「再、還要」的意思，用於表示「需要再某數量才會達到某條件」時。

「どのぐらい」是表示「時間多久」、「費用多少」、「長度大小」、「距離遠近」、「份量多寡」等概念的疑問詞，可和「どれぐらい」、「どれほど」互換使用。

選項 1：「過ぎました」前接時間、期限等名詞時，表示經過的時間或期間。本選項不符題意。

選項 2：正確答案。「もうすぐ」是「馬上即將要～」的意思。而「すぐ」則表示緊接著或在較短時間內「立刻」做某動作。

選項 3：「まだ～ている」是「仍然～；還～」的意思，表示說話當時仍然沒有改變之情況。本選項應該是問話者說的內容，因此與題意不符。

6番 040

スクリプト

F：写真部の山本君、テニス選手としても期待されてるらしいよ。

M：1. そうなんだ。テニスもできるんだね。

2. テニスはあまり得意じゃないんだね。

3. 山本君でも苦手なことはあるんだね。

女： 攝影社的山本，似乎也是受矚目的網球選手喔。

男： 1. 這樣子啊，他也會打網球啊！

2. 不太會打網球啊！

3. 山本也有不擅長的事啊？

內容分析

＊女士敘述攝影社的山本君，聽說作為網球選手也備受期待。這裡「名詞＋としても」表示「身分、地位、資格」等，用於表達「以～身分」「作為～」的意思。

「普通形（ナ形容詞・名詞去だ）らしい」作為助動詞時，也有「傳聞」的意思，用於表達「從他人那裡聽來的消息，但往往情報來源不明確」時。

- 彼女は弁護士であるが、作家としても有名である。
（她雖然是律師，但作為作家也很出名。）
- 噂によると、小川さんは来月福岡へ転勤するらしいよ。
（根據傳言，聽說小川先生下個月要調職到福岡耶！）

選項 1： 正確答案。「そうなんだ」帶有驚訝的語氣，表示「原來是這樣呀」的意思。而這裡的「～んだね」表示說話者發現了新事實，帶有領悟並接受的語氣。相當「啊，原來～呢」的意思。

選項 2： 發現了原來不太擅長打網球的事實。本選項與題意不符。

選項 3： 描述就算是山本君也有不擅長的事情。本選項與題意不符。

7番 041

スクリプト

M：あのう。ちょっとお手洗い、お借りできますか。

F： 1. いつお返ししましょうか。
2. よろしければ、1つあげますよ。
3. どうぞご自由に。

男：嗯…，可以跟您借洗手間嗎？
女：1. 什麼時候要還您呢？
2. 可以的話，我給你一個。
3. 請您自便。

內容分析

＊問句中，男士以謙讓語表現詢問能否借用洗手間。「お～できます」（我可以～；我能～）是謙讓語的可能表現。日語中，為了表示對對方的尊敬，當敘述自己或自己一方成員會、能夠、可以做什麼時，也要使用謙讓語的可能表現形式。

◉ この机は一人でもお運びできます。（這個桌子即使是我一個人也能夠搬運。）

選項 1：以委婉方式詢問什麼時候要歸還，本選項與題意不符。

選項 2：這裡「よろしければ」是「よければ」的敬語表現，對於比自己輩分高 的人表示善意、提議、請求時，相當於「可以的話，如果您願意的話」的 意思。本選項不符題意。

◉ よろしければお使いください。（如果您願意的話，請使用。）

選項 3：正確答案。「どうぞご自由に」是「どうぞご自由にお使いください」（請您隨意使用）的省略說法，「どうぞ」和「～てください」、「お～ください」、「お願いします」等表示請求、命令的詞語搭配使用，表示對對方的請求、命令。

8番 (042)

スクリプト

F：鈴木さん、帰るとき、電気消すの忘れずにね。

M：1. はい、消して帰ります。

2. いいんですか。ありがとうございます。

3. 消しておきます。

女： 鈴木，回家的時候別忘了關燈喔。

男： 1. 好的，我會關了再回去。。
2. 可以嗎？謝謝。
3. 我會先關掉。

內容分析

＊女士提醒對方要回去時，不要忘記關燈。「～ずに」為「～ないで」的書面語。這裡「～忘れずに」後項不接動詞句，和「～忘れないで」的意思相同，表示請求對方不要忘記做某動作。
若「～ずに」後項接動詞句，則表示「在沒做前項動作的狀態下，就做了後項動作」以及「兩個不能同時進行的動作，選擇其一取而代之」等意思。

- **今朝何も食べずに会社に来ました。**
  （今天早上什麼都沒吃就來公司了。）
- **明日試験があるから、今晩寝ずに勉強します。**
  （因為明天有考試，所以今晚不睡覺要念書。）

選項 1： 正確答案。「Ｖ１て、Ｖ２」可用於表示連續動作之敘述。回覆對方會關燈之後再回去的意思。

選項 2： 「いいんですか」是向對方確認「可以嗎？」的語氣，本選項與題意不符。

選項 3： 「Ｖておく」有「事先準備」及「維持原狀、放任不管」等意思，並不是正確的選項。

9番 043

スクリプト

F：木村先輩、あのう、来月の読書会、私も参加させてください。

M：1. うん、できるだけ勉強するからね。
2. ぜひ来て。
3. じゃ、また今度来て。

女：木村學長，下個月的讀書會，請讓我也參加。

男：1. 嗯，我會儘量學習。
2. 務必前來喔！
3. 那麼下次再來。

內容分析

＊女生請求學長也讓她參加下個月的讀書會。「V（さ）せてください」的句型用於「說話者自己請求對方允許自己做某動作」時，是客氣請求對方允許、同意的說法，相當於「請讓我做～」、「請允許我～」的意思。

- わたしにも一言言わせてください。（請允許我也說幾句話吧！）
- 今回の仕事は、わたしにやらせてください。（此次的工作請讓我來做。）

選項 1：「できるだけ」表示「盡量～;盡可能～」的意思。而這裡助詞「から」置於句尾帶有告知、提醒的語氣。本選項與題意不符。

選項 2：正確答案。副詞「ぜひ」用於第二人稱時，可與「～て」、「～てください」、「お～ください」搭配使用，表示對對方的請求、命令，相當於「無論如何」「一定」的意思。

選項 3：表示請對方下次再來的意思，也不是正確的選項。

N3 Part 2

問題一	課題理解	▸ 模擬試題 8 回
問題二	重點理解	▸ 模擬試題 8 回
問題三	概要理解	▸ 模擬試題 10 回
問題四	發話表現	▸ 模擬試題 8 回
問題五	即時應答	▸ 模擬試題 8 回

問題（一）・課題理解

問題１ 044

問題1では、まず質問を聞いてください。それから話を聞いて、問題用紙の1から4の中から、最もよいものを一つえらんでください。

第一回

1番 045 (一) 第1回

1. 男の人と仕事を代わる。
2. 男の人といっしょに準備をする。
3. 営業部に男の人を手伝ってあげるように、お願いしてみる。
4. 営業部に行ってもいいか、男の人に聞いてみる。

2番 046 (一) 第1回

1. 絵本を取りに行く。
2. パソコンで在庫を調べる。
3. 客といっしょに店内を探す。
4. 出版社に連絡する。

3番 047 (一)第1回

1. はがきと帽子(ぼうし)
2. 帽子(ぼうし)と飲(の)み物(もの)
3. はがきと帽子(ぼうし)と飲(の)み物(もの)
4. はがきと飲(の)み物(もの)

4番 048 (一)第1回

1. 食事(しょくじ)に行(い)く。
2. 温泉(おんせん)で足湯(あしゆ)をする。
3. お土産(みやげ)を買(か)いに行(い)く。
4. 旅館(りょかん)へ戻(もど)る。

5番 049 (一)第1回

1. 家からバイクで行く。
2. 駅から地下鉄で行く。
3. バスを2回乗り換えて行く。
4. 学校まで歩いていく。

6番 050 (一)第1回

1. 2,000円
2. 18,000円
3. 20,000円
4. 32,000円

第二回

1番 051 (一) 第2回

1. 自分で天気を見て決める。
2. 学校のホームページを見る。
3. 7時半から8時半までに学校に行く。
4. 学校に電話する。

2番 052 (一) 第2回

1. 5時半の予約をする。
2. 6時の予約をする。
3. 8時の予約をする。
4. 今は予約しない。

3番 053（一）第2回

1. テニスラケットとテニスシューズ
2. テニスボールとテニスシューズ
3. テニスラケットとテニスボール
4. 何(なに)も持(も)っていかなくてもいい

4番 054（一）第2回

1. 資料(しりょう)を月(つき)ごとに分(わ)ける。
2. 資料(しりょう)を古(ふる)い順番(じゅんばん)に整理(せいり)する。
3. 会議(かいぎ)の名札(なふだ)を作(つく)る。
4. ファイルをしまう。

5番 055 (一)第2回

1. 今日と明日のアルバイトを探している人。
2. 今日のアルバイトをしてくれる人。
3. 明日とあさって、通訳をしてくれる人。
4. 明日のアルバイトをしてくれる人。

6番 056 (一)第2回

1. 書店へ行って手続きをする。
2. インターネットで手続きをする。
3. 住所を変更する。
4. 必要な写真を準備する。

第三回

1番 057 (一) 第3回

1. 海山商事(みやましょうじ)へ行(い)く。
2. 営業部(えいぎょうぶ)へ行(い)く。
3. 4階(かい)へ上(あ)がる。
4. 5階(かい)へ上(あ)がる。

2番 058 (一) 第3回

1. 二人用(ふたりよう)の席(せき)に座(すわ)る。
2. 四人用(よにんよう)の席(せき)に座(すわ)る。
3. 小川(おがわ)さんが来(く)るまで待(ま)つ。
4. 小川(おがわ)さんに電話(でんわ)してから席(せき)を決(き)める。

3番 059 (一)第3回

1. 5人分の予約
2. 6人分の予約
3. 一人追加分の予約
4. 人数がわかるまで予約しない

4番 060 (一)第3回

1. 迷子センターへ行く。
2. 3階に電話する。
3. 息子を探しに行く。
4. 館内放送をしに行く。

5番 061 (一) 第3回

1. 特急(とっきゅう)
2. 急行(きゅうこう)
3. 特急(とっきゅう)でも急行(きゅうこう)でもいい。
4. 各駅停車(かくえきていしゃ)

6番 062 (一) 第3回

1. 単語(たんご)を何回(なんかい)も読(よ)んでみる。
2. 単語(たんご)を書(か)く練習(れんしゅう)をしてみる。
3. CD を聞(き)きながら単語(たんご)を声(こえ)に出(だ)してみる。
4. 小(ちい)さいカードを使(つか)って単語(たんご)を覚(おぼ)えてみる。

第四回

1番 063 (一)第4回

1. 燃えるごみを出す。
2. 燃えないごみを出す。
3. 生ごみをまとめて捨てる。
4. 古新聞や雑誌を捨てる。

2番 064 (一)第4回

1. タクシーの時間を午後に変更する。
2. タクシーに5分後に来てもらうように言う。
3. タクシーの予約を取り消す。
4. 今すぐタクシーを呼ぶ。

3番 065 (一)第4回

1. 図書館（としょかん）に、本（ほん）を借（か）りに行（い）く。
2. 図書館（としょかん）に、本（ほん）を返（かえ）しに行（い）く。
3. 図書館（としょかん）に、お金（かね）を払（はら）いに行（い）く。
4. 図書館（としょかん）に、お金（かね）をもらいに行（い）く。

4番 066 (一)第4回

1. 1を押（お）す。
2. 2を押（お）す。
3. 3を押（お）す。
4. 4を押（お）す。

5番 067 (一) 第4回

1. 英語(えいご)4時間(じかん)
2. 日本語(にほんご)4時間(じかん)
3. 日本語(にほんご)8時間(じかん)
4. 英語(えいご)8時間(じかん)

6番 068 (一) 第4回

1. サンドイッチ
2. コーヒー
3. アイスクリーム
4. サラダ

第五回

1番 069 (一)第5回

1. 書類(しょるい)に名前(なまえ)や住所(じゅうしょ)などを書(か)く。
2. 子供(こども)の熱(ねつ)を計(はか)る。
3. いすに座(すわ)って待(ま)つ。
4. 書類(しょるい)を受付(うけつけ)に持(も)っていく。

2番 070 (一)第5回

1. 南口(みなみぐち)の改札(かいさつ)
2. コインロッカーのそば
3. 西口(にしぐち)の時計(とけい)の前(まえ)
4. からくり時計(どけい)のところ

3番 071 (一)第5回

1. 丸(まる)を小(ちい)さくする。
2. 丸(まる)も四角(しかく)も小(ちい)さくする。
3. 丸(まる)を大(おお)きくする。
4. 丸(まる)も四角(しかく)も大(おお)きくする。

4番 072 (一)第5回

1. 会場(かいじょう)を予約(よやく)する。
2. プレゼントを用意(ようい)する。
3. 参加者(さんかしゃ)のリストと名札(なふだ)を作(つく)る。
4. 参加者(さんかしゃ)をグループに分(わ)ける。

5番 073 (一) 第5回

1. 腕時計(うでどけい)を目立(めだ)たせる。
2. 商品名(しょうひんめい)と写真(しゃしん)を確認(かくにん)する。
3. めがねをデザインする。
4. 営業(えいぎょう)にデザインを確認(かくにん)してもらう。

6番 074 (一) 第5回

1. 富士山(ふじさん)についてのビデオを見(み)る。
2. 富士山(ふじさん)について知(し)っていることを書(か)く。
3. 富士山(ふじさん)についていろいろ調(しら)べる。
4. 富士山(ふじさん)についてとなりの人(ひと)と話(はな)し合(あ)う。

第六回

1番 075 (一)第6回

1. パーティーの準備をすること。
2. ビデオの準備をすること。
3. 外国の人と知り合いになること。
4. 皆の写真を撮ること。

2番 076 (一)第6回

1. 韓国語レッスンに申し込む。
2. ウェブサイトでレベル結果をチェックする。
3. テストをうける。
4. 授業料を振り込む。

3番 077 (一)第6回

1. 焼(や)きそばを作(つく)る。

2. パンを作(つく)る。

3. 注文(ちゅうもん)をとる。

4. 買(か)い物(もの)に行(い)く。

4番 078 (一)第6回

1. お茶(ちゃ)を準備(じゅんび)する

2. エアコンの調子(ちょうし)を確認(かくにん)する

3. パソコンを用意(ようい)する

4. 参加人数(さんかにんずう)を確認(かくにん)する

5番 079 (一)第6回

1. 入り口で入場券を集める。
2. パンフレットを配る。
3. コップを洗う。
4. いすを戻す。

6番 080 (一)第6回

1. 書類に必要なことを書く。
2. 隣の部屋に行く。
3. 仕事の説明を聞く。
4. 服を着替える。

第七回

1番 081 (一) 第7回

1. 6時（じ）
2. 6時半（じはん）
3. 7時（じ）
4. 7時半（じはん）

2番 082 (一) 第7回

1. 火曜日（かようび）
2. 水曜日（すいようび）
3. 木曜日（もくようび）
4. 金曜日（きんようび）

3番 083 (一) 第7回

1. 大(おお)きな荷物(にもつ)を預(あず)ける。
2. 店内(てんない)でたばこを吸(す)う。
3. 店内(てんない)で食(た)べたり飲(の)んだりする。
4. 店(みせ)に入(はい)るのをやめる。

4番 084 (一) 第7回

1. 自分(じぶん)の国(くに)の料理(りょうり)
2. エプロン
3. 国際料理(こくさいりょうり)の材料(ざいりょう)
4. 運動靴(うんどうぐつ)

5番 085 (一)第7回

1. スピーチのテーマに集中(しゅうちゅう)する。

3, スピーチ内容(ないよう)を書(か)く。

2. 内容(ないよう)について質問(しつもん)する。

4. 一緒(いっしょ)に練習(れんしゅう)する相手(あいて)を決(き)める。

6番 086 (一)第7回

1. 名前(なまえ)の読(よ)み方(かた)を書く。

2. 写真(しゃしん)を新(あたら)しいのにする。

3. 携帯(けいたい)じゃない電話番号(でんわばんごう)を書く。

4. 写真(しゃしん)を撮(と)る。

第八回

1番 087 (一)第8回

1. ミーティングに参加する。
2. 店に連絡する。
3. コピーをする。
4. 予約人数を確認する。

2番 088 (一)第8回

1. 5分ぐらい座る。
2. 横になって休む。
3. 水を飲む。
4. ゆっくり歩く。

3番 089 (一)第8回

1. 説明会(せつめいかい)に参加(さんか)する。
2. 申込書(もうしこみしょ)を書(か)く。
3. 写真(しゃしん)を撮(と)る。
4. 申込書(もうしこみしょ)を配(くば)る。

4番 090 (一)第8回

1. 書類(しょるい)を先生(せんせい)に渡(わた)す。
2. 掲示板(けいじばん)を見(み)る。
3. 食堂(しょくどう)で食事(しょくじ)する。
4. 学生課(がくせいか)に行(い)く。

5番 091 (一)第8回

1. 近所の店で肉を買っていく。

2. 肉以外のものを買って持っていく。

3. 何も準備しない。

4. お皿と道具を準備する。

6番 092 (一)第8回

1. 犬を散歩させる。

2. 犬のえさを買いに行く。

3. 犬をシャワーで洗ってあげる。

4. 犬を病院へ連れて行く。

問題（二）・重點理解

問題２ 093

問題２では、まず質問を聞いてください。そのあと、問題用紙を見てください。読む時間があります。それから話を聞いて、問題用紙の１から４の中から、最もよいものを一つえらんでください。

第一回

１番 094 （二）第１回

1. 背が高くて右手の力が強いから。
2. 背が高くて動きにむだがないから。
3. 足が長くて動きがいいから。
4. 足の動きがよくて、手もよく出しているから。

２番 095 （二）第１回

1. 色が気に入ったから。
2. サイズがちょうどいいから。
3. えりが流行の形だから。
4. 値段が安かったから。

3番 096 (二)第1回

1. 朝(あさ)、寝坊(ねぼう)したから。
2. 車(くるま)の事故(じこ)に遭(あ)ったから。
3. 新幹線(しんかんせん)の信号(しんごう)が壊(こわ)れたから。
4. 予定(よてい)の新幹線(しんかんせん)に乗(の)り遅(おく)れたから。

4番 097 (二)第1回

1. 病院(びょういん)の食事(しょくじ)を食(た)べないから。
2. 病院(びょういん)の食事(しょくじ)を食(た)べ過(す)ぎるから。
3. よく外出(がいしゅつ)するから。
4. よく病院(びょういん)の外(そと)で食(た)べてくるから。

5番 098 (二)第1回

1. 目(め)の不自由(ふじゆう)な人(ひと)を助(たす)けること。
2. 病気(びょうき)の人(ひと)を元気(げんき)にすること。
3. かわいがられること。
4. 障害(しょうがい)のある人(ひと)を助(たす)けること。

6番 099 (二)第1回

1. 子供(こども)が交通事故(こうつうじこ)に遭(あ)ったから。
2. 奥(おく)さんが交通事故(こうつうじこ)にあったから。
3. お母(かあ)さんが病気(びょうき)だから。
4. 子供(こども)が病気(びょうき)だから。

第二回

1番 100 (二)第2回

1. 試験(しけん)の問題(もんだい)が難(むずか)しかったから。
2. 試験(しけん)に遅刻(ちこく)したから。
3. 試験(しけん)の時間(じかん)を間違(まちが)えたから。
4. 試験(しけん)を受(う)けなかったから。

2番 101 (二)第2回

1. 友達(ともだち)に時間(じかん)がなかったから。
2. 飛行機(ひこうき)が飛(と)ばなかったから。
3. 船(ふね)が出(で)なかったから。
4. 北海道(ほっかいどう)に行(い)くから。

3番 102 (二)第2回

1. 体操(たいそう)のきそを習(なら)いたいから。
2. 体力(たいりょく)をつけたいから。
3. 呼吸(こきゅう)の仕方(しかた)を習(なら)いたいから。
4. 友(とも)だちを作(つく)りたいから。

4番 103 (二)第2回

1. 仕事(しごと)が夜遅(よるおそ)くまであったから。
2. 家族(かぞく)との会話(かいわ)が少(すく)なくなったから。
3. 給料(きゅうりょう)が安(やす)かったから。
4. 課長(かちょう)と考(かんが)え方(かた)が違(ちが)ったから。

5番 104 (二)第2回

1. 今日(きょう)は月曜日(げつようび)だから。
2. まだ時間(じかん)が早(はや)いから。
3. 今日(きょう)は月(つき)の終(お)わりの日(ひ)だから。
4. ここはもう図書館(としょかん)ではないから。

6番 105 (二)第2回

1. 甘(あま)いものが好(す)きだから。
2. 本屋(ほんや)の店員(てんいん)になりたくないから。
3. コンビニには好(す)きなものが何(なん)でもあるから。
4. 好(す)きな食(た)べ物(もの)をたくさん食(た)べられるから。

第三回

1番 106 (二)第3回

1. 打ち合わせに何人来るか、わからないから。
2. 今日の会議では資料が必要ないから。
3. 資料が必要な人はいないから。
4. 準備した資料を無駄にしたくないから。

2番 107 (二)第3回

1. 道が混んでいるから。
2. 道路が渋滞しているから。
3. 駐車場が少し遠いところだから。
4. 車を止めるところが少し狭いから。

3番 108 (二)第3回

1. バスから電車に乗り換えるのが面倒だから。

2. 電車で行くほうが早く着くから。

3. 図書館までの電車が 30 分もかかるから。

4. バスで行くほうが早いから。

4番 109 (二)第3回

1. 好きな音楽がながれているから。

2. よく仕事に遅れるから。

3. カフェで試験の勉強ができるから。

4. おいしい朝食が食べられるから。

5番 110 （二）第3回

1. 思っていたより狭いから。
2. 部屋の色が赤くて気に入ったから。
3. トイレとお風呂が別々に分かれているから。
4. ときどき友だちも呼べる広さだから。

6番 111 （二）第3回

1. 学校でテストがあったから。
2. 放課後にクラブ活動があったから。
3. 遠くの店まで本を探しに行っていたから。
4. デパートで服や本を買っていたから。

第四回

1番 112 (二)第4回

1. 昨夜(さくや)は早(はや)く寝(ね)たから。

2. 昨夜(さくや)はあまり寝(ね)られなかったから。

3. 朝早(あさはや)くテニスをしに行(い)くから。

4. 学校(がっこう)が遠(とお)くて、早(はや)く家(いえ)を出(で)るから。

2番 113 (二)第4回

1. 男(おとこ)の人(ひと)が子(こ)どものころ、京都(きょうと)に住(す)んでいたから。

2. 夫婦(ふうふ)は京都出身(きょうとしゅっしん)だから。

3. 妻(つま)の両親(りょうしん)の家(いえ)の近(ちか)くに住(す)みたかったから。

4. 会社(かいしゃ)から近(ちか)いところに住(す)みたかったから。

3番 114 (二)第4回

1. 仕事の後、すぐ子どもが迎えに来るから。
2. 子どもといっしょに食事に出かけるから。
3. 仕事で居酒屋へは行けないから。
4. 子どもの世話をしなければいけないから。

4番 115 (二)第4回

1. 23日の切符はもう売り切れたから。
2. 23日の切符はまだ発売していないから。
3. 23日の切符は21日に発売するから。
4. 23日の切符はあさって買ったほうが安いから。

5番 116 (二)第4回

1. 仕事(しごと)をやり過(す)ぎたから。
2. 引越(ひっこ)しで疲(つか)れたから。
3. 家(いえ)の壁紙(かべがみ)から体(からだ)に悪(わる)いものが出(で)ているから。
4. 特(とく)にその建築業者(けんちくぎょうしゃ)だけがひどい材料(ざいりょう)を使(つか)ったから。

6番 117 (二)第4回

1. もともと注文(ちゅうもん)していなかったから。
2. コーヒーか紅茶(こうちゃ)のどちらを選(えら)ぶかを伝(つた)えていなかったから。
3. Bセットと間違(まちが)えてしまったから。
4. デザートを注文(ちゅうもん)しないと飲(の)み物(もの)が付(つ)いてこないから。

第五回

1番 118 (二)第5回

1. 部屋(へや)からの眺(なが)めがきれいだから。
2. 交通(こうつう)アクセスがいいから
3. 花火大会(はなびたいかい)があるから
4. 夜(よる)、三味線(しゃみせん)の演奏(えんそう)が見(み)られるから

2番 119 (二)第5回

1. 地図(ちず)の書(か)き方(かた)が悪(わる)かったから。
2. 別(べつ)の地図(ちず)を持(も)っていたから。
3. 人(ひと)に聞(き)かなかったから。
4. 降(お)りる駅(えき)を間違(まちが)えたから。

3番 120 (二)第5回

1. 食事(しょくじ)が健康(けんこう)にいいこと。
2. 気候(きこう)がいいこと。
3. 医療(いりょう)が進(すす)んでいること。
4. 安全(あんぜん)であること。

4番 121 (二)第5回

1. 猫(ねこ)や鳥(とり)がいるから。
2. 管理人(かんりにん)さんに注意(ちゅうい)されたから。
3. 注意(ちゅうい)は紙(かみ)に書(か)いてあるから。
4. 前(まえ)の日(ひ)、ゴミを捨(す)てる人(ひと)がいるから。

5番 122 (二)第5回

1. 贈り物の時計を探すため。
2. 自宅用の掛け時計を探すため。
3. 腕時計を修理するため。
4. 時計の修理について確認するため。

6番 123 (二)第5回

1. 人間関係と給料
2. 仕事の内容と会社の規模
3. 人間関係と仕事の内容
4. 仕事の内容と給料

第六回

1番 124 (二)第6回

1. 店（みせ）が静（しず）かなところ。
2. 料理（りょうり）が毎日（まいにち）かわるところ。
3. 店員（てんいん）が親切（しんせつ）なところ。
4. ワインが1杯無料（ぱいむりょう）で飲（の）めるところ。

2番 125 (二)第6回

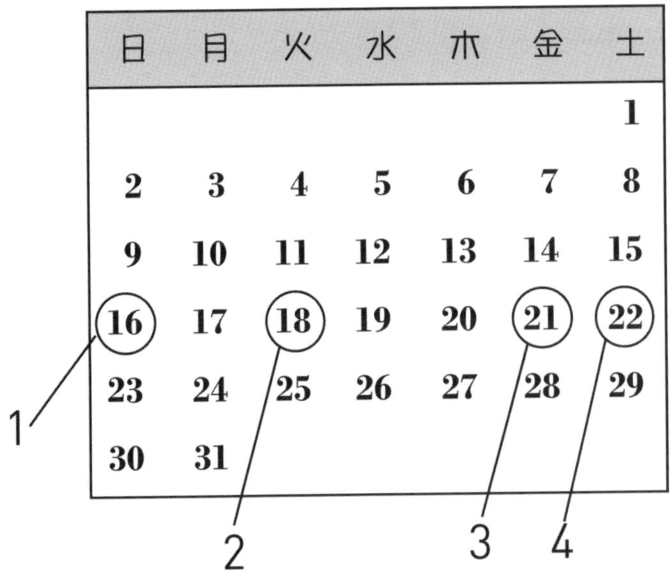

日 月 火 水 木 金 土
1
2 3 4 5 6 7 8
9 10 11 12 13 14 15
16 17 18 19 20 21 22
23 24 25 26 27 28 29
30 31
1
2
3
4

3番 126 (二)第6回

1. 歩(ある)いて行(い)く。
2. バスで行(い)く。
3. タクシーで行(い)く。
4. 男(おとこ)の人(ひと)の車(くるま)で行(い)く。

4番 127 (二)第6回

1. 食品会社(しょくひんがいしゃ)に雇(やと)われた人(ひと)たち。
2. 親(おや)の仕事(しごと)を継(つ)いだ人(ひと)たち。
3. 仕事(しごと)を引退(いんたい)した人(ひと)たち。
4. 不景気(ふけいき)のため会社(かいしゃ)で働(はたら)けなくなった人(ひと)たち。

5番 128 (二)第6回

1. カードとお花
2. カードとお酒とお花
3. カードとお菓子とお花
4. ケーキとお花

6番 129 (二)第6回

1. 表が印刷されていて、裏が白い紙。
2. 表も裏も白い紙。
3. リサイクル用紙。
4. 両面印刷されている紙。

第七回

1番 130 (二)第7回

1. 製品(せいひん)が売(う)れていないから。
2. 製品(せいひん)が品切(しなぎ)れになったから。
3. 製品(せいひん)の部品(ぶひん)が値上(ねあ)がりしたから。
4. 製品(せいひん)の生産(せいさん)が止(と)まりそうだから。

2番 131 (二)第7回

1. 子供(こども)が自分(じぶん)のために買(か)う。
2. 子供(こども)がお父(とう)さんのために買(か)う。
3. 男性(だんせい)が子供(こども)のために買(か)う。
4. 男性(だんせい)が自分(じぶん)のために買(か)う。

3番 132 (二)第7回

1. 食(た)べ物(もの)
2. 飲(の)み物(もの)
3. 服(ふく)
4. 花(はな)

4番 133 (二)第7回

1. お茶(ちゃ)のれきしが勉強(べんきょう)できるから。
2. お茶(ちゃ)についての施設(しせつ)が整(ととの)っているから。
3. お茶(ちゃ)に独自(どくじ)の魅力(みりょく)があるから。
4. 周囲(しゅうい)の環境(かんきょう)がよさそうだから。

5番 134 (二)第7回

1. 旅行の計画を立てること。
2. 外国語が話せないこと。
3. よく道にまようこと。
4. 荷物が多くなること。

6番 135 (二)第7回

1. マネージャーの仕事の経験がある。
2. マネージャーの仕事に向いていそうだ。
3. 野球をよく勉強していそうだ。
4. 仕事がよくできる。

第八回

1番 136 (二)第8回

1. 部屋(へや)でギターをひいたから。
2. ゴミを出(だ)す日(ひ)をまちがえたから。
3. テレビの音(おと)がうるさかったから。
4. アパートの前(まえ)に車(くるま)を止(と)めたから。

2番 137 (二)第8回

1. せっきょくてきに点(てん)をとること。
2. なかまと声(こえ)をかけ合(あ)うこと。
3. ボールをよく見(み)てまもること。
4. よく考(かんが)えてボールを出(だ)すこと。

3番 138 (二)第8回

1. 店(みせ)に行(い)ってお寿司(すし)を食(た)べる。

2. 外(そと)で夕飯(ゆうはん)を食(た)べるのをやめる。

3. レストランに行(い)ってカレーを食(た)べる。

4. イタリアンレストランのパスタを食(た)べる。

4番 139 (二)第8回

1. 川(かわ)の流(なが)れや植物(しょくぶつ)をかんさつするため。

2. 小説(しょうせつ)のアイデアを考(かんが)えるため。

3. 息子(むすこ)に自信(じしん)をつけさせるため。

4. 家族(かぞく)との会話(かいわ)をふやすため。

5番 (140) (二)第8回

1. ごみをかわかす。
2. ごみをこおらせる。
3. ごみにすをかける。
4. ごみをにわにうめる。

6番 (141) (二)第8回

1. さくら旅館(りょかん)を紹介(しょうかい)しに来(き)た。
2. さくら旅館(りょかん)への行(い)き方(かた)を聞(き)きに来(き)た。
3. 女(おんな)の人(ひと)を迎(むか)えに来(き)た。
4. 女(おんな)の人(ひと)の荷物(にもつ)を取(と)りに来(き)た。

問題（三）・概要理解

問題３ 142

問題３では、問題用紙に何もいんさつされていません。この問題は、ぜんたいとしてどんなないようかを聞く問題です。話の前に質問はありません。まず話を聞いてください。それから、質問とせんたくしを聞いて、１から４の中から、最もよいものを一つえらんでください。

第一回（1番～3番：143 ～ 145）

第二回（1番～3番：146 ～ 148）

第三回（1番～3番：149 ～ 151）

第四回（1番～3番：152 ～ 154）

第五回（1番～3番：155 ～ 157）

第六回（1番～3番：158 ～ 160）

第七回（1番～3番：161 ～ 163）

第八回（1番～3番：164 ～ 166）

第九回（1番～3番：167 ～ 169）

第十回（1番～3番：170 ～ 172）

問題（四）・發話表現

問題４

問題４では、えを見ながら質問を聞いてください。やじるし➡の人は何と言いますか。
１から３の中から、最もよいものを一つえらんでください。

第一回

１番 174 (四)第１回

２番 175 (四)第１回

3番 176 (四) 第1回

4番 177 (四) 第1回

第二回

1番 178 (四)第2回

2番 179 (四)第2回

3番 180 (四)第2回

4番 181 (四)第2回

第三回

1番 182 (四)第3回

2番 183 (四)第3回

3番 184 （四）第３回

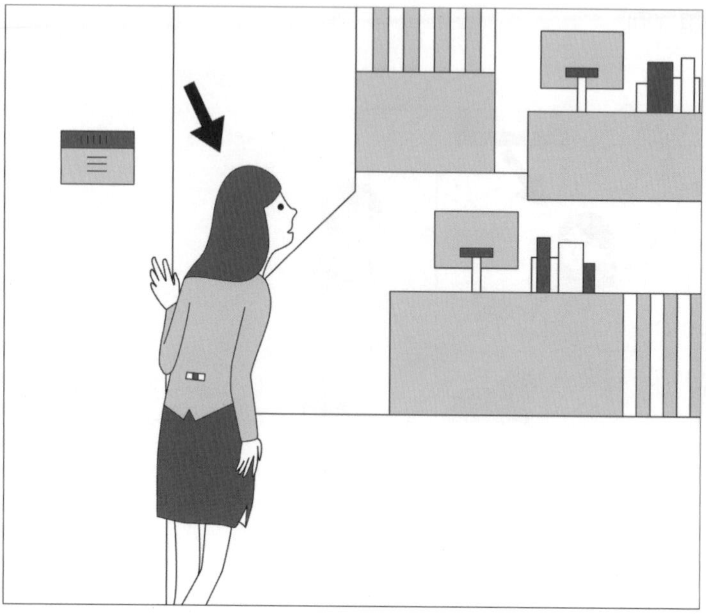

4番 185 （四）第３回

第四回

1番 186 (四) 第4回

2番 187 (四) 第4回

3番 188 (四)第4回

4番 189 (四)第4回

第五回

1番 190 (四)第5回

2番 191 (四)第5回

3番 (192) (四) 第5回

4番 (193) (四) 第5回

第六回

1 番 194 (四)第6回

2 番 195 (四)第6回

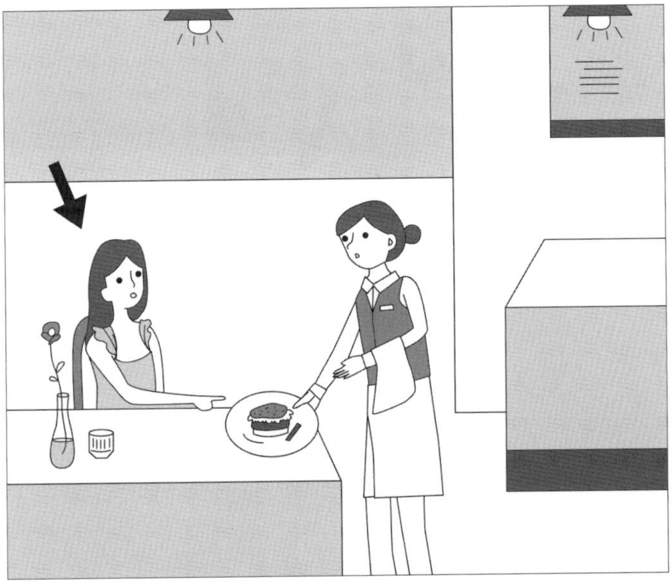

3番 196 (四) 第6回

4番 197 (四) 第6回

第七回

1番 198 (四)第7回

2番 199 (四)第7回

3番 200 (四)第7回

4番 201 (四)第7回

第八回

1 番 202 (四)第8回

2 番 203 (四)第8回

3番 204 (四)第8回

4番 205 (四)第8回

問題（五）・即時應答

問題5 206

問題5では、問題用紙に何もいんさつされていません。まず文を聞いてください。それから、そのへんじを聞いて、1から3の中から、最もよいものを一つえらんでください。

第一回 （1番～9番： 207 ～ 215）

第二回 （1番～9番： 216 ～ 224）

第三回 （1番～9番： 225 ～ 233）

第四回 （1番～9番： 234 ～ 242）

第五回 （1番～9番： 243 ～ 251）

第六回 （1番～9番： 252 ～ 260）

第七回 （1番～9番： 261 ～ 269）

第八回 （1番～9番： 270 ～ 278）

スクリプト

問題一　課題理解

問題二　重點理解

問題三　概要理解

問題四　發話表現

問題五　即時應答

(一) 課題理解・第一回

1番 045 (一)第1回 P.78

男(おとこ)の人(ひと)と女(おんな)の人(ひと)が話(はな)しています。女(おんな)の人(ひと)はこのあと何(なに)をしますか。

M：木村(きむら)さん、悪(わる)いんだけど、ちょっと手(て)を貸(か)してくれない？

F：え？ああ、ごめんなさい。私(わたし)も今手(いまて)が離(はな)せなくて…。

M：そうなんだ。困(こま)ったなあ。もうすぐお客(きゃく)さんが来(く)る時間(じかん)なんだけど、まだ全然準備(ぜんぜんじゅんび)できてないんだよね。

F：営業部(えいぎょうぶ)の人(ひと)なら手(て)が空(あ)いてるかもよ。

M：じゃあ、ちょっと聞(き)いてみてよ。

F：うん、わかったわ。

女(おんな)の人(ひと)はこのあと何(なに)をしますか。

1. 男(おとこ)の人(ひと)と仕事(しごと)を代(か)わる。
2. 男(おとこ)の人(ひと)といっしょに準備(じゅんび)をする。
3. 営業部(えいぎょうぶ)に男(おとこ)の人(ひと)を手伝(てつだ)ってあげるように、お願(ねが)いしてみる。
4. 営業部(えいぎょうぶ)に行(い)ってもいいか、男(おとこ)の人(ひと)に聞(き)いてみる。

男人與女人在說話，女人之後要做什麼？

男：木村，不好意思，可以幫我一下嗎？
女：啊？不好意思，我現在抽不開身。
男：這樣啊？傷腦筋。馬上就是客人要來的時間了，都還沒準備好。
女：業務部的人可能會有空。
男：那你幫我問問。
女：好，我知道了。

女人之後要做什麼？

1. 跟男人交換工作。
2. 跟男人一起準備。
3. 拜托業務部的人去幫男人。
4. 問男人是否可以去業務部。

2番 046 (一)第1回 P.78

女(おんな)の人(ひと)が本屋(ほんや)の店員(てんいん)と話(はな)しています。店員(てんいん)はこのあとすぐ何(なに)をしますか。

F：すみません、あの、『さくらの木(き)』っていう絵本(えほん)を買(か)いたいんですが。

M：ああ、あの本(ほん)、今(いま)すごく話題(わだい)になっているみたいで、今日(きょう)も朝(あさ)から次々(つぎつぎ)と売(う)れちゃってねぇ。店内(てんない)にありませんでしたか。

F：ええ、さっきから探(さが)しているんですが…。

M：じゃ、ちょっと確認(かくにん)しますので少々(しょうしょう)お待(ま)ちください。

（カチャカチャカチャ…）
えっと、もしなければ出版社に注文しますので、1、2週間ほどかかりますが…。

F：そうですか。

M：あ、よかった。あと5冊在庫があるようですね。ちょっと確認してまいりますので、ここでもう少しお待ちください。

F：はい、お願いします。

店員はこのあとすぐ何をしますか。

1. 絵本を取りに行く。
2. パソコンで在庫を調べる。
3. 客といっしょに店内を探す。
4. 出版社に連絡する。

女人跟書店的店員說話。店員之後馬上要做什麼？

女：不好意思，我要買「櫻花樹」這本繪本。
男：啊，那本書現在是正紅的書。今天也是從早上開始就陸續售出，現在店裡已經沒有了嗎？
女：嗯，剛才我找了又找。
男：我查一下庫存，請稍等。（打字聲）嗯，如果沒有的話，我們會向出版社訂貨，要1、2個禮拜的時間。
女：這樣啊！
男：啊，太好了！還有5本庫存。我去確認一下。請稍等。
女：好，麻煩你了。

店員之後馬上要做什麼？

1. 去取繪本。
2. 利用電腦查庫存。
3. 與客人一起在店裡找。
4. 連絡出版社。

3番 047 (一) 第1回 P.79

先生が町のマラソン大会に参加する学生に話しています。学生はマラソン大会の当日、何を持って行かなければなりませんか。

M：みんなも参加する朝日町のマラソン大会ですが、今度の土曜日ですね。だいじょうぶですか。練習していますか。しっかり準備して、がんばって走りましょう。ところで、大会に申し込みをした人には受付番号が書かれたはがきが届いているはずです。大会に出るためには、それを受付で見せなければなりませんので、当日、それを忘れないでください。それから、同じ色の帽子を用意しました。暑くなりそうですし、この学校の学生だとすぐ分かりますからね。当日の朝、渡します。あ、でも、飲み物は忘れずに自分で用意してください。大会まで、あと2日ですから、自分できちんと健康管理をしてください。

学生はマラソン大会の当日、何を持って行かなければなりませんか。

1. はがきと帽子
2. 帽子と飲み物
3. はがきと帽子と飲み物
4. はがきと飲み物

老師對要參加鄉鎮馬拉松大會的學生進行談話。學生在馬拉松大會當天得帶什麼去？

男：大家也要參加的朝日町馬拉松大會，就是這個禮拜六了。大家都沒問題吧？有確實在練習努力在跑步嗎？是這樣的，報名參加大會的人會收到寫有參加號碼的名信片，要參加大會，得向接待處出示，所以當天請不要忘了帶。然後因為當天天氣熱，而且為了馬上能辨識本校學生，所以我們準備了同色的帽子，會在當天早上交給大家。啊，不過不要忘了飲料要自行準備。到大會還有二天，請大家確實做好自我健康管理。

學生在馬拉松大會當天得帶什麼去？

1. 名信片、帽子
2. 帽子、飲料
3. 名信片、帽子、飲料
4. 名信片、飲料

4番 048 (一)第1回 P.79

旅行中に、男の人と女の人が話しています。二人はこのあとまず、何をしますか。

M：えっと、じゃあ、次はどこへ行こうか。食事？

F：晩ご飯にはちょっと早いんじゃない？先に温泉でも行く？この無料チケット、使えるわよ。

M：無料？じゃあ絶対使わなきゃね。でもぼく、どっちかって言うと、寝る前にお風呂に入るタイプなんだよね。

F：じゃあ、先に、足湯だけでもいいんじゃない？それだとちょうどいい時間に晩ご飯が食べられそうじゃない。

M：決まり、そうしよう。じゃあ、お土産いっぱい買ったから、いったん旅館へおきに行って、それから出発だ。

F：そうね。そうしましょう。

二人はこのあとまず、何をしますか。

1. 食事に行く。
2. 温泉で足湯をする。
3. お土産を買いに行く。
4. 旅館へ戻る。

旅行中，男人與女人在說話。兩人之後首先要做什麼？

男：嗯～，那接下來要去哪裡？吃飯？

女：晚餐好像有點早。先去洗溫泉？這個免費票可以使用。

男：免費？那就一定要用。不過，我說起來算是睡覺前洗澡型的。

女：那，先泡足湯吧？那樣時間剛好可以去吃晚餐。

男：就這麼辦！我買了很多伴手禮，先回旅館放然後再出發。

女：嗯，就這麼辦。

兩人之後首先要做什麼？

1. 去吃飯。
2. 去泡溫泉足湯。
3. 去買禮物。
4. 回旅館。

5番 049 (一) 第 1 回 P. 80

男の人と女の人が話しています。男の人はこのあと、何で学校へ行きますか。

M：ああ、ひどい雪だな。

F：これからどんどん積もるらしいから、今日はバイクはやめてね。

M：わかってるよ。じゃあ、とりあえず駅まで歩いて、そこから中央線かな。でも途中で2回乗り換えるのは面倒だなあ。

F：駅前から学校の方へ行くバスも出ているはずだけど、渋滞する可能性は大きいよ。地下鉄ならその心配もないし、そうしたら？

M：うん、地下鉄の方が料金も高くて、それに少し時間もかかるけど、それがいいね。

男の人はこのあと、何で学校へ行くことになりましたか。

1. 家からバイクで行く。
2. 駅から地下鉄で行く。
3. バスを 2 回乗り換えて行く。
4. 学校まで歩いていく。

男人與女人在說話。男人之後要利用什麼交通工具去學校？

男：啊！好大的雪啊！

女：之後還會越積越高的樣子，今天就不要騎車了。

男：我知道了。那我先走去車站，再搭中央線。但是中途要換 2 次車，真麻煩。

女：車站前應該有往學校方向的公車，不過很可能塞車。地鐵的話就不用擔心。怎麼樣？搭地鐵吧？

男：嗯，雖然地鐵車費貴又花時間，但是還是那個好。

男人之後要利用什麼交通工具去學校？

1. 從家裡騎車去。
2. 從車站搭地鐵去。
3. 換 2 趟公車去。
4. 走路去學校。

6番 050 (一) 第 1 回 P. 80

女の人がスポーツクラブに電話をしています。女の人は最初の日に、いくら払わなければなりませんか。

F：あのー、そちらのスポーツクラブに参加したいんですけど、手続きなど、どうすればいいんでしょうか。

M：お問い合わせいただき、ありがとうございます。ご利用になられる日に、直接受付で入会金2,000円と、年会費3万円をお支払いください。

F：あのう、ほかのプランがありますか。

M：半年会員でしたらございます。その場合入会金は同じで、会費は半年で18,000円になります。

F：ああ、ちょっと高くなるけど、仕方ないわね。他に必要なものってありますか？運動するときの服とかタオルなんかは、自分のものを持っていけばいいのかしら。

M：はい。すでにお持ちのものがありましたら、新たに買っていただかなくてもけっこうです。

F：ああ、よかった。じゃあ、まず半年試してみることにしようかしら。

女の人は最初の日に、いくら払わなければなりませんか。

1. 2,000円
2. 18,000円
3. 20,000円
4. 32,000円

女人打電話去運動俱樂部。女人第一天得付多少錢？

女：我想要參考你們那邊的運動俱樂部，手續要怎麼辦呢？
男：謝謝您來電詢問。您來這邊使用設施時，請直接在櫃台付入會金2000日圓，以及年費3萬日圓。
女：請問有其他的付費方案嗎？
男：我們有半年會員制，這個的話入會費一樣，但是會費半年是18000日圓。
女：啊，比較貴一點耶。沒辦法。還有什麼其他需要的東西嗎？運動時的服裝或是毛巾之類的，可以帶自己的去就可以了嗎？
男：是的，如果您已經有了，不用買新的也可以。
女：啊，太好了。那我先試個半年吧！

女人第一天得付多少錢？

1. 2,000日圓
2. 18,000日圓
3. 20,000日圓
4. 32,000日圓

(一) 課題理解・第二回

1番 051 (一)第2回 P.81

教室で先生が話しています。明日の朝、学生はどうしますか。

F：明日のスポーツ大会の準備、おつかれさまでした。でも、天気予報によると、今晩遅くから強い雨が降り出すそうで、明日昼くらいまで天気はあまりよくないようです。明日朝の天気を見て、スポーツ大会ができるかどうか決めます。朝6時までに学校のホームページでお知らせします。皆さんにメールや電話で連絡しませんから、かならず確認してください。学校には直接電話をしないでください。スポーツ大会ができる場合は、朝7時半には学校に入れますが、中止の場合は8時半までは入れません。気を付けてください。では、今日は帰ったら早めに寝てください。

明日の朝、学生はどうしますか。

1. 自分で天気を見て決める。
2. 学校のホームページを見る。
3. 7時半から8時半までに学校に行く。
4. 学校に電話する。

老師在教室裡談話。明天早上學生要怎麼做？

女：明天的運動大學的準備，大家辛苦了。不過根據天氣預報表示，今天晚上較晚時間開始會有大雨，明天到中午之前天氣也是不佳。我們會看明天早上的天氣再決定是否舉行運動大會。公告會在早上6點之前登在學校的網站，並不會以傳訊息或是打電話給各位，所以請大家要事先確認，不要直接打電話到學校。如果可以舉辦運動大會的話，早上7點半就可以入校，如果暫停的話，早上8點半可以入校。請注意。那麼請大家回去早點上床睡覺。

明天早上學生要怎麼做？

1. 自己看天氣決定。
2. 看學校的網頁。
3. 7點半到8點半到學校。
4. 打電話到學校。

2番 052 (一)第2回 P.81

女の人がレストランに電話しています。女の人は、予約をどうしますか。

F：もしもし、あの、個室を予約したいんです。明日水曜日の夜6時で9名なんですが。

M：毎度ありがとうございます。えっと、6時からですと、一般席のみとなりますが、いかがいたしましょう？

F：うーん、それはちょっと…。じゃあ、5時半だったらいかがですか？

M：えっとですね、8時からですと9名様の個室をご用意させていただけますが。

F：8時は遅すぎますね…。うーん、何とかなりませんか？

M：申し訳ございません…。もし他のご予約のお客様にキャンセルなどがありましたら、ご連絡させていただきましょうか。

F：じゃあ、とりあえず一般席で予約しておいて、キャンセルが出たら変更してもらおうかな。

M：わかりました。申し訳ございませんでした。

女の人は、予約をどうしますか。

1. 5時半の予約をする。
2. 6時の予約をする。
3. 8時の予約をする。
4. 今は予約しない。

女人打電話去餐廳。女人要怎麼預約？

女：你好，我要預約包廂。明天星期三晚上6點9位。
男：謝謝您一直以來的支持。明天6點開始的話，只有一般席，可以嗎？
女：嗯，這就不太……。那5點半的話呢？
男：嗯，8點後可以為您準備9人的位子。
女：8點太晚了。嗯，沒什麼別的辦法嗎？
男：很抱歉。如果有別的客人取消，我再跟您連絡好嗎？
女：嗯，那還是先預約一般席好了，如果有人取消再做更改。
男：好的，不好意思。

女人要怎麼預約？

1. 預約5點半。
2. 預約6點。
3. 預約8點。
4. 現在不預約。

3番 053 （一）第2回 P.82

女の人がテニスコートの管理係の人と話しています。女の人は明日、何を持っていかなくてはなりませんか。

F：あの、明日の夜7時から2時間、テニスコートを借りたいんですが。
M：はい。一面でよろしいですね。それでは、道具類などはご持参されますか。
F：はい。ラケットはみんな自分のを持ってきますし、あ、ボールって貸してもらえますか？
M：はい。かご一杯に50球入って、150円でレンタルしています。
F：ではそれをお願いします。
M：かしこまりました。では明日夜7時から9時、ボールを1かごレンタルですね。コート内はテニスシューズでお入りください。
F：そうですか、わかりました。

女の人は明日、何を持っていかなくてはなりませんか。

1. テニスラケットとテニスシューズ
2. テニスボールとテニスシューズ
3. テニスラケットとテニスボール
4. 何も持っていかなくてもいい

女人跟網球場管理人說話。女人明天要帶什麼去？

女：嗯，我想租網球場，明天晚上 7 點開始 2 個小時。
男：好的，網球場地一個對吧？那你們會自己帶球具嗎？
女：是的。球拍大家都會帶自己的，但是可以租球嗎？
男：可以。租借一箱滿滿 50 個球，150 日圓。
女：那就麻煩你了。
男：好的，明天 7 到 9 點，借球一箱。球場內要穿球鞋。
女：好的，我知道了。

女人明天要帶什麼去？

1. 網球拍及網球鞋。
2. 網球及網球鞋。
3. 網球拍及網球。
4. 不用帶任何用具。

4番 054 (一) 第 2 回 P. 82

会社(かいしゃ)で女(おんな)の人(ひと)と男(おとこ)の人(ひと)が話(はな)しています。男(おとこ)の人(ひと)はこの後(あと)まず、何(なに)をしますか。

F：鈴木(すずき)さん、来週(らいしゅう)の会議(かいぎ)のことですが、資料(しりょう)の整理(せいり)はもうできていますよね。
M：はい、大丈夫(だいじょうぶ)です。日(ひ)にちごとに分(わ)けてファイルを作(つく)りました。
F：先月(せんげつ)のものと今月(こんげつ)のものと分(わ)けてありますか。
M：はい、先月(せんげつ)のはこの赤(あか)のファイルで、今月(こんげつ)のはこちらの緑(みどり)のファイルです。
F：ちゃんと、日付(ひづけ)の古(ふる)い順(じゅん)に入(はい)っていますね。じゃ、とりあえず、資料(しりょう)を本棚(ほんだな)にしまっておいて。
M：わかりました。それから、名札(なふだ)のことですけど…。
F：名札(なふだ)？
M：はい、会議(かいぎ)の名札(なふだ)です。すぐ作(つく)りましょうか。
F：あっ、忘(わす)れてました。それは小山(こやま)さんが先週(せんしゅう)作(つく)ってくれました。じゃあ、ファイル、よろしくね。

男(おとこ)の人(ひと)はこの後(あと)まず、何(なに)をしますか。

1. 資料(しりょう)を月(つき)ごとに分(わ)ける。
2. 資料(しりょう)を古(ふる)い順番(じゅんばん)に整理(せいり)する。
3. 会議(かいぎ)の名札(なふだ)を作(つく)る。
4. ファイルをしまう。

公司裡男女兩人在交談，男人之後首先要做什麼？

女：鈴木先生，下禮拜的會議的資料你整理好了？
男：是的，沒問題（完成了）。我按日期做成了檔案。
女：上個月的跟這個月的有分開嗎？
男：是的，上個月的在這個紅色的檔案裡。這個月的在這個綠色的檔案裡。
女：你有確實按日期放好了啊！那你先把資料收到書架上。
男：好的。還有會議的名牌。
女：名牌？
男：是會議的名牌。要馬上製作嗎？

女：啊！我忘記了，那個小山小姐上週已經做好了。那麼檔案就麻煩你了。

男人之後首先要做什麼？

1. 將資料按月份分類。
2. 將資料按時間順序整理。。
3. 製作會議名牌。
4. 將檔案收起來。

5番 055 (一)第2回 P.83

大学の研究室で、先生と学生が話しています。学生はこのあと、どんな人を探しますか。

F：チンさん、今日の午後、空いてる？ちょっと通訳のお手伝いをしてくれる人を探しているんだけど。

M：今日の午後ですか？はい、空いています。何時から何時までですか。

F：1時半から3時半までの2時間。もちろんアルバイト代はお支払いさせていただきますが。

M：わかりました。

F：ああ、助かった。あの、もしよかったら明日も同じ時間で来てくれると嬉しいんだけど。

M：今日と明日の2日間ですか…。あさってならよかったんですが、明日はちょっと…。じゃあ、誰か友だちに聞いてみます。1日ぐらいだったら、すぐだれか見つかると思います。

F：そうしてくれる？ありがとう。見つかったら、連絡してね。

学生はこのあと、どんな人を探しますか。

1. 今日と明日のアルバイトを探している人。
2. 今日のアルバイトをしてくれる人。
3. 明日とあさって、通訳をしてくれる人。
4. 明日のアルバイトをしてくれる人。

在大學的研究室裡，老師跟學生在談話。學生之後要去找什麼樣的人？

女：陳同學，你今天下午有空嗎？我在找可以幫忙口譯的人。

男：今天下午嗎？是的，有空。請問是幾點到幾點呢？

女：時間是1點半到3點半，2個小時。常然我會支付打工費用。

男：好的。

女：啊，太好了。嗯，如果明天同一時間也可以過來的話，那就太好了。

男：今明二天啊？如果是後天的話是可以，明天就……。我找找朋友看看，一天的話應該馬上就可以找到了。

女：你可以幫我這樣做？謝謝了。找到了跟我連絡喔。

學生之後要去找什麼樣的人？

1. 在找今天明天打工工作的人。
2. 今天可以打工２個小時的人。
3. 明天後天做口譯的人。
4. 明天可以打工的人。

6番 056 (一)第２回 P.83

男の人と女の人が電話で話しています。女の人は、これから何をしなければなりませんか。

F：すみません。会員カードの期限が今月末までみたいなんです。来月からも会員を続けたいんですが、どうすればいいですか。

M：ありがとうございます。では、店内で直接年会費500円をお支払いいただくか、インターネットでも手続き可能となっております。でもその場合はクレジットカードでのお支払いのみとなります。

F：えっと、身分証明書とか写真とか、他に必要なものはありますか。

M：住所変更などなければ、特にございませんが。

F：そうですか。よかった、じゃあ、わざわざ行かなくてもいいんですね。

女の人は、これから何をしなければなりませんか。

1. 書店へ行って手続きをする。
2. インターネットで手続きをする。
3. 住所を変更する。
4. 必要な写真を準備する。

男人和女人在電話裡說話。女人之後得要做什麼？

女：您好，我的會員卡期限到這個月為止，我想續約，請問要怎麼辦理。

男：謝謝您來電。那請您來到本書店付500塊年費，或是利用網路辦理續約手續。如果是網路，就必需要由信用卡支付。

女：那，需要身分證或是照片等等其他的東西嗎？

男：如果沒有更改住址的，沒有特別需要。

女：了解了。太好了，那就不用特意跑一趟了。

女人之後得要做什麼？

1 到書店辦手續。
2 利用網路辦手續。
3 變更地址。
4 準備續約要用的照片。

(一)課題理解・第三回

1番 057 (一)第３回 P.84

男の人が、ある会社の受付で話しています。男の人はこのあと、どうしますか。

M：あのう、海山商事の磯野と申しますが、2時に営業部の石川さんとお約束をしております。

F：磯野さまですね、伺っております。石川は外出先からこちらに戻るのが、交通渋滞で少々遅れておりまして。

M：あっ、そうですか。ではロビーでお待ちします。

F：石川には連絡しておきますので、こちらのエレベータで5階へお上がりください。

M：え？営業部は確か4階…。

F：あ、5階の応接室へご案内するようにと言われておりますので。応接室に本日の会議の資料とお茶をご用意しております。

M：そうでしたか。

F：上がられましたら、別のものがご案内いたしますので、よろしくお願いします。

M：わかりました。ありがとうございます。

男の人はこのあと、どうしますか。

1. 海山商事へ行く。
2. 営業部へ行く。
3. 4階へ上がる。
4. 5階へ上がる。

男人在某公司的櫃台說話。男人之後會怎麼做？

男：我是海山商事的磯野，我跟業務部的石川先生約2點。

女：磯野先生，石川已經先通知這邊了，石川正從外出地點回公司，因為塞車會稍微晚到。

男：這樣子啊，那麼我在大廳等候。

女：我會通知石川，請您請您從這邊的電梯上到5樓。

男：啊？業務部好像是在4樓～。

女：他要我直接讓您到5樓的接待室。接待室備好了開會資料以及茶水。

男：這樣子啊。

女：您上去後，有其他同事會接待您。

男：我知道了。謝謝。

男人之後會怎麼做？

1. 去海山商事。　2. 去營業部。
3. 上去4樓。　4. 上去5樓。

2番 058 (一) 第3回 P. 84

女の人がレストランの店員にたずねています。女の人はこのあとすぐ、何をしますか。

M：いらっしゃいませ、2名様ですね。

F1：いえ、後からもう一人来るかもしれないんですが。

M：3名様ですね。えっと、申し訳ございませんが、今すぐですとこちらのお二人様のお席に椅子を一つお持ちいたしまして、お座りいただくことになります。

F1：あ、じゃあ、少し待てば広い席を用意していただけますか？

M：はい、4名様用のテーブルが空いたら、ご案内させていただきますが。

F1：そうですか。うーん、でも小川さん、何時に来るかなあ。本当に来るかどうかもわからないし、先に座っておくか。

F2：そうですね。じゃ、席着いたら、今すぐ電話してみよう。

F1：じゃあ、その席でお願いします。

M：はい、かしこまりました。

女の人はこのあとすぐ、何をしますか。

1. 二人用の席に座る。
2. 四人用の席に座る。
3. 小川さんが来るまで待つ。
4. 小川さんに電話してから席を決める。

女人向餐廳店員詢問。女人之後馬上要做什麼？

男　：歡迎光臨，請問二位嗎？
女 1：不，之後可能還有一個人會來。
男　：那三位。嗯，很抱歉現在只有二個人的位子，另一位客人的位子要將椅子移過來。目前人很多～。
女 1：那，再等一下，你可以幫我們準備大一點的位子嗎？
男　：好的，一有四個人的桌位，我會馬上為您帶位的。
女 1：這樣子啊！嗯，可是小川幾點會來呢？也不知道他會不會來，先坐好了。
女 2：坐下來後，馬上打個電話。
女 1：那麼，先坐那個位子好了。
男　：好的。

女人之後馬上要做什麼？

1. 坐 2 個人的位子。
2. 坐 4 個人的位子。
3. 在小川來之前，先等候。
4. 打電話給小川後，再決定位子。

3番 059 (一) 第 3 回 P. 85

電話で、男の人とレストランの店員が話しています。男の人はこのあと、何人の予約をしますか。

M：あ、もしもし、予約をお願いしたいんですが。

F：ありがとうございます。ではお日にちとお時間、人数をお願いします。

M：今日の6時なんですが、人数がまだはっきりしなくて…。5、6人って感じなんですが。

F：では6名様用のお席をご用意させていただきます。お料理はコースとなっておりまして、人数分のご用意をさせていただきますが、こちらは当日のキャンセルができなくなっておりまして、ご料金のほうが…。

M：あ、そうなんですか。まいったなあ。

F：では、お分かりになりました時点で、お一人分の追加のお電話をいただければ結構です。テーブルは同じ大きさになりますので、問題ありません。

M：あ、そうさせていただこうかな。では今の時点で…。

男の人はこのあと、何人の予約をしますか。

1. 5人分の予約
2. 6人分の予約
3. 一人追加分の予約
4. 人数がわかるまで予約しない。

男人與餐廳店員在電話中談話。男人之後預約了幾位？

男：您好，我要預約。

女：謝謝。那請問您要預約的日期、時間及人數是？

男：今天6點，人數還不確定。差不多5、6個人。

女：那麼我為您預留6個人的位子。但是餐點是套餐式的，是以人數來準備，如果是當日便無法取消，費用就……。

男：這樣子啊，真傷腦筋。

女：不然，請您在確認人數後，再打電話過來追加一人份也可以。（預留的）餐桌是一樣的，沒有問題。

男：那就這麼辦吧！那目前是……。

男人之後預約了幾位？

1. 5個人。
2. 6個人。
3. 預約追加一人份。
4. 在確定人數之前不預約。

4番 060 （一）第3回 P. 85

デパートの案内所で、女性客と男性スタッフが話しています。女性客はこのあとすぐ、どうしますか。

F：すみません、あの、あの…、ちょっと目を離したすきに姿が見えなくなって…。あの、うちの子、3歳の男の子なんですけど。

M：迷子の息子さんをお探しですね。

F：あ、はい。もしかして、こっちに来ているかなと思って…。

M：お母さん、まず落ち着きましょう。ではまず、迷子センターに連絡してみますので。

F：え？それはどこですか？

M：あ、迷子センターですか？3階のエレベーターの近くになりますが…。

F：じゃあ、そっちへ行けばいいんですね。

M：いえ、まずはこちらから電話で聞いてみまして、そちらにいらっしゃらないようでしたら館内放送でお探しすることになりますので、こちらにお座りになってお待ちください。

F：あ、じゃあ私、さっきいたところへ戻って、もう一度見てきますので、あとはよろしくお願いします！

M：あ、お客様～！

女性客はこのあとすぐ、どうしますか。

1. 迷子センターへ行く。
2. 3 階に電話する。
3. 息子を探しに行く。
4. 館内放送をしに行く。

在百貨公司的服務處，女客人與男工作人員在說話。女客人之後馬上要做什麼？

女：啊！啊！我一離開視線，我家的小孩，3 歲的小男孩就不見了。

男：您要找您走失的兒子是嗎？

女：是的，我想他會不會來這裡。

男：這位媽媽，請您冷靜一下。那，我先連絡走失中心試試。

女：啊？那在哪？

男：走失中心嗎？在 3 樓電梯的附近。

女：那，我去那就可以了，對吧？

男：不是的。我先打電話詢問，如果不在那邊的話，會在館內廣播。所以請您先在這邊稍坐等候。

女：那，我先回到剛才的地方，再看一次。之後的就麻煩你了。

男：啊，這位媽媽～～！

女客人之後馬上要做什麼？

1. 去走失中心。
2. 打電話到 3 樓。
3. 去找兒子。
4. 去館內廣播。

5番 061 （一）第 3 回 P. 86

駅の人が電車のアナウンスをしています。舘浜に早く行きたい人はどの電車に乗るのがいいですか。

M：まもなく 3 番線に電車がまいります。危ないですから白線の内側に下がってお待ちください。この電車は西京行きの特急です。途中、舘浜には止まりません。舘浜へお急ぎの方は次の急行をご利用ください。到着までしばらくお待ちください。

舘浜に早く行きたい人はどの電車に乗るのがいいですか。

1. 特急。
2. 急行。
3. 特急でも急行でもいい。
4. 各駅停車。

站務員在正在廣播電車相關資訊。想早點到達館濱的旅客要搭乘哪一班電車？

男：3 號線的電車即將進站。為了您的安全，請退至白線內側等候。這班電車是開往西京的特快車，中途不會停靠館濱站。趕往館濱的旅客請搭乘下一班的快車。在電車進站前請稍待片刻。

想早點到達館濱的旅客要搭乘哪一班電車？

1. 特快車。
2. 快車。
3. 特快車及快車皆可。
4. 每站均停列車。

6番 (一)第3回 P. 86

日本語の勉強について、男の人と女の人が話しています。女の人は何をしてみると言っていますか。

M：テストの準備、進んでる？
F：うーん、なかなか単語がねぇ、覚えられないのよ。何かいい方法ない？
M：何回も書いたり読んだりするしかないよ。
F：やってるわ、やってるけど…。
M：じゃあ、CDを聞いて覚える方法もあるよ。他にはカードや表を作って、声に出して読んだりしてる？
F：声に出す…か。ちょっと電車の中とかだと恥ずかしいわね。でも、カードを使うのはいいかも。
M：うん、手のひらサイズの小さいのだと、どこでも使えて便利だよ。
F：あ、それ、やってみるわ。

女の人は何をしてみると言っていますか。

1. 単語を何回も読んでみる。
2. 単語を書く練習をしてみる。
3. CDを聞きながら単語を声に出してみる。
4. 小さいカードを使って単語を覚えてみる。

男人與女人在談論學日文一事。女人說她會試著做什麼？

男：考試準備得如何？
女：嗯，單字一直背不太起來。有什麼好方法嗎？
男：只有多寫多讀幾次的方法啊！
女：我有在做啊。雖然有做，但是……。
男：那，還有聽CD記憶的方法。其他還有做卡片或表格，出聲唸出來的方法。
女：出聲啊？如果是在電車裡，我會覺得丟臉。可是製作卡片也許不錯。
男：嗯，手掌心大小的話，哪裡都可以使用，很方便。
女：那，我來試試。

女人說她會試著做什麼？

1. 試著多讀幾次單字。
2. 試試單字書寫練習。
3. 邊聽CD唸出聲音來。
4. 利用小卡片背單字。

(一) 課題理解・第四回

1番 (一)第4回 P. 87

レストランで店長と女の店員が話しています。女の店員はこのあと、何をしなければなりませんか。

M：じゃあ、最後にごみを捨ててきてくれる？

F：はい。えっと、分別（ぶんべつ）して出（だ）すんですよね、燃（も）えるごみと、燃（も）えないごみと…。

M：そうそう。生（なま）ごみなどの燃（も）えるごみは、ぼくがまとめて出（だ）すから、こっちの、ビンとかプラスチックの、燃（も）やさないほうをお願（ねが）いします。あと、古新聞（ふるしんぶん）や雑誌（ざっし）はここにおいといて。

F：はい。じゃあ、まずこれだけでいいんですね。

女（おんな）の店員（てんいん）はこのあと、何（なに）をしなければなりませんか。

1. 燃（も）えるごみを出（だ）す。
2. 燃（も）えないごみを出（だ）す。
3. 生（なま）ごみをまとめて捨（す）てる。
4. 古新聞（ふるしんぶん）や雑誌（ざっし）を捨（す）てる。

店長與女性店員在交談，女性店員之後得做什麼呢？

男：那，最後你可以去丟個垃圾嗎？

女：好。嗯，要分類後再丟，對吧？分可燃與不可燃……。

男：是的。廚餘之類的可燃垃圾，我會整理好去丟。這邊的瓶子塑膠的不可燃垃圾就麻煩你了。還有舊報紙及雜誌等等就放在這裡。

女：好。那，就先這些，對吧？

女性店員之後得做什麼呢？

1. 丟可燃垃圾。
2. 丟不可燃垃圾。
3. 整理好廚餘後丟掉。
4. 丟舊報紙及雜誌等等。

2番 064 (一) 第4回 P.87

男（おとこ）の人（ひと）と女（おんな）の人（ひと）が会社（かいしゃ）で話（はな）しています。男（おとこ）の人（ひと）はこのあとすぐ、何（なに）をしなければなりませんか。

F：山下君（やましたくん）、悪（わる）いんだけど、予定（よてい）が変更（へんこう）になったから、タクシー、もういいわ。

M：え、もう呼（よ）んでありますが…。さっき電話（でんわ）したら、あと5分（ふん）で到着（とうちゃく）しますって。

F：ああ、そう。行（い）くのは午後（ごご）からになりそうなのよ。

M：じゃあ、午後（ごご）に来（き）てほしいって言（い）いましょうか。

F：うーん、まだはっきりしてないので、とりあえずいったんキャンセルしてくれる？

M：はい、わかりました。

男（おとこ）の人（ひと）はこのあとすぐ、何（なに）をしなければなりませんか。

1. タクシーの時間（じかん）を午後（ごご）に変更（へんこう）する。
2. タクシーに5分後（ふんご）に来（き）てもらうように言（い）う。
3. タクシーの予約（よやく）を取（と）り消（け）す。
4. 今（いま）すぐタクシーを呼（よ）ぶ。

男人與女人在公司談話。男人之後馬上得要做什麼？

女：山下，不好意思，預定行程有更改，計程車就不用叫了。

男：啊！已經叫了……。剛才打電話，（對方）說５分鐘後到。

女：啊，這樣啊。要去（那邊）可能是下午以後。

男：那，請對方下午再來，好嗎？

女：還不確定，先取消好了。

男：好，我知道了。

男人之後馬上得要做什麼？

1. 將計程車的時間改為下午。
2. 請計程車５分鐘後來。
3. 取消計程車預約。
4. 馬上叫計程車。

3番 065（一）第４回 P.88

女の人が、鈴木さんの家の留守番電話に伝言を残しています。鈴木さんはこれからどうしなければなりませんか。

F：もしもし、鈴木さまのお宅でしょうか。こちらは中央図書館です。現在ご利用になられている2冊の本ですが、期限を1週間過ぎておりますのでお知らせいたします。もし1か月を過ぎてもお返しいただけない場合、1日につき500円いただくことになっておりますので、ご注意ください。それでは、よろしくお願いします。

鈴木さんはこれからどうしなければなりませんか。

1. 図書館に、本を借りに行く。
2. 図書館に、本を返しに行く。
3. 図書館に、お金を払いに行く。
4. 図書館に、お金をもらいに行く。

女人在鈴木家的電話答錄機留言。鈴木現在必須做什麼？

女：喂，請問是鈴木先生府上嗎？這裡是中央圖書館。有件事想通知您，您所借閱的２本書，還書期限已經超過了１週。如果超過１個月未歸還，一天罰款 500 元，請您注意。麻煩您了。

鈴木現在必須做什麼？

1. 到圖書館借書。
2. 到圖書館還書。
3. 到圖書館付錢。
4. 到圖書館拿錢。

4番 066（一）第４回 P.88

女の人が説明しています。電話代がいくらか知りたいとき、何番を押せばいいですか。

F：お電話ありがとうございます。AB電話お客様センターでございます。ご希望のメニュー番号を押してください。新しい電話機をお買いになりたい場合は、1。電話機の故障については、2。今月の電話料金のお問い合わせは、3。留守番電話サービスについては、4。その他ご用のある方は、5をお押しください。

電話代がいくらか知りたいとき、何番を押せばいいですか。

1. 1を押す。
2. 2を押す。
3. 3を押す。
4. 4を押す。

女人正在說明（客服中心的分機號碼）。想要知道電話費是多少，要按幾號呢？

女：感謝您的來電。這裡是 AB 電話客服中心。請您直撥分機號碼。欲購買新電話請按 1。電話故障請按 2。詢問本月的電話費請按 3。電話答錄機服務請按 4。其他請按 5。

想要知道電話費是多少，要按幾號呢？

1. 按 1。
2. 按 2。
3. 按 3。
4. 按 4。

5番 067 (一) 第 4 回 P. 89

女の人と男の人が話しています。この女の人が1年生のとき、勉強する語学はどれですか。

F：すみません。1年生の語学の取り方について伺いたいんですけど。

M：はい。この大学では1年生のとき、全員が英語を週8時間勉強しなくてはなりません。

F：私は留学生なんですけど…。

M：あ、留学生の場合は、英語の代わりに日本語を週8時間勉強します。それから、英語も4時間勉強しますが、これは2年生になってからです。

F：そうですか。全員ですか。

M：いえ、日本語テストの合格者は、1年生のときに、日本語ではなくて英語を8時間勉強します。

F：私は合格したんですが。

M：それじゃあ……。

この女の人が1年生のとき、勉強する語学はどれですか。

1. 英語4時間
2. 日本語4時間
3. 日本語8時間
4. 英語8時間

男女兩人正在交談。這個女生大學一年級要學哪一種語言？

女：不好意思，我想請問一下關於大一生外語的選課方法。

男：好的。大一生必須一起上每週 8 小時的英文課。

女：可是我是留學生⋯⋯。
男：啊，留學生的話就不上英文，改上每週 8 小時的日文課。除此之外，也要上 4 個小時的英文課，不過這部份是從大二才開始。
女：這樣啊。這也是全部的人都要上嗎？
男：不是，通過日文考試的人，大一時不用上日文課，而是要上 8 小時的英文課。
女：我有通過日文考試。
男：那⋯⋯。

這個女人大學一年級要學哪一種語言？

1. 英語 4 小時　　2. 日文 4 小時
3. 日文 8 小時　　4. 英語 8 小時

6番 068 (一) 第 4 回 P. 89

喫茶店で店員と男の人が話しています。店員は何を始めに持ってくるように言われましたか。

F：お客様、ご注文は？
M：ええと、サンドイッチとコーヒー。それからサラダか何か、ある？
F：はい、ございます。
M：じゃあ、それ。それからアイスクリームもね。それは食事の後でいいよ。
F：はい。コーヒーはいつお持ちしましょうか。
M：食事と一緒でいいよ。
F：はい、かしこまりました。アイスクリームは食後、コーヒーはお食事とご一緒ですね。
M：あ、やっぱりコーヒーは食事の前がいいな。アイスクリームはそのままでいいから。
F：はい。承知いたしました。

店員は何を始めに持ってくるように言われましたか。

1. サンドイッチ
2. コーヒー
3. アイスクリーム
4. サラダ

男人正在咖啡店和店員交談。男人叫店員一開始先送什麼餐點上桌？

女：您要點什麼呢？
男：唔⋯⋯，我要三明治和咖啡。有沙拉還是其他的東西嗎？
女：有的。
男：那我要那個，還要冰淇淋，冰淇淋餐後再送上來就可以了。
女：好。那咖啡要什麼時候為您送上來呢？
男：和餐點一起送就可以了。
女：好的，我知道了。冰淇淋餐後上，咖啡和餐點一起上。
男：啊，咖啡還是餐前送過來好了，冰淇淋還是餐後就可以了。
女：好的，我知道了。

男人叫店員一開始先送什麼餐點上桌？

1. 三明治
2. 咖啡
3. 冰淇淋
4. 沙拉

㈠ 課題理解・第五回

1番 069 (一)第5回 P. 90

病院の受付で、女の人と男の人が話しています。男の人は、この後どうしますか。

M：あの…、すいません。子供が熱を出しちゃったんで、見てもらいたいんですが。

F：この病院は初めてですね。じゃ、こちらの紙にお名前、ご住所、それから、今日のお子さんの体の具合を書いて、保険証と一緒にお持ちください。その後、お子さんの熱を計ってから、そちらの椅子に座ってお名前を呼ばれるまでお待ちください。

M：熱はもう家で計りましたけど。

F：でも、もう一度、看護師が計ることになっていますので。

男の人は、この後どうしますか。

1. 書類に名前や住所などを書く。
2. 子供の熱を計る。
3. いすに座って待つ。
4. 書類を受付に持っていく。

男女兩人在醫院收付櫃枱交談。男人之後要做什麼？

男：嗯，不好意思。我的小孩發燒，可以幫我看一下嗎？

女：您是第一次到這家醫院吧？那麼請在這張紙上填上您的姓名、住址，還有寫下您小朋友身體的狀況。連同健保卡一起拿過來。之後，量好小孩的體溫後，在那邊的椅子稍坐等候叫您的名字。

男：我在家裡量好體溫了。

女：可是我們還是要請護理人員再量一次。

男人之後要做什麼？

1. 在文件上寫下姓名及住址。
2. 幫小孩量體溫。
3. 坐在椅子上等候。
4. 將文件拿到櫃台。

2番 070 (一)第5回 P. 90

女の人が男の人に待ち合わせの場所について相談しています。女の人はどこで待ち合わせをすればいいですか。

F：ねえ、新川駅で人と会うとき、どこで待ち合わせしたらいい？

M：そうだなあ。南口の改札かなあ。

F：でも、あそこ人が多いからだめ。

M：じゃあ、時計の前かな。

F：時計？時計なんてたくさんあるじゃない？

M：ほら、音楽が鳴って人形が出てくるからくり時計。

F：ああ、あそこなら分かりやすいね。

M：うん。あっ、そうだ。あそこもいいな。西口にたくさん時計が壁にかかっているところあるじゃない？世界のいろんな国の時刻が分かるように。

F：えー？そんなのあったっけ？

M：知らないの？コインロッカーが並んでいるところのそばだよ。

F：ん？どこ？

M：自分が知らないところじゃちょっとねえ。じゃあ、やっぱりさっきのところにしようか。

F：うん、そうねえ。

女の人はどこで待ち合わせをすればいいですか。

1. 南口の改札
2. コインロッカーのそば
3. 西口の時計の前
4. からくり時計のところ

女人正在和男人商量碰面的地點。女人覺得在哪裡碰面好？

女：在新川車站和人見面的時候，要約在哪裡碰面好啊？
男：唔……。南口的剪票口吧！
女：可是那裡人太多了不行啦。
男：那在時鐘前面呢？
女：時鐘？有很多時鐘不是嗎？
男：那個有音樂，人偶會跑出來的機械鐘。
女：那裡的話就很好認。
男：嗯，對了，那裡也可以。在車站西口不是有個在牆壁上掛著很多時鐘的地方嗎？好讓我們知道世界各個國家的時間。
女：咦？有那種地方嗎？
男：你不知道嗎？在一整排寄物櫃的旁邊啊。
女：咦？哪裡？
男：跟別人約連自己都不知道的地方，就有點不妙了！那還是剛才那裡吧！
女：嗯，是啊。

女人覺得在哪裡碰面好？

1. 南口的剪票口。
2. 寄物櫃的旁邊。
3. 西口時鐘前。
4. 機械鐘那裡。

3番 071 (一) 第5回 P. 91

男の人と女の人が話しています。男の人は女の人に何をするように言いましたか。

F：今度の雑誌の表紙ですが、これでどうでしょうか。

M：大体いいですけど、この丸がちょっと大きいんじゃないかな。

F：でもあんまり小さいと。

M：ええ、だからちょっとだけね。

F：ただこの隣の青い四角が大きめだから、丸を変えるならこっちも変えないと。

M：いや、やっぱりこれだけを変えましょう。そうしてください。

F：わかりました。

男の人は女の人に何をするように言いましたか。

1. 丸を小さくする。
2. 丸も四角も小さくする。
3. 丸を大きくする。
4. 丸も四角も大きくする。

男女兩人正在交談。男人叫女人做什麼？

女：用這個當這期的雜誌封面如何？
男：大致上還不錯，可是這個圓圈不會有點太大了嗎？
女：可是如果太小的話……。
男：是啊，所以再小一點點就好。
女：可是圓圈旁邊的藍色四方形稍微大了一點，如果圓圈要改的話，這個部份也要更改。
男：不用，還是這邊稍微改一下。請妳就照我說的做吧！
女：我知道了。

男人叫女人做什麼？

1. 把圓圈縮小。
2. 把圓圈和四方形縮小。
3. 把圓圈放大。
4. 把圓圈和四方形放大。

4番 072 (一)第5回 P.91

会社で男の人と女の人が歓迎会について話してます。女の人はこのあとまず、何をしますか。

M：鈴木さん、来週の新入社員の歓迎会のことだけど、会場はもう予約してありますよね。

F：はい、大丈夫です。ほかに何か手伝いましょうか。

M：ええと、こっちはいいから、高橋さんを手伝てやってくれますか。今、新入社員のリストと名札を作ってますから。

F：はい。わかりました。あのう、当日グループでゲームをやるんですね。

M：はい。あっ、そういえば、ゲームに優勝したグループにはプレゼントをあげるんですけど、それ準備してくれませんか？ 2,000円ぐらいで。

F：はい、わかりました。プレゼントはリストと名札ができてからでいいですか。

M：はい。じゃ、よろしく。

女の人はこのあとまず、何をしますか。

1. 会場を予約する。
2. プレゼントを用意する。
3. 参加者のリストと名札を作る。
4. 参加者をグループに分ける。

男女兩人在公司裡談論迎新會，女人之後首先要做什麼？

男：鈴木下禮拜的新進員工迎新，你訂好會場了吧？

女：是的，沒問題。其他有什麼需要我幫忙嗎？

男：嗯，我這邊不用，可以請你去幫高橋嗎？她現在在做新員工名單以及名牌。

女：好的，我知道了。嗯，我們當天要分組進行遊戲，對嗎？

男：是的。啊！這麼說來，我們要送禮物給優勝組，你可以幫我準備嗎？大概 2000 日幣左右。

女：好的，我知道了。禮物在名單、名牌弄好後再處理可以嗎？

男：好的。那麼麻煩你了。

女人之後首先要做什麼？

1. 預約會場。
2. 準備禮物。
3. 做參加者的名單以及名牌。
4. 將參加者分組。

5番 073 (一) 第 5 回 P. 92

会社で、課長と男の人がポスターのデザインについて話しています。男の人は、このあとすぐ、何をしますか。

F：木村さん、木村さんが作り直してくれてるポスター、確認しました。デザインは完成度が高いですね。

M：ありがとうございます。

F：でも、なんか一瞬めがねの広告かと思って。

M：腕時計は中央にあるから大丈夫でしょう。ちょっと小さめですけど。

F：これじゃ、何の広告かわかりませんよね。

M：来月めがねも発売するって聞いたんで、入れておいたんです。

F：来月ですよね。売りたいものをもっと目立たせた方がいいじゃないんですか。

M：そうですね。わかりました。

F：それから、商品説明のところ、商品名と写真は全部確認済んでますか。

M：はい、数回チェックしましたし、営業にも確認してもらいました。

F：じゃ、大丈夫ですね。

男の人は、このあとすぐ、何をしますか。

1. 腕時計を目立たせる。
2. 商品名と写真を確認する。
3. めがねをデザインする。
4. 営業にデザインを確認してもらう。

課長與男人在公司談論海報的設計。男人之後馬上要做什麼？

女：木村先生你重做的海報，我看過了。設計的完成度很高。

男：謝謝。

女：不過，一瞬間我總覺得那是眼鏡的廣告。

男：手錶在正中間應該沒問題，雖然有點偏小。

女：可是這樣就不知道這是廣告什麼了吧？
男：我聽到下個月要發售眼鏡，所以才加進去的。
女：那是下個月吧！將想賣的東西放顯眼一點比較好吧？
男：也是。我知道了。
女：還有商品說明的地方，商品名和照片全都確認完成了嗎？
男：是的。我檢查好幾次，也請業務確認了。
女：那就沒問題了吧！

男人之後馬上要做什麼？

1. 讓手錶變顯眼。
2. 確認商品名及照片。
3. 設計眼鏡。
4. 請業務確認設計。

6番 074 (一)第5回 P.92

カルチャーセンターの授業で先生が話しています。学生はこのあとまず何をしますか。

F：ええ、今日は富士山を紹介するビデオを見ます。富士山は日本で一番高い山で海外でも知られている日本のシンボルなので、いろいろ調べたり、登りに行ったりした人もいると思います。これから紙を配りますから、ビデオを見る前に富士山について知っていることを5分ぐらいでメモしてください。続いてビデオを見て、その後で最初にメモしたこと、ビデオを見て新しく発見したことについて隣の人と話し合いましょう。

学生はこのあとまず何をしますか。

1. 富士山についてのビデオを見る。
2. 富士山について知っていることを書く。
3. 富士山についていろいろ調べる。
4. 富士山についてとなりの人と話し合う。

老師在文化中心的課程裡談話，學生之後首先要做什麼？

女：嗯，今天我們要看介紹富士山的影片。富士山是日本第一高山，也是海外廣知的日本象徵，我相信有人做過各式調查、也去攀登過。接下來我會發下紙張，在看影片之前，利用5分鐘的時間將你們知道的富士山寫下來。然後接下來我們看影片，最後將我們寫下的內容與看過影片後發現的新內容與旁邊的人討論。

學生之後首先要做什麼？

1. 看富士山的影片。
2. 將所知道的富士山寫下來。
3. 針對富士山進行各式調查。
4. 針對富士山與旁邊的人討論。

(一) 課題理解・第六回

1番 075 (一) 第6回 P. 93

男の学生と女の学生が国際クラブの交流会について話しています。女の学生は男の学生に何をして欲しいですか。

F：ねえ、来月国際クラブの交流会があるんだけど、来ない？

M：何、それ。

F：色々な国の人が来てね。その国の料理を食べたり、ビデオ見せてもらったりするの。おもしろいわよ。

M：でもな、あんまり外国のこととか、言葉とか知らないもんな。

F：全然大丈夫よ。知らない国の人と知り合いになれるし、それにおいしいもの食べたり、飲んだりできるわよ。ついでにみんなの記念撮影、手伝ってくれるとありがたいんだけど。

M：あーあ、そういうことね。まあ、おいしい物が食べられるならいいか。

女の学生は男の学生に何をして欲しいですか。

1. パーティーの準備をすること。
2. ビデオの準備をすること。
3. 外国の人と知り合いになること。
4. 皆の写真を撮ること。

男同學與女學生在討論國際社的交流活動。女同學要男同學做什麼？

女：誒，下個月的國際社有交流活動，你要不要來？

男：那是什麼？

女：很多不同國家的人會來，可以吃吃該國的料理、看看影片，很有趣哦。

男：可是我不太知道外國的事情，也不會他們的語言。

女：完全没關係！可以和不認識的國家的人交流，加上可以享受美食飲料喔。如果可以順便幫大家拍照記念的話，就更感謝你了。

男：啊～，是這麼回事啊！嗯，可以吃到好吃的東西就好啦！

女同學要男同學做什麼？

1. 準備交流活動。
2. 準備影片。
3. 結識外國人。
4. 幫大家拍照。

2番 076 (一) 第6回 P. 93

カルチャーセンターで、男の人が韓国語レッスンの説明をしています。参加したい人はまず何をしなければなりませんか。

M：では、韓国語レッスンについて簡単に説明します。えー、韓国語レッスンは初級、中級、上級のコースがあって、どれも週1回2か月間です。レッスンに申し込みたい人はインターネットでテストを受けてください。テストによって、参加できるレベルが決まりますから、期限までに受けておくようにしてください。結果はウェブサイトで発表しますので、そちらで確認してください。レッスンの申し込みは結果が出た後にします。授業料の振り込みも同様です。申込期間が短いので、気を付けてください。

参加したい人はまず何をしなければなりませんか。

1. 韓国語レッスンに申し込む。
2. ウェブサイトでレベル結果をチェックする。
3. テストをうける。
4. 授業料を振り込む。

男人在文化中心說明韓文課程，要參加的人首先得做什麼？

男：那麼我來說明韓文課程。嗯，韓文課程分為初級、中級、高級課程，每個都是一週上一次，為期二個月。要報名課程的人要接受網路上的測試，依據測試決定可以參加的程度，所以請在期限之前上網考試。結果會在網站上公告，請在上面確認。課程報名會在結果出爐後進行，課程費用也一樣。報名期間短暫，請各位注意。

要參加的人首先得做什麼？

1. 報名韓文課程。
2. 利用網站確認分級結果。
3. 參加考試。
4. 滙課程費用。

3番 077 (一)第6回 P. 94

大学で女の先輩と男の留学生が話しています。男の留学生は土曜日、何をしなければなりませんか。

F：あ、ジョージさん。今週の土曜日にこの町でお祭りがあって、私たち店を出すんですけど。

M：お祭りですか、いいですね。

F：よければ、ちょっと手伝ってもらえませんか？何かお国の料理を出したら、売れるかも。

M：ええ、いいですけど、料理はあんまり得意じゃないんです。パンなら作れますが。

F：パンですか。じゃ、焼きそばパンを出しましょうか。

M：そりゃ面白そうですね。
じゃ、お祭りの前に先にパンを作っときます。

F：ありがとう、助かった！じゃ土曜日ジョージさんは注文をとってもらえますか。

M：はい。

F：それから、水曜日のお昼ごろ、もし時間があったら買い物に一緒に行ってもらいたいんですけど。

M：あ、昼間は授業があるんです。夕方なら時間がありますが。

F：そうか。じゃ、無理ね。
じゃ、いいです。土曜日、お願いしますね。

M：はい、わかりました。

男の留学生は土曜日、何をしなければなりませんか。

1. 焼きそばを作る。
2. パンを作る。
3. 注文をとる。
4. 買い物に行く。

學姐與男留學生交談，男留學生星期六得做什麼？

女：喬治，這個禮拜六社區有個祭典，我要在去擺攤。
男：祭典啊？好棒喔！。
女：可以的話，你可以幫個忙嗎？如果我們端出你的國家的料理的話，也許會很好賣。
男：嗯，是不錯啦，可是我不太會做料理，如果麵包的話我可以做。
女：麵包嗎？那我們做炒麵麵包如何？
男：這個有趣！那麼，祭典之前我先做好麵包。
女：謝謝，太好了！那麼禮拜六喬治你就幫忙點餐可以嗎？
男：好！
女：還有，禮拜三大概中午時間，如果你有空，可以跟我一起去買東西嗎？
男：我白天有課，傍晚的話我有時間。
女：這樣啊，那就沒辦法了。那就不用了。禮拜六就麻煩你囉！
男：好的，沒問題。

男留學生星期六得做什麼？

1. 做炒麵。
2. 做麵包。
3. 幫忙點餐。
4. 去買東西。

4番 078 (一) 第6回 P. 94

会社で、男の人と女の人がセミナーについて話しています。女の人は、このあと、まず何をしますか？

M：来週のセミナー、私が準備することになってたでしょう？ ちょっと手伝ってもらえますか。

F：はい、いいですよ。何を手伝いましょうか。

M：会場にいらっしゃるお客さまのご案内やお茶の準備をお願いしたいんです。

F：はい、わかりました。

M：あと、予定していた第一会議室のエアコンなんだけど、調子が悪いみたいなんですが、もう一度確認しといてくれますか。

F：はい。あのう、パソコンは？

M：あれは大丈夫、もう用意してありますから。エアコンが使えないなら、すぐ他のを予約しなきゃ。

F：分かりました。

M：じゃあ、よろしくね。私はもう一度参加する人を確認しますから。

女の人はこのあと、まず何をしますか？

1. お茶を準備する
2. エアコンの調子を確認する
3. パソコンを用意する
4. 参加人数を確認する

男女兩人在公司針對研討會進行討論。女人之後首先要做什麼？

男：下週的研討會由我來準備，你可以幫我忙嗎？
女：好的，沒問題。需要我幫什麼忙？
男：麻煩你帶招待會場的客人以及準備茶水。
女：好的，我知道了。
男：還有預定的第一會議室的冷氣怪怪的，可以麻煩你再確認一次嗎？
女：好的。啊，電腦呢？
男：電腦我會準備好了，沒問題。如果冷氣不能用的話，得馬上訂別的會議室。
女：我知道了。
男：那麼麻煩你了，我再確認一下參加人數。

女人之後首先要做什麼？

1. 準備茶水。
2. 確認冷氣的狀況。
3. 準備電腦。
4. 確認參加的人數。

5番 079 (一) 第6回 P.95

コンサートの準備をしています。男の人は、はじめは何をしますか。

M：入場が始まったら、入場券集めるのを手伝いましょうか。

F：ええ、お願いします。あっ、でもそれよりパンフレットを配る人が足りないから、そちらお願いします。

M：はい、分かりました。

F：コンサートが始まってからも遅れてくる人がいるから、30分ぐらい入り口に立っていて入場券を受け取ってください。

M：はい。

F：それから、んーと。

M：コンサートが終わったら、椅子を戻すんですよね。

F：いや、それはいいです。あっ、そう、そう。休憩の後すぐコップを洗ってください。

M：はい。

男の人は、はじめは何をしますか。

1. 入り口で入場券を集める。
2. パンフレットを配る。
3. コップを洗う。
4. いすを戻す。

以下為籌備演唱會時的對話。男人首先要做什麼？

男：開始入場之後，我來幫忙收入場券吧！

女：好，那就麻煩你了。啊，不過因為發節目表的人手不足，所以想請你幫忙發。

男：好，我知道了。

女：演唱會開始之後還是會有遲到的人，所以請你在入口處站個大約 30 分鐘，並且幫忙收入場券。

男：好。

女：然後，還有……。

男：演唱會結束之後把椅子歸位，對吧？

女：不用，那個沒關係。啊，對了。稍微休息一下之後，請你馬上把杯子拿去洗。

男：好。

男人首先要做什麼？

1. 在入口收入場券。
2. 發節目表。
3. 洗杯子。
4. 把椅子歸位。

6番 080 (一)第6回 P.95

男の人がアルバイトのことについて話しています。初めてこの会社でアルバイトをする人はこのあと、まず何をしますか。

M：皆さん、おはようございます。えー、今日の予定ですが、この書類に必要なことをまず書いていただきます。そのあと、隣の部屋に行ってください。そして作業の時に着る服が用意してあるので、自分に合うのを借りて着替えてください。あ、それで、初めての方はですね、隣の部屋へ行く前に、簡単に仕事について説明しますので、ここでこのままお待ちください。

初めてこの会社でアルバイトをする人は、このあと、まず何をしますか。

1. 書類に必要なことを書く。
2. 隣の部屋に行く。
3. 仕事の説明を聞く。
4. 服を着替える。

男人正在說明打工工作。第一次在這間公司打工的人接下來首先要做什麼？

男：大家早安。關於今天預計要完成的工作，首先請大家將這份資料所需的相關事項填寫好，然後再到隔壁的房間。大家工作時需要的工作服已經準備好了，請借一件合身的換上。對了，第一天上班的人，到隔壁房間之前，由於我要簡單說明一下關於工作的事情，請在這裡稍待片刻。

第一次在這間公司打工的人接下來首先要做什麼？

1. 文件上填寫所需資料。
2. 到隔壁房間。
3. 聽工作的說明。
4. 換衣服。

(一) 課題理解・第七回

1番 081 (一) 第 7 回 P. 96

男（おとこ）の人（ひと）と女（おんな）の人（ひと）が電話（でんわ）で話（はな）しています。女（おんな）の人（ひと）は予約（よやく）を何時（なんじ）に変更（へんこう）しましたか。

M：ABC レストランでございます。

F：明日（あした）予約（よやく）した山田（やまだ）と申（もう）しますが、時間（じかん）なんですが、1 時間（じかん）遅（おく）らせていただけないでしょうか。

M：ご予約（よやく）の時間（じかん）は？

F：6 時（じ）です。

M：変更（へんこう）は可能（かのう）ですが、そのお時間（じかん）になりますと少（すこ）しお待（ま）たせするかもしれませんが。

F：それでも、構（かま）いません。

M：30 分（ぷん）ぐらいずれることもあるかと思（おも）いますが、よろしいですか？

F：はい、大丈夫（だいじょうぶ）です。申（もう）し訳（わけ）ありませんが、よろしくお願（ねが）いいたします。

M：はい、それでは、明日（あした）お待（ま）ちしています。

女（おんな）の人（ひと）は予約（よやく）を何時（なんじ）に変更（へんこう）しましたか。

1. 6 時（じ）
2. 6 時半（じはん）
3. 7 時（じ）
4. 7 時半（じはん）

男女兩人正在講電話。女人將預約的時間改到幾點？

男：這裡是 ABC 餐廳。
女：我是明天有訂位的山田。請問訂位時間可以延後一個小時嗎？
男：您的訂位時間是？
女：6 點。
男：可以改時間，但是到了您訂位的時間之後可能要請您稍等一下。
女：沒關係。
男：我想前後可能會差個 30 分鐘，可以嗎？
女：好的，沒關係。非常抱歉，麻煩您了。
男：好的，那就等待您明天光臨。

女人將預約時間改到幾點？

1. 6 點
2. 6 點半
3. 7 點
4. 7 點半

2番 082 (一)第7回 P.96

授業の後、学生と先生が話しています。学生は何曜日に先生に会いますか。

F：あっ、先生、質問があるんですが、後で先生の部屋に伺ってもよろしいですか。

M：今日は午後会議があるからちょっと無理だな。水曜日はいつも午後にあるんだよ。

F：そうですか。いつならよろしいでしょうか。

M：明日も一日中会議だけど。昼休みなら少し時間あるよ。

F：できれば、ゆっくり分からないところをお聞きしたいのですが…。

M：うーん。じゃあ、金曜日の午後はどう？

F：すいません。金曜はアルバイトがあるんです。では、やっぱり明日の昼休みにお願いしてもよろしいですか。なるべく質問を少なくしますので。

M：ああ、いいよ。じゃ、待ってるから。

F：はい。ありがとうございます。よろしくお願いします。

学生は何曜日に先生に会いますか。

1. 火曜日
2. 水曜日
3. 木曜日
4. 金曜日

下課後，學生和老師正在講話。學生星期幾要去見老師？

女：啊，老師。我有問題，等一下可以到老師的研究室去找您嗎？

男：今天下午要開會，所以可能不行。每個星期三下午都要開會。

女：這樣啊……，那老師什麼時候方便呢？

男：唔……，明天一整天都要開會，不過午休時間的話還有一點時間。

女：可以的話，我想慢慢地請教老師我不了解的地方……。

男：唔……，那，星期五下午如何？

女：真抱歉，我星期五有打工……，那還是明天午休時間可以嗎？我會盡量把疑問減到最少。

男：那倒是無所謂。那我就等你過來。

女：好的，謝謝老師。麻煩您了。

學生星期幾要去見老師？

1. 星期二
2. 星期三
3. 星期四
4. 星期五

3番 083 (一)第7回 P.97

バスの中で、旅行会社の人が客に話しています。客はこのあと、どうしますか。

F：皆さま、桜お土産店に到着しました。ええと、誠に恐れ入りますが、こちらは大きなお荷物、店内へのお持込はご遠慮ください。この時間帯、店内は大変混雑しておりまして、後ろのロッカーをご利用いただくか、こちらのレジへお預けください。外食禁止なので、店内で食べたり飲んだりするのもご遠慮ください。あと、店内は決められた場所以外は禁煙でございます。ここで1時間の自由時間になりますので、出発は3時40分といたします。それでは、よろしくお願いします。

客はこのあと、どうしますか。

1. 大きな荷物を預ける。
2. 店内でたばこを吸う。
3. 店内で食べたり飲んだりする。
4. 店に入るのをやめる。

巴士中旅行社的人正向客人談話。客人接下來要做什麼？

女：各位，我們現在來到櫻花伴手禮店。啊，不好意思，大行李請不要拿進店裡來。這個時段，店內很多人，請使用後面的儲物櫃，或是寄放在收銀台。還有，這店中禁止外食，所以不要在店內吃吃喝喝。另外，店內除了特定的場所之外禁菸。這裡的自由時間是1個半小時，我們在3點40分出發。

客人接下來要做什麼？

1. 寄放大行李。
2. 在店內抽菸。
3. 在店內吃吃喝喝。
4. 放棄進入店內。

4番 084 (一)第7回 P.97

学校で先生が国際交流会について話しています。留学生は当日何を持っていかなければなりませんか。

F：えー、来週の国際交流会と食事会についてですが、場所は体育館です。どちらか一つのみの参加はできません。交流会は午後1時からおよそ1時間の予定です。最初に受付がありますので、15分前には来るようにしてください。交流会に続いて、10分間の休憩のあと、食事会となります。皆と一緒に国際料理を作ったり、食べたりします。材料やエプロンなどは学校が用意します。それから、最後に体を動かすゲームもするので、体育館で履く運動靴を持参してください。

留学生は当日何を持っていかなければなりませんか。

1. 自分の国の料理
2. エプロン
3. 国際料理の材料
4. 運動靴

老師在學校針對國際交流會進行談話，留學生當天得帶什麼？

女：嗯，下禮拜的國際交流會還有餐會，場所在體育館。兩者不能只能擇一參加。交流會在下午 1 點開始，預定約 1 小時的時間。一開始有櫃枱接待，所以請提前 15 分鐘到。交流會之後休息 10 分鐘後就是餐會。大家會一起做異國料理一起享用。材料、圍裙等等學校會準備。然後最後是大家玩遊戲動一動，所以請帶可以在體育館穿的運動鞋。

留學生當天得帶什麼？

1. 自己國家的料理
2. 圍裙
3. 異國料理的材料
4. 運動鞋

5番 085 (一) 第 7 回 P. 98

教室で先生がスピーチについて話しています。学生はこのあと、まず何をしますか。

F：良いスピーチを作るためにはどうすればいいですか。まず、スピーチのテーマに集中してください。関係のない話をすると、何を伝えたいのかわからなくなる可能性が高いです。それから、ことばの使い方をしっかり考えて、話したいことを書いといてから話しましょう。二人で練習するのはおすすめです。相手の話を聞いて、内容について、何か必ず質問してください。質問を考えることが自分のスピーチをよくするヒントにもなりますよ。今日はとりあえずだれと一緒に練習するのかを決めてください。

学生はこのあと、まず何をしますか。

1. スピーチのテーマに集中する。
3, スピーチ内容を書く。
2. 内容について質問する。
4. 一緒に練習する相手を決める。

老師在教室裡針對演講進行談話，學生們之後首先要做什麼？

女：要做一個好的演講，該怎麼做呢？首先，要集中注意力在演講的主題上，說一些無關主題的話，可能會變成不知道在傳達什麼。然後要思考遣字用詞，再將想說的話寫下來再開口。我建議兩個人練習，聽了對方說的內容，一定要針對內容提出問題，思考提問也是改善自己的演講內容很好的提示喔。我們今天首先要決定要跟誰一起練習。

學生們之後首先要做什麼？

1. 集中注意力在演講的主題上。
2. 撰寫演講內容。
3. 針對內容提出問題。
4. 決定一起練習的對象。

6番 086 (一) 第7回 P. 98

学校で、係りの人と男の学生が書類を見ながら話しています。男の学生はこのあと、すぐ何をしますか。

M：あ、山下さん。アルバイトに応募したいんですが、もしよかったら、書類を見ていただけませんか。

F：うん、いいですよ。ええと、家の電話番号が書いてないですね。

M：私、携帯しか持ってないので、

F：う～ん、電話番号は携帯じゃないのも書いた方がいいですが、まあ、これでいいです。お名前はケンさんと読むんですか。

M：いえ、「タケシ」です。

F：ああ、タケシさんですか。じゃ、ここに名前の読み方も書いといて。

M：はい、今書きます。こうですか。

F：はい、これで結構です。それから、学歴は大学や、学部の名前などは正しいですね。あれ、この写真、髪の毛がずいぶん長いですね。

M：ええ、1年前のものなんですが。

F：写真は3か月以内に撮ったものと書いてあるでしょう。

M：はい、新しいのにします。

男の学生はこのあと、すぐ何をしますか。

1. 名前の読み方を書く。
2. 写真を新しいのにする。
3. 携帯じゃない電話番号を書く。
4. 写真を撮る。

工作人員與男同學在學校邊看文件交談，男同學之後首先要做什麼？

男：啊，山下小姐，我想要應徵工讀，可以的話，可以幫我看文件嗎？
女：嗯，可以啊。嗯，你沒寫家裡電話耶。
男：我只有手機……。
女：嗯～，電話號碼最好是連家用電話要填寫。嗯，就這樣吧？你的名字讀作「ken」嗎？
男：不是的，是「takeshi」。
女：是「takeshi」啊！那麼你在這也把姓名的讀音寫下。
男：好，我現在馬上寫。是這樣嗎？
女：是的，這樣就可以。接下來學歷部分，大學、學系名稱等等都正確。嗯？這照片裡的頭髮好長啊！
男：嗯，這是1年前的照片了。
女：上面有寫照片要三個月以內的喔。
男：好的，我再換成新的。

男同學之後首先要做什麼？

1. 寫下姓名的讀音。
2. 將照片換成新的。
3. 寫下不是手機的電話號碼。
4. 拍照。

(一) 課題理解・第八回

1番 087 (一)第8回 P.99

男の人と女の人が、食事会について話しています。男の人は、このあと、まず何をしますか。

F：ミーティングの後の食事会ですが、いつもの店を予約しようと思っています。

M：うん、そこでいいんじゃないかな。全員で10名だから…。

F：えっ？今日のミーティングは15人ですよ。途中参加する人を忘れてたんですか。

M：あっ、しまった。どうしよう。小さい個室を予約しちゃったんです。

F：人数確認しなくちゃだめじゃないんですか。すぐ店に電話して、大きめのに変えてもらいましょう。

M：その部屋は確か、広さが変えられるそうです。予約人数より多くても入れるはずなんです。すぐ確認します。

F：あと、資料の部数も足りないでしょう？早くコピーして。

M：大変だ、時間が足りない！

F：じゃ、今すぐ店に連絡して。コピーは私がやっときますから。

M：ありがとうございます。

男の人は、このあと、まず何をしますか。

1. ミーティングに参加する。
2. 店に連絡する。
3. コピーをする。
4. 予約人数を確認する。

男人和女人正在討論關於餐會的事情。男人之後首先要做什麼呢？

女：會議之後的餐會，我想預約常去的那家店。

男：嗯，那裡應該可以。我們全部是10個人……。

女：啊？今天的會議是15人喔。你忘了中途要參加的人了嗎？

男：啊！糟了！怎麼辦？我訂了小包廂了。

女：怎麼可以不確認人數呢？你馬上打電話去店裡，改為大一點的包廂。

男：那個包廂好像可以改變大小，比我們訂的人數多，應該也擠得進去。我馬上確認。

女：還有，你資料的份數也不夠吧？快去影印。

男：糟了，我時間不夠！

女：那你現在馬上連絡餐廳，影印我來弄。

男：感謝您！

男人之後首先要做什麼呢？

1. 參加研討會。
2. 聯絡餐廳。
3. 影印。
4. 確認預約人數。

2番 088 (一) 第8回 P. 99

スポーツクラブの先生が注意をしています。走ったあとは、まずどうしたらいいですか。

F：えー、これから、一緒に30分ぐらい走りますが、えー、走ったあとで、すぐに止まったり座ったりしないでください。いいですか。走ったあとは、そのまま5分ぐらいゆっくり歩いて、それから休んでください。そのあとは、水を飲んでもかまいません。

走ったあとはまずどうしたらいいですか。

1. 5分ぐらい座る。
2. 横になって休む。
3. 水を飲む。
4. ゆっくり歩く。

運動俱樂部老師在提示注意事項。跑完後首先該怎麼做？

女：現在開始一起跑三十分鐘。跑完後不要馬上停止或坐下來。聽清楚了嗎？跑完後接著慢慢走五分鐘，然後再休息，之後就可以喝水。

跑完後首先該怎麼做？

1. 坐五分鐘。
2. 躺下休息。
3. 喝水。
4. 慢慢走。

3番 089 (一) 第8回 P. 100

大学で先生が通訳の募集について話しています。興味がある人はこのあと、まず何をしますか。

F：次は通訳募集のお知らせです。今回、海外からの技術研修生に工場の説明や案内などの通訳をしてくれる人を募集しています。説明会は301教室で行われます。申込書を説明会に出席した人に後で配りますので、書いてください。申込書にははんこと写真も必要になります。写真を持っていない人は、この建物の2階に写真を撮る機械がありますから、ご利用ください。

興味がある人はこのあと、まず何をしますか。

1. 説明会に参加する。

2. 申込書を書く。
3. 写真を撮る。
4. 申込書を配る。

老師在大學裡說明徵口譯人員一事。有興趣的人之後首先要做什麼？

女：接下來是通知徵口譯人員一事。這次要徵向從海外來的技術研修生說明、導覽工廠的口譯人員，說明會會在 301 教室進行。報名單會在說明會後發給出席的人，屆時請填寫。報名單需要照片，沒有照片的人，可以利用本建築物 2 樓可拍照片的機器拍照。

有興趣的人之後首先要做什麼？

1. 參加說明會。
2. 填寫報名單。
3. 拍照。
4. 發報名單。

4番 090 （一）第 8 回 P. 100

大学の研究室で男の学生と女の留学生が話しています。女の留学生はこのあと、まず何をしますか。

F：こちらのゼミに交換留学生として来ましたチョウです。よろしくお願いします。

M：木村です。よろしく。大学の中は回った？

F：資料を探しに図書館だけ。それと、掲示板は見ました。見方が分からなかったんですが、横にいた学生の方に教えてもらえて。他はまだ全然。

M：ああ、掲示板は大事だね。お知らせとか貼ってあるから、僕もいつも最初に見に行くよ。じゃあ、他を案内してあげるよ。

F：ありがとうございます。

M：もうすぐ 12 時だし、まず食堂に行ってみようか。注文の仕方とかわかりにくいから、いろいろ説明しておくよ。ついでにお昼も一緒にどう？

F：はい。あ、でも、授業計画の書類を出したいので、先に学生課に行きたいんですが。

M：それなら先生に直接見せたほうがいいんじゃない？今ならまだ研究室にいるし、先に渡しておいてよ。

F：はい、じゃあちょっと待っててください。

女の留学生はこのあと、まず何をしますか。

1. 書類を先生に渡す。
2. 掲示板を見る。
3. 食堂で食事する。
4. 学生課に行く。

在大學研究室裡男同學與女留學生正在交談。女留學生之後首先要做什麼？

女：我是參加這個專題研討會的交換學生，我姓張。請多多指教。
男：我是木村，請多多指教。你已經逛過大學了嗎？
女：我只有去圖書館找過資料。還有我看了公告欄，一旁的學生有教我（怎麼看）。其他的都沒有。
男：啊，公告欄是很重要的。上面貼有公告之類的，所以我也總是先去那裡。那麼，我先帶你認識別的。
女：謝謝。
男：馬上就要12點了，我們先去學生餐廳吧？點餐方式有點難懂，所以我來做說明。順便我們一起吃午餐如何？
女：好啊，可是我要交課程計畫，所以要先去學生課。
男：那麼你是不是直接先給老師看比較好？現在的話，老師在研究室，你先拿給老師看。
女：好的。那麼你先在這裡等一下。

女留學生之後首先要做什麼？

1. 將文件交給老師。
2. 看公告欄。
3. 在學生餐廳用餐。
4. 去學生課。

5番 091 (一)第8回 P. 101

男の人と女の人がバーベキューの計画について話しています。女の人は、何を準備しますか。

M：毎日暑いからって家にいても仕方がないしさ、みんなで河原でバーベキューでもしようかって言ってるんだよ。
F：まあ、いいわね。じゃあ私はお肉を持って参加するわ。近所に安いお店があるのよ。
M：そうなの？でも今回はいいよ。材料なんかは全部向こうで買えるんだ。
F：じゃあ、お皿とか、焼くときの道具とかは？
M：それもだいじょうぶ。向こうで借りられるらしいから。便利でしょ。飲み物も心配いらないみたいだから。
F：ありがとう。じゃ、お言葉に甘えて、そうさせてもらおうかな。

女の人は、何を準備しますか。

1. 近所の店で肉を買っていく。
2. 肉以外のものを買って持っていく。
3. 何も準備しない。
4. お皿と道具を準備する。

男人與女人在討論烤肉計劃。女人要準備什麼？

男：雖說每天都很熱，但是每天待在家裡也不是辦法。大家一起去河邊烤肉吧？
女：不錯耶！那我帶肉。我家附近有便宜的店。
男：這樣啊？不過這次就不用了。材料全部都在那邊買得到。
女：那盤子或是烤肉用具之類的呢？
男：那也不用。那邊可以借得到。很方便！飲料好像也不用擔心。
女：謝謝。那我就恭敬不如從命囉！

女人要準備什麼？

1. 在附近的店買肉。
2. 買肉以外的東西帶去。
3. 什麼都不用準備。
4. 準備盤子及工具。

6番 092 (一)第8回 P.101

男の人と女の人が話しています。女の人はこのあとすぐ、何をしますか。

M：あれ？さっちゃん、犬飼ってるんだ。

F：うん。ほら、かわいいでしょう。マックスって言うんだ。

M：あら、小さいのに、マックスなんて名前なんだ。

F：あのね、すっごくよく食べるのよ。エサを買ってきてもすぐ食べちゃって、さっき駅前の店で買ってきたところなのよ。

M：世話、大変？

F：うーん、まあね。散歩は一日二回。今もその途中なんだけど、必ず毎日してる。あと、シャワーで体を洗ってあげたり、病気になったら病院へ連れて行ってあげたり、予防注射なんかも必要だしね。

M：へえ、お金もかかりそうだね。あ、ごめんね、途中なのに足止めしちゃったね。

F：ううん。じゃあまたね。

女の人はこのあとすぐ、何をしますか。

1. 犬を散歩させる。
2. 犬のえさを買いに行く。
3. 犬をシャワーで洗ってあげる。
4. 犬を病院へ連れて行く。

男人與女人在說話。女人之後馬上要做什麼？

男：咦？小莎，你有養狗？

女：嗯，很可愛吧？名叫 max。

男：哈哈，明明就很小隻，卻叫 max。

女：我跟你說，牠超會吃的。飼料一買回來馬上就被吃完了。我剛才才從車站前的店裡補貨買回來。

男：照顧起來很辛苦嗎？

女：不會啊！一天散步 2 次。我現在也是在溜狗中，每天都要去。還有幫牠洗澡，生病了要帶去醫院，還有預防針也是需要的。

男：喔，好花錢啊！啊，不好意思，半路叫住你。

女：不會，那再見囉！

女人之後馬上要做什麼？

1 溜狗。
2 去買狗飼料。
3 幫狗洗澡。
4 帶狗去醫院。

(二) 重點理解・第一回

1番 094 (二) 第1回 P.102

ボクシングの選手(せんしゅ)について話(はな)しています。男(おとこ)の人(ひと)はなぜ青(あお)いパンツの選手(せんしゅ)が勝(か)つと思(おも)っていますか。

M：どっちが勝(か)つと思(おも)う？赤(あか)いパンツのほうか、青(あお)いパンツのほうか？

F：んー、赤(あか)かな。少(すこ)し背(せ)が高(たか)いみたい。

M：うん。確(たし)かに身長(しんちょう)があったほうが有利(ゆうり)は有利(ゆうり)だ。でもそれは違(ちが)うよ。

F：ええ？

M：ほら、足(あし)を見(み)てごらん。青(あお)いほうの足(あし)。

F：長(なが)いから？

M：長(なが)さは問題(もんだい)じゃない。動(うご)き。

F：分(わ)かったわ。動(うご)きがいいんだ。

M：そう。

F：そう言(い)われて見(み)れば、動(うご)きが速(はや)いね。

M：うん。足(あし)の動(うご)きにむだがないんだ。

F：へえ。

M：それに手(て)もよく出(で)てるし。よし！右(みぎ)だ！右(みぎ)！よーし！

男(おとこ)の人(ひと)はなぜ青(あお)いパンツの選手(せんしゅ)が勝(か)つと思(おも)っていますか。

1. 背(せ)が高(たか)くて右手(みぎて)の力(ちから)が強(つよ)いから。
2. 背(せ)が高(たか)くて動(うご)きにむだがないから。
3. 足(あし)が長(なが)くて動(うご)きがいいから。
4. 足(あし)の動(うご)きがよくて、手(て)もよく出(だ)しているから。

以下是關於拳擊選手的對話。男人為什麼認為是穿著藍色短褲的選手會贏？

男：你覺得哪邊會贏？是穿紅色短褲的選手，還是穿藍色短褲的選手？

女：唔……。紅色的吧！他身高好像比較高。

男：嗯，的確，長得高的人有優勢是有優勢啦。可是不是這樣判斷的喔。

女：咦？

男：你看看他們的腳。穿藍色短褲選手的腳。

女：因為比較長？

男：不是長短的問題。是他的動作。

女：我知道了。他的動作很漂亮。

男：沒錯。

女：經你這麼一說，他的動作真的很敏捷耶。

男：嗯，敏捷又沒有多餘的動作。

女：哦。

男：而且他也經常出拳。很好，右邊，右邊。很好。

男人為什麼認為是穿著藍色短褲的選手會贏？

1. 因為長的高，右手的力氣又大。
2. 因為長的高，又沒有多餘的動作。
3. 因為腳長，動作又很漂亮。
4. 因為腳的動作很漂亮，也常常出拳。

2番 095 (二) 第1回 P.102

女の人と男の人が話しています。男の人がコートを選んだ一番の理由は何ですか。

F：鈴木さん、そのコート、とても素敵ですね。

M：ありがとう。この色、最高でしょ。買おうと決めたのはこの色なんだ。

F：本当いいですね。

M：たまには気分を変えようと思って、着てみたらサイズもぴったりで…。

F：そのえりの形、今流行のですね。

M：あ、そう？知らなかった。

F：高かったんじゃないですか。

M：いや、安かったよ。

男の人がコートを選んだ一番の理由は何ですか。

1. 色が気に入ったから。
2. サイズがちょうどいいから。
3. えりが流行の形だから。
4. 値段が安かったから。

男女兩人正在交談。男人選那件大衣最主要的理由是什麼？

女：鈴木先生，你那大衣真出色！

男：謝謝。這顏色超棒的吧！我決定要買就是因為這個顏色。

女：真的很好看！

男：我想說偶爾也轉換一下心情，試穿看看，結果尺寸剛好。

女：這領子的樣子是今年流行的，對吧？

男：是嗎？我不知道。

女：很貴吧？

男：不，很便宜喔！

男人選那件大衣最主要的理由是什麼？

1. 因為喜歡它的顏色。
2. 因為尺寸剛好。
3. 因為領子是流行的形式。
4. 因為價格便宜。

3番 096 (二) 第1回 P.103

女の人と男の人が話しています。女の人は、どうして遅れましたか。

F：すみません、遅れてしまって。

M：心配しましたよ。事故にでも遭われたんじゃないかと思って。1台乗り遅れたとかですか。

F：実は朝、ちょっと寝坊はしたんですけど。

M：あ、それで……。

F：あ、いや、タクシーに乗って何とか予定の新幹線には間に合ったんです。

M：あ、そうですか。じゃあ、どうして？

F：それが、もう少しで着くって時に、信号故障だとかで、動かなくなってしまって。

M：じゃあ、新幹線(しんかんせん)が遅(おく)れたんですね。ついてなかったね。

F：ええ。ご心配(しんぱい)をおかけしてすみませんでした。

女(おんな)の人(ひと)は、どうして遅(おく)れましたか。

1. 朝(あさ)、寝坊(ねぼう)したから。
2. 車(くるま)の事故(じこ)に遭(あ)ったから。
3. 新幹線(しんかんせん)の信号(しんごう)が壊(こわ)れたから。
4. 予定(よてい)の新幹線(しんかんせん)に乗(の)り遅(おく)れたから。

男女兩人正在交談。女人為什麼會遲到？

女：對不起，我遲到了。

男：我擔心死了。還以為你是不是發生了什麼事。你是不是搭到了晚一班車？

女：其實是因為我早上稍微賴床了一下……。

男：然後？

女：沒什麼，我搭了計程車，總算趕上了預計搭乘的新幹線。

男：是這樣啊。那為什麼還會遲到？

女：快到的時候，因為信號燈故障，所以新幹線就停了下來。

男：所以就沒趕上新幹線了啊！你運氣真差！

女：是啊。讓你擔心了，真是抱歉。

女人為什麼會遲到？

1. 因為早上賴床。
2. 因為遇到車禍。
3. 因為新幹線的信號燈故障。
4. 因為沒趕上預計搭乘的新幹線。

4番 097 (二)第1回 P.103

病気(びょうき)で入院(にゅういん)している男性(だんせい)が医者(いしゃ)に叱(しか)られています。なぜ叱(しか)られているのですか。

F：田中(たなか)さん、もう少(すこ)しお痩(や)せにならないと。

M：はあ。でも先生(せんせい)、この病院(びょういん)の食事(しょくじ)おいしいからなかなか。

F：病院(びょういん)の食事(しょくじ)は、とってもカロリーが低(ひく)いんですよ。田中(たなか)さん、よく外出(がいしゅつ)なさってますよね。

M：ええ。

F：その時(とき)おいしいものを召(め)し上(あ)がってるんじゃないの？

M：いいえ。

F：私(わたし)の目(め)を見(み)ていいえって言(い)えます？

M：すみません。

男(おとこ)の人(ひと)はなぜ叱(しか)られているのですか。

1. 病院(びょういん)の食事(しょくじ)を食(た)べないから。
2. 病院(びょういん)の食事(しょくじ)を食(た)べ過(す)ぎるから。
3. よく外出(がいしゅつ)するから。
4. よく病院(びょういん)の外(そと)で食(た)べてくるから。

因病住院的男子被醫生責罵。男子遭到責罵的原因為何？

女：田中先生，你要再瘦一點才行。
男：可是醫生，醫院的餐點實在太好吃了。
女：那些都是超低熱量的喔。田中先生，您經常外出吧？
男：是啊。
女：外出的時候您都吃些好吃的東西對吧？
男：沒有。
女：你可以看著我的眼睛說你沒有吃嗎？
男：對不起。

男子遭到責罵的原因為何？

1. 因為他不吃醫院的餐點。
2. 因為他吃太多醫院的餐點。
3. 因為他經常外出。
4. 因為他經常在醫院外面用餐。

5番 098 （二）第 1 回 P. 104

女の人がペットについて話しています。この人はペットの新しい役割はどんなことだと言っていますか。新しい役割です。

F ：ペットは、昔から人間にとって非常に重要なものでした。特に犬は、かわいがられるためだけではなく、目の不自由な人や体に障害のある人を助けるという役割もしています。最近、お年寄りや重い病気の人がペットと接することによって、元気になったり病気がよくなったりするということもわかりました。つまり、ペットには、人の病気を治すという役割も加わったのです。

この人はペットの新しい役割はどんなことだと言っていますか。

1. 目の不自由な人を助けること。
2. 病気の人を元気にすること。
3. かわいがられること。
4. 障害のある人を助けること。

女人正在談論寵物。

女：從古至今，寵物對人類而言是非常重要的。特別是狗，不僅是受到人類的寵愛，更扮演了幫助視障以及身障人士的角色。最近也發現老人或患有嚴重疾病的人，可藉由和寵物的接觸，而恢復活力與健康。也就是說，寵物又被賦予了治療人類疾病的任務。

她說寵物的新角色是什麼？

1. 幫助視障人士。
2. 使病人恢復健康。
3. 受寵。
4. 幫助行動不便的人。

6番 099 （二）第 1 回 P. 104

女の人が電話で話しています。田中さんはどうして旅行に行きませんか。

F ：もしもし、佐藤です。旅行のことなんだけど。田中さん行けないんですって。ご家族の方が入院なさったとかで。いえ、お母さんはもう 70 過ぎていらっしゃるんだけど元気みたいよ。いや、奥さんじゃなくてお子さんがね。いいえ、病気じゃなくて交通事故なんですって。それでね、田中さん、旅行って気持ちになれないらしいのよ。仕方ないわね。

田中さんはどうして旅行に行きませんか。

1. 子供が交通事故に遭ったから。
2. 奥さんが交通事故にあったから。
3. お母さんが病気だから。
4. 子供が病気だから。

女人正在講電話。田中為什麼不去旅行？

女：喂，我是佐藤。關於旅行的事情，田中說因為他有親人住院，所以不能去了。不是，他媽媽雖然已經年過 70 了，但身體還很好。也不是，不是他老婆，是他的小孩。不是，不是生病，聽說是車禍。所以田中現在沒有心情去旅行，這也是沒辦法的。

田中為什麼不去旅行？

1. 因為小孩出車禍。
2. 因為老婆出車禍。
3. 因為媽媽生病。
4. 因為小孩生病。

(二) 重點理解・第二回

1番 100 （二）第 2 回 P. 105

男の人と女の人が話しています。男の人はどうして合格できませんでしたか。

F：昨日の試験、どうだった？

M：うーん、時間さえあれば、あんな問題全部できたよ。大して難しくなかったからね。

F：時間が足りなかったの？

M：まあ、そうなんだけど。始まる時間に行ってれば合格できたんだけどね。

F：もしかして。

M：うん。ちゃんと起きようと思ってたんだけど、俺、朝弱いから。

F：もう。

男の人はどうして合格できませんでしたか。

1. 試験の問題が難しかったから。
2. 試験に遅刻したから。
3. 試験の時間を間違えたから。
4. 試験を受けなかったから。

男女兩人正在交談。男人為什麼不及格？

女：昨天的考試考得怎樣？
男：唔，只要有時間，那種題目我全部可以做完啦。題目也沒有很難。
女：時間不夠嗎？
男：算是啦。如果考試時間一開始的時候我就到場的話，應該可以及格的。
女：難道你……。
男：嗯。我本來打算一定要準時起床，可是我實在起不來。
女：真是的！

男人為什麼不及格？

1. 因為考試題目太難。 2. 因為考試遲到。
3. 因為搞錯考試時間。 4. 因為沒有去考試。

2番 (101) (二) 第 2 回 P. 105

女の人と男の人が話しています。男の人はどうして沖縄旅行に行かなかったですか。

F：あれ？友達と沖縄旅行に行ったんじゃなかったっけ。
M：それが、結局行かなかったんだよ。
F：えー、どうして？
M：初めは飛行機で行く予定だったんだけど、友達がお金がないって言うから船で行くことにしたんだ。
F：安いもんねぇ。時間はかかるけど。
M：ところが、ちょうど出発する日に台風が来ちゃって…。
F：それじゃあ、仕方ないわね。
M：うん、残念だけどね。そのかわり、来週北海道に行ってくるよ。

男の人はどうして沖縄旅行に行かなかったですか。

1. 友達に時間がなかったから。
2. 飛行機が飛ばなかったから。
3. 船が出なかったから。
4. 北海道に行くから。

男女兩人正在交談。男人為什麼沒有去沖繩旅行呢？

女：咦？妳沒和朋友一起去沖繩旅行嗎？
男：結果還是沒去啊。
女：為什麼？
男：我一開始是計畫要坐飛機去的，但是因為朋友說他沒錢，所以改搭船。
女：便宜嘛，雖然很花時間。
男：但是出發那天剛好颱風來襲。
女：那也沒辦法啊。
男：嗯，雖然很可惜，不過我下禮拜要去北海道。

男人為什麼沒有去沖繩旅行呢？

1. 因為朋友沒有時間。 2. 因為飛機沒有飛。
3. 因為船沒有出海。 4. 因為要去北海道。

3番 (102) (二) 第 2 回 P. 106

男の人と女の人が話しています。女の人はどうして最近、ヨガ教室に通い始めましたか。

M：水井さん、最近ヨガ教室に通ってるんだって。
F：うん。子どものころ、体操の

基礎は習ったことあるんだけど、会社員になって、体力がなくなったみたいで。ヨガをすると、風邪引かなくなったり、疲れにくくもなるかなと思って。

M：ああ、ヨガは体が柔らかくなるっていうからね。教室は楽しい？

F：うん、最近は、呼吸と動きが同時にできて、リラックスしてやれるようになったんだ。通ってよかったと思ってる。

M：いつ通ってるの？

F：平日の夜。会社員も多くて、友だちもできたよ。

M：それはいいね。

女の人はどうして最近、ヨガ教室に通い始めましたか。

1. 体操のきそを習いたいから。
2. 体力をつけたいから。
3. 呼吸の仕方を習いたいから。
4. 友だちを作りたいから。

男人與女人正在交談。為什麼女人最近開始去上瑜伽教室呢？

男：水井小姐，聽說你最近去上瑜伽教室。

女：是啊。我小時候有學過體操基礎，但是成為上班族後似乎就失去體力，我在想學了瑜伽就可以不會感冒、不容易疲累。

男：啊，是因為瑜伽會讓身體變柔軟吧！瑜伽教室有趣嗎？

女：嗯，最近我能配合呼吸做動作放鬆下來，所以我覺得來學是做對了。

男：你什麼時間上課呢？

女：平日晚上。這時間上班族多，我也交到朋友喔。

男：這真是太好了！。

為什麼女人最近開始去上瑜伽教室呢？

1. 因為想學習體操的基礎。
2. 因為想培養體力。
3. 因為想學習呼吸的方法。
4. 因為想交朋友。

4番 103 (二) 第 2 回 P. 106

女の人が話しています。この人が会社を辞めた最も大きな理由は何ですか。

F：私が会社を辞めた理由はいくつかあります。毎日夜遅くまで仕事をしなければならなかったので、帰宅時間はたいてい 11 時過ぎでした。おかげで、家族との会話が少なくなってしまいました。こんなに働いても給料はずっと安いままでしたし、しかも仕事に対する考え方が課長と合わなかったことが、なんと言っても大きいですね。仕事についての不満はどんな会社でもあると思うので仕方がないと思いましたが、これだけはどうしても我慢ができませんでした。

この人が会社を辞めた最も大きな理由は何ですか。

1. 仕事が夜遅くまであったから。
2. 家族との会話が少なくなったから。
3. 給料が安かったから。
4. 課長と考え方が違ったから。

女人正在講話。此人辭職的最大原因為何？

女：我會辭職有幾個原因。每天都得工作到很晚，大部份回家的時間都超過 11 點。拜工作所賜，我和家人的互動變得很少。而且這麼努力地工作，薪水還是很低，最主要的是，我對工作的看法和課長有很大的不同。雖然我想不管在哪間公司多少都會對工作有所不滿，這是無法避免的，但唯獨這點無論如何我都無法忍受。

此人辭職的最大原因為何？

1. 因為工作到很晚。
2. 因為和家人的互動很少。
3. 因為薪水很低。
4. 因為和課長的想法不同。

5番 104 （二）第 2 回 P. 107

男の人と女の人が話しています。図書館はどうして閉まっていたのですか。

M：あれ？図書館、閉まっていますね。

F：休みは月曜日だから、今日は開いているはずですけど。

M：開くのは何時ですか。

F：いつも 10 時です。もう 11 時だから…。

M：たしか、月の終わりの日も休みでしたよね。

F：でも、今日は 24 日だし。

M：あれ？見てください。図書館は移転しましたって…。

F：ええ？移転？

M：ほかのところに移ったようですよ。

図書館はどうして閉まっていたのですか。

1. 今日は月曜日だから。
2. まだ時間が早いから。
3. 今日は月の終わりの日だから。
4. ここはもう図書館ではないから。

男女兩人正在交談。圖書館為何閉館？

男：咦？圖書館沒開耶。
女：星期一休館，今天應該有開才對啊。
男：圖書館是幾點開門啊？
女：一般都是 10 點。現在已經 11 點了。
男：每個月最後一天也休館喔。
女：可是今天是 24 日耶。
男：咦？你看這個。圖書館搬遷了
女：咦？搬遷。
男：好像搬到其他地方了耶。

圖書館為何閉館？

1. 因為今天是禮拜一。
2. 因為時間還早。
3. 因為今天是月底。
4. 因為這裡已經不是圖書館。

6番 105 (二) 第2回 P. 107

女の人と男の子が話しています。男の子が、コンビニの店員になりたい理由は何だと言っていますか。

F：じゃあ、大きくなったら何になりたい？

M：えっと、コンビニ一。

F：コンビニの店員さん？あれ、前はパン屋さんになりたいって言ってなかったっけ？本屋さんって言ってたこともあったよね。

M：パン屋さんはね、ケーキが食べられるから。本屋さんはね、マンガがあるから。難しい本は嫌い。コンビニはねー、から揚げもお菓子もあるんだよ。

F：わかった、何でも売っているからでしょう。

M：うん、コンビニ好きー。

男の子が、コンビニの店員になりたい理由は何だと言っていますか。

1. 甘いものが好きだから。
2. 本屋の店員になりたくないから。
3. コンビニには好きなものが何でもあるから。
4. 好きな食べ物をたくさん食べられるから。

女士和男孩在交談。男孩說他想當便利商店的店員的理由是什麼？

女：你長大後想當什麼？

男：嗯，便利商店。

女：便利商店的店員？你之前不是說要開麵包店嗎？也曾說要開書店啊！

男：麵包店可以吃蛋糕，書店有漫畫，我討厭艱澀的書。便利商店有炸雞又有零食。

女：我懂了，什麼都有賣。

男：嗯，我喜歡便利商店。

男孩說他想當便利商店的店員的理由是什麼？

1. 喜歡甜的東西。
2. 不想當書店的店員。
3. 喜歡的東西便利商店都有。
4. 可以吃很多喜歡的東西。

(二) 重點理解・第三回

1番 106 (二) 第3回 P. 108

会社で、男の人と女の人が話しています。男の人が資料を準備しなくてもいいと言ったのは、どうしてですか。

F：部長、打ち合わせで配る資料、何部コピーしておきましょうか。

M：ああ、いいよいいよ。

F：え？

M：会議(かいぎ)の資料(しりょう)なんて言(い)うのはね、参加者(さんかしゃ)が自分(じぶん)で用意(ようい)すればいいんだよ。中(なか)には配(くば)ってもまったく見(み)ない人(ひと)もいるからね。

F：確(たし)かに、そんなときは紙(かみ)ももったいないですからね。

M：じゃあみんなにそう言(い)っといてくれる？

男(おとこ)の人(ひと)が資料(しりょう)を準備(じゅんび)しなくてもいいと言(い)ったのは、どうしてですか。

1. 打(う)ち合(あ)わせに何人(なんにん)来(く)るか、わからないから。
2. 今日(きょう)の会議(かいぎ)では資料(しりょう)が必要(ひつよう)ないから。
3. 資料(しりょう)が必要(ひつよう)な人(ひと)はいないから。
4. 準備(じゅんび)した資料(しりょう)を無駄(むだ)にしたくないから。

男女在公司交談。男人為什麼說資料可以不用準備？

女：部長，在協調會議上要發的資料，要影印幾份呢？
男：啊，不用，不用。
女：啊？
男：會議的資料參加者自己準備就好了。其中有些人即使發給他也完全不會看的。
女：的確。這樣的話，也浪費紙張。
男：那你就去告訴大家。

男人為什麼說資料可以不用準備？

1. 不知道有幾個人要來參加協調會議。
2. 今天的會議不需要資料。
3. 沒有人需要資料。
4. 不想浪費準備的資料。

2番 107 （二）第3回 P.108

学校(がっこう)の受付(うけつけ)で、先生(せんせい)とスタッフが話(はな)しています。スタッフは、まだトムさんが来(こ)ない理由(りゆう)は何(なん)だと言(い)っていますか。

M：あの、7時(じ)から授業(じゅぎょう)の学生(がくせい)がまだ来(き)ていないんです。すみませんが、ちょっと電話(でんわ)してみてくれませんか？

F：ああ、先生(せんせい)。その学生(がくせい)さん、さっき電話(でんわ)がありまして、少(すこ)し遅(おく)れますって。車(くるま)が…。

M：ああそう、トムさん、いつも車(くるま)で来(き)ていますからね。渋滞(じゅうたい)ですか？

F：いえ、あの、この付近(ふきん)に、車(くるま)を止(と)めるところがないみたいなんです。それで、少(すこ)し遠(とお)いところに止(と)めてるからって…。

M：あ、じゃあ今(いま)、駐車場(ちゅうしゃじょう)から歩(ある)いてこちらに向(む)かっているところなんですね。

F：ええ、そのようです。

スタッフは、まだトムさんが来ない理由は何だと言っていますか。

1. 道が混んでいるから。
2. 道路が渋滞しているから。
3. 駐車場が少し遠いところだから。
4. 車を止めるところが少し狭いから。

老師和職員在學校的櫃台交談。職員說湯姆沒來的理由是什麼？

男：7 點的課的學生還沒來，不好意思，請你打個電話問看看？
女：啊，老師，那個學生剛打電話來過，說會晚點到，車子⋯⋯。
男：是嗎？湯姆都是開車來的，塞車嗎？
女：不是，這附近沒有可以停車的地方，所以停到較遠的地方
男：啊，所以現在正從停車場走過來對吧？
女：對啊。

職員說湯姆沒來的理由是什麼？

1. 路上很塞。
2. 塞車。
3. 停車場很遠。
4. 停車的地方有點窄小。

3番 108 (二) 第 3 回 P. 109

男の人と女の人が、図書館までの行き方について話しています。男の人は、どうして電車では行かないと言っていますか。

F：あれ、まだ出かけていないの？図書館へ行くんでしょ？
M：うん、ちょっといろいろやってたら、遅くなっちゃった。
F：確か 30 分ちょうどに駅へ行くバスがあるはずよ。今家を出たらちょうど乗れるわよ。
M：いや、電車じゃなくて、バス一本で行くよ。
F：図書館までずっとバスだと、ちょっと時間かかるわよ。
M：いいんだ、別に。急いでいるわけじゃないし。
F：まあ、途中で電車に乗りかえるとだいたい同じくらい時間かかるかもしれないしね
M：うん、面倒くさいよ、逆に。

男の人は、どうして電車では行かないと言っていますか。

1. バスから電車に乗り換えるのが面倒だから。
2. 電車で行くほうが早く着くから。
3. 図書館までの電車が 30 分もかかるから。
4. バスで行くほうが早いから。

男女在討論去圖書館的方法。男人為什麼說不搭電車去呢？

女：耶，你還不出門？不是要去圖書館嗎？
男：嗯，東忙西忙的，就拖到現在。
女：我記得 30 分整，有一班去車站的公車，你現在出門的話剛好可以搭上。

男：我不搭電車，搭一班公車就可以到。
女：搭公車到圖書館很花時間的。
男：沒關係，不趕時間。
女：在中途改換搭電車的話，花的時間可能是一樣的。
男：嗯，反而更麻煩。

男人為什麼說不搭電車去呢？

1. 覺得公車換電車很麻煩。
2. 搭電車去比較快到。
3. 到圖書館的電車要花 30 分鐘。
4. 搭公車去比較快快。

4番 109 (二)第3回 P.109

ラジオで女の人があるカフェについて話しています。女の人がこの店をよく利用している一番の理由は何ですか。

F：最近、朝、会社に行く前に、あるカフェに行くようになりました。心地よい音楽が流れ、おいしいコーヒーや朝食が自慢の店です。朝が弱くて、あまり朝食を食べない私ですが、通うのにはもちろんわけがあります。語学試験の準備のため、毎日カフェで1時間から1時間半勉強するようにしてるんです。会社のすぐ近くなので、出勤直前まで勉強していても絶対に遅刻しません。それに、早めに家を出れば、満員電車のラッシュアワーにも遭わずに済みます。コーヒーは普通の喫茶店より値段が倍近く高いですが、そんなわけで、私はその店に通い続けています。

女の人がこの店をよく利用している一番の理由は何ですか。

1. 好きな音楽がながれているから。
2. よく仕事に遅れるから。
3. カフェで試験の勉強ができるから。
4. おいしい朝食が食べられるから。

收音機中女士正在談論某間咖啡廳，女士為什麼經常利用這家店？

女：最近在上班之前我會去某間咖啡廳，店裡播的音樂很舒服，他們以咖啡、早餐美味自豪。早上起不來，不常吃早餐的我會去那家店是有理由的。為了參加語文考試，所以我每天在咖啡廳唸 1 到 1 個半小時。就在公司旁邊，所以唸書唸到快到上班時間，我也絕對不會遲到；提早出門也不會碰到電車塞爆的尖峰時間。咖啡雖然比一般的咖啡廳貴快一倍，但是因為這個理由我還是會繼續去這家店。

女士為什麼經常利用這家店？

1. 因為播放著喜愛的音樂。
2. 因為常常上班遲到。
3. 因為可以在咖啡廳唸書。
4. 因為可以吃到好吃的早餐。

5番 110 (二) 第3回 P.110

不動産業者のスタッフと女の人が話しています。女の人がこの部屋を選んだ理由は何ですか。

M：日当たりもよく、明るい間取りになっております。

F：うーん、写真では狭い印象があったんですが、思ったより広く感じますね。

M：ええ、まあ決して広いとは言えませんが、女性お一人でお住みになるにはじゅうぶんかと。

F：これぐらいなら、ときどき友だちも呼べるかな。でも問題はトイレね。お風呂といっしょになっているっていうのがちょっと…。

M：まあ、そうですね、これも一人用のマンションの特徴でして…。

F：そうですね、普段一人だと問題ないかもしれませんし、毎日友だちが来るわけじゃないから、ここに決めようかな。

女の人がこの部屋を選んだ理由は何ですか。

1. 思っていたより狭いから。
2. 部屋の色が赤くて気に入ったから。
3. トイレとお風呂が別々に分かれているから。
4. ときどき友だちも呼べる広さだから。

房屋仲介的職員和女人在交談。女人選這個房子的理由是什麼？

男：這房間的日照很充足，光線也很明亮。

女：看照片時覺得很窄，但實際上看起來比預想的還寬敞的。

男：對啊，雖然不能說很寬敞，但是女性一個人住，還算夠大。

女：這麼大的房間，或許有時候也可以邀朋友來。但是問題是廁所，和浴室在一起有點……。

男：是啊，這也是一人房公寓的特徵。

女：平常一個人是沒什麼問題，朋友也不是每天都會來。就決定這間吧！

女人選這個房子的理由是什麼？

1. 比預想的要狹窄。
2. 喜歡房間的顏色是紅色的。
3. 廁所和浴室是分開的。
4. 房間等寬敞，有時可以邀朋友來。

6番 111 (二) 第3回 P.110

母親と男の子が家で話しています。男の子は、家に帰る時間が遅くなった理由は何だと言っていますか。

M：ただいまー。

F：おかえり、遅かったわねぇ。今日はテスト前で、クラブ活動はなかったはずでしょ。

M：だから、帰りに本屋で英語の参考書探してくるって、今朝言ったじゃん？

F：本探すのに、そんなに時間かかるものかしら。今もう7時よ。

M：電車で桜デパートまで行ってたんだよ。駅前の本屋にはほしいのがなかったから。

F：ほーら、やっぱりねぇ。また服とか靴とか、無駄遣いしてきたんでしょ。

M：本しか見てないよぉ。

男の子は、家に帰る時間が遅くなった理由は何だと言っていますか。

1. 学校でテストがあったから。
2. 放課後にクラブ活動があったから。
3. 遠くの店まで本を探しに行っていたから。
4. デパートで服や本を買っていたから。

母親和男孩在家中交談。男孩說他晚回家的理由是什麼？

男：我回來了。

女：哦，回來了，怎麼那麼晚？考試前，今天應該沒有社團活動啊！

男：所以早上不是說過，回家時會去書店找英文參考書？

女：找書要花那麼多時間？已經7點了。

男：我搭電車去了一趟櫻花百貨公司。車站前的書店沒有我想要的。

女：哦！果然！又買了鞋子，衣服了吧！亂花錢。

男：我只有買書而已。

男孩說他晚回家的理由是什麼？

1. 學校有考試。
2. 放學後有社團活動。
3. 到很遠的店去找書。
4. 去百貨公司買衣服或鞋子。

(二) 重點理解・第四回

1番 112 (二) 第4回 P.111

家で兄妹が話しています。妹は、どうして今日早く起きたと言っていますか。

M：あれ、もう起きてきたの？早いね。

F：おはよう、お兄ちゃんも早いね。

M：俺はいつものことだからね。何、よく寝られなかったの？

F：うーん、寝られなかったんじゃなくって、よく寝られたから。

M：え？

F：昨日、テニスして疲れちゃってさ、8時にはベッドに入ってたかも。だから10時間睡眠！お兄ちゃん、毎朝こんなに早いんだね。2年間も続けているなんてすごいね。

M：まあ学校が遠いから、もう慣れたよ。

妹は、どうして今日早く起きたと言っていますか。

1. 昨夜は早く寝たから。
2. 昨夜はあまり寝られなかったから。
3. 朝早くテニスをしに行くから。
4. 学校が遠くて、早く家を出るから。

兄妹在家中交談。妹妹說今天早上為什麼早起了？

男：喔，已經起來了，很早嘛！
女：早，哥也很早啊！
男：我一直都是如此，昨晚睡不著覺了嗎？
女：没有啊，没有睡不著覺，睡的很好。
男：喔？
女：昨天打網球很累，可能8點就上床了吧，所以睡了10個小時了，哥，你每天都這樣早，持續2年了，真是厲害。
男：學校很遠，已經習慣了。

妹妹說今天早上為什麼早起了？

1. 昨晚很早就睡了。
2. 昨晚睡不著覺。
3. 早上要很早去打網球。
4. 學校很遠，要很早出門。

2番 113 （二）第4回 P.111

女の人が男の人にインタビューしています。男の人は、京都に家を建てた理由は何だと言っていますか。

M：特にこだわりがあってここに建てたわけではないんです。まあ私も京都出身ではないですしね。ただ、妻の両親が現在住んでいるところでして、我々は共働きですし、子どもをおじいちゃん、おばあちゃんに預けなきゃいけないんでねぇ。あ、仕事ですか？会社は大阪市内なので、通勤に一時間。毎日大変になりそうです。

男の人は、京都に家を建てた理由は何だと言っていますか。

1. 男の人が子どものころ、京都に住んでいたから。
2. 夫婦は京都出身だから。
3. 妻の両親の家の近くに住みたかったから。
4. 会社から近いところに住みたかったから。

女人在採訪男人。男人說他在京都蓋房子的理由是什麼？

男 ：沒有非蓋在這裡的特別理由，我也不是京都人。只是太太的雙親住在這裡，我們是雙薪家庭，小孩要託爺爺，奶奶照顧。啊，工作嗎？公司在大阪市內，通勤要一個小時，每天就要很辛苦了。

男人說他在京都蓋房子的理由是什麼？

1. 男人小時候住在京都。
2. 夫妻都是京都人。
3. 想要住在太太的雙親附近。
4. 想要住在離公司近的地方。

3番 114 (二) 第4回 P.112

男の人と女の人が話しています。女の人が、みんなと一緒に食事に行かない理由は何ですか。

M：森田さん、今日の打ち上げの食事会、行かないって聞いたけど、そうなの？

F ：うん、子どもをね、保育園に迎えに行かなきゃいけないから。

M：ああ、今日こそ全員集まれると思ったんだけどな。じゃあ、いっしょに来れば？お子さんもお腹すいているだろうし。

F ：ちょっと待ってよー、居酒屋でしょ。

M：子供が食べられるものもあるよ、焼き鳥とか。ね、そうしたら？

F ：うーん、せっかくだけど、また今度ね。うちの子、ご飯食べたらすぐお風呂入って、9時には寝かせないといけないから。

M：そう？残念だなぁ。

女の人が、みんなと一緒に食事に行かない理由は何ですか。

1. 仕事の後、すぐ子どもが迎えに来るから。
2. 子どもといっしょに食事に出かけるから。
3. 仕事で居酒屋へは行けないから。
4. 子どもの世話をしなければいけないから。

男女在交談。女人不和大家一起去吃飯的理由是什麼？

M ：森田小姐，聽說的慶功宴你不去？
F ：嗯，要去託兒所接小孩。
M ：我以為今天會全員到齊了。帶小孩一起來啊。小孩也肚子餓吧？
F ：耶，不是居酒屋嗎？
M ：也有小孩可以吃的，烤雞之類的，來吧！
F ：嗯，謝謝，下次吧！我小孩吃完飯後馬上就要洗澡，9點就要讓他睡覺了
M ：是嗎？真遺憾。

女人不和大家一起去吃飯的理由是什麼？

1. 下班後，小孩馬上會來接她。
2. 要和小孩一起去吃飯。
3. 因工作要去居酒屋。
4. 要照顧小孩。

4番 115 (二)第4回 P.112

男の人が駅の係員と話しています。男の人はどうして切符を買うことができませんでしたか。

M：えっと、23日の午前6時発のこの切符、一枚お願いします。

F：お客様、申し訳ありませんが、この特別切符は出発の2週間前からの発売になっておりまして。

M：え？買えないんですか？

F：はい、本日お買い求めになりますと、21日までにご出発いただくことになりますが。

M：えっと、じゃあ、あさって買いに来ればいいってこと？

F：そうですね、お手数で申し訳ありませんが。

M：しょうがないな。

男の人はどうして切符を買うことができませんでしたか。

1. 23日の切符はもう売り切れたから。
2. 23日の切符はまだ発売していないから。
3. 23日の切符は21日に発売するから。
4. 23日の切符はあさって買ったほうが安いから。

男人和車站的職員在交談。男人為什麼沒有買到票？

男：請給我23日上午6點開車的這種票，一張。

女：非常抱歉，這種特別的票出發前二週才開始販賣。

男：耶？不能買嗎？

女：今天買的話，就變成21日之前要出發。

男：耶，那就是要後天來買了？

女：對，給你添麻煩，真是抱歉！

男：唉，沒辦法。

男人為什麼沒有買到票？

1. 23日的票已賣完了。
2. 23日的票還沒有賣。
3. 23日的票21日賣。
4. 23日的票後天買比較便宜。

5番 116 (二)第4回 P.113

女の人と男の人が話しています。男の人はなぜ体の調子が悪くなったと言っていますか。

F：山田さん、ずいぶん元気がありませんね。

M：ええ。頭痛がして体がだるいんです。

F：仕事のやり過ぎですか？

M：いや、どうも家の中の空気が悪いみたいなんです。

F：そんな。だって空気の悪い町中から空気の良いところに引越したんでしょ？きっと引越し疲れですよ。

M：いや、実は家の壁紙から体に悪いもの、つまり化学物質が出ていることが分かったんです。

F：えっ。それで体の具合が悪くなったんですか？

M：ええ。

F：ひどい話ですね。建築会社がひどい材料を使っていたってことですね。

M：いえいえ。どこの業者も同じようなものを使ってるらしいですよ。みんな知らないだけです。

男の人はなぜ体の調子が悪くなったと言っていますか。

1. 仕事をやり過ぎたから。
2. 引越しで疲れたから。
3. 家の壁紙から体に悪いものが出ているから。
4. 特にその建築業者だけがひどい材料を使ったから。

男女兩人正在交談。男人為什麼說自己的身體狀況不好？

女：山田先生，你的精神好像很不好耶。

男：是啊，我的頭很痛，身體感覺疲倦。

女：是工作太累了嗎？

男：不是。好像是因為家裡的空氣不好。

女：怎麼會？你不是從市中心空氣不好的地方，搬到空氣新鮮的地方了嗎？你一定是因為搬家太累了啦。

男：不是啦，其實是我發現家裡的壁紙會散發出對身體有害的東西，也就是有化學物質釋出。

女：咦？所以身體才變差的嗎？

男：是啊。

女：好過分喔。是建商故意使用這種不好的建材的吧！

男：不是啦。好像是所有的業者都使用相同的建材。只是大家都不知道而已。

男人為什麼說自己的身體狀況不好？

1. 因為工作太累。
2. 因為搬家太累。
3. 因為家裡的壁紙釋放出有害身體的物質。
4. 因為只有該建商故意使用不好的建材。

6番 117 （二）第4回 P.113

女の人が店の人と話しています。飲み物がまだ運ばれてきていないのは、どうしてだと言っていますか。

F：すみません、あの、飲み物はまだですか？

M：あ、えっと…。

F：Aセットにすると、コーヒーか紅茶がついてくるんですよね。

M：ああ、Aセットですね。

F：あ、そっか。まだコーヒーか紅茶を選んでなかったですね。じゃあコーヒーでお願いします。

M：あの、お客様、本日は週末のセット内容になりまして、

Aセットは飲み物ではなく、パンとスープ、それにサラダのセットとなっております。

F：あ、じゃあ飲み物もほしい場合は、Bセットになるんですか？

M：申し訳ありません。Bセットはデザートのケーキがついてくるもので、お飲み物をお付けになる場合は別に単品注文となります。

F：ああ、そうだったんですか。

飲み物がまだ運ばれてきていないのは、どうしてだと言っていますか。

1. もともと注文していなかったから。
2. コーヒーか紅茶のどちらを選ぶかを伝えていなかったから。
3. Bセットと間違えてしまったから。
4. デザートを注文しないと飲み物が付いてこないから。

女人和店員在說話。飲料為什麼沒有送來呢？

女：不好意思，飲料還沒好嗎？
男：啊，我看看……。
女：點 A 餐不是有附咖啡或紅茶嗎？
男：啊，A 餐嗎？
女：啊，對了，還沒選要咖啡或紅茶對吧。那請給我咖啡。
男：啊，今天是週末套餐的內容，A 餐不是飲料，而是麵包和湯再加上沙拉的套餐。
女：那如果想要飲料的話，要點 B 套餐嗎？
男：非常抱歉，B 套餐是有附甜點的蛋糕，如果要附飲料的話，要另外單點。
女：啊，是這樣哦？

飲料為什麼沒有送來呢？

1. 原本就沒點。
2. 忘了說要選咖啡或紅茶。
3. 和 B 套餐搞錯了。
4. 沒有點甜點的話就沒有附飲料。

(二) 重點理解・第五回

1番 118 （二）第 5 回 P. 114

夫婦が旅行について話しています。舘山旅館が全国一位に選ばれた理由はなんですか。

F：今回の旅行は温泉がいいんじゃない？二人だけなんだし、あっちこっち行かずに、旅館でゆっくりしましょうよ。

M：じゃ、旅館はこの舘山旅館はどう？今一番泊まりたい温泉旅館っていうアンケートで、全国一位になったんだよ。

F：あっ、あの日本海が見える旅館？

M：そうそう。部屋からの景色が息を呑む美しさってことで、選ばれたそうで。

町(まち)のはずれにあって、交通(こうつう)のアクセスはよくないんだけどね。

F：たしか、どこの部屋(へや)からでも海(うみ)が見(み)えるように建(た)てられてるらしいね。

M：それに、この時期(じき)なら、花火(はなび)大会(たいかい)が開(ひら)かれているみたいだよ。

F：花火大会(はなびたいかい)？それは先月(せんげつ)終(お)わったんじゃない？

M：そうか。でも毎晩(まいばん)旅館(りょかん)の舞台(ぶたい)では、三味線(しゃみせん)の演奏(えんそう)が楽(たの)しめるんだよ。それって最高(さいこう)じゃない？ 僕(ぼく)は 食事(しょくじ)のほうが楽(たの)しみだけど。

F：じゃ、ちょっと高(たか)いけど、今回(こんかい)はこちらにしようか。

館山旅館(たてやまりょかん)が全国一位(ぜんこくいちい)に選(えら)ばれた理由(りゆう)はなんですか。

1. 部屋(へや)からの眺(なが)めがきれいだから。
2. 交通(こうつう)アクセスがいいから。
3. 花火大会(はなびたいかい)があるから。
4. 夜(よる)三味線(しゃみせん)の演奏(えんそう)が見(み)られるから。

夫妻兩人在討論旅行一事。館山旅館被選全國第一的最主要理由是什麼？

女：這次的旅行還是溫泉好吧？只有二個人，不要到處走，在旅館悠閒地渡過。

男：那麼，旅館就選這家館山旅館如何？在「目前最想要住宿的溫泉旅館」的調查中，這家是第一名喔。

女：啊，那家可以看到日本海的旅館？

男：對！對！因為從房間望出去的令人屏息美景才被選中的，雖然位處鬧區邊緣，交通不太方便。

女：我記得每個房間都建造成可以眺望海景。

男：而且這個季節的話好像有煙火大會。

女：煙火大會？那個上個月結束了不是嗎？

男：這樣啊。不過據說每天晚上都可以欣賞旅館舞台的三味線演奏喔。雖然我對餐點比較有興趣。

女：那，雖然有點貴，這次就訂這家吧！

館山旅館被選為全國第一的最主要理由是什麼？

1. 因為從房間眺望出的景色絕佳。
2. 因為交通方便。
3. 因為有煙火大會。
4. 因為晚上可以看三味線演奏。

2番 119 （二）第5回 P. 114

男(おとこ)の人(ひと)と女(おんな)の人(ひと)が話(はな)しています。女(おんな)の人(ひと)はなぜ遅(おそ)くなりましたか。

M：遅(おそ)かったですね。

F：この地図(ちず)おかしいですよ。おかげで迷(まよ)っちゃいましたよ。

M：そう？

F：ほら、駅(えき)の北口(きたぐち)を出(で)てすぐみたいに見(み)えるでしょ。

M：うーん、そうですね。結構(けっこう)歩(ある)くのにね。

F：人(ひと)に聞(き)いても分(わ)からないって言(い)うし、電話(でんわ)で聞(き)きながらやっと来(き)ましたよ。

M：ちょっと、これ、別の地図じゃないですか。

F：ええ？

M：見てくださいよ、駅の名前。人に聞いても分からなかったわけですよ。

女の人はなぜ遅くなりましたか。

1. 地図の書き方が悪かったから。
2. 別の地図を持っていたから。
3. 人に聞かなかったから。
4. 降りる駅を間違えたから。

男女兩人正在交談。女人為什麼遲到了？

男：妳好慢喔！
女：這個地圖好奇怪喔。都是它害我遲到了。
男：是嗎？
女：你看，這張地圖看起來，好像從車站的北口出來之後馬上就到了對吧？
男：唔，對耶。但是卻走了好一段路。
女：而且我問人他們也說不知道，是我一邊打電話問一邊走，才走到的。
男：等一下，這是別的地方的地圖吧？
女：啊？
男：妳看看車站的站名。就算問人別人當然也不會知道啊！

女人為什麼遲到？

1. 因為地圖標示不清。
2. 因為她拿著其他地方的地圖。
3. 因為沒有問人。
4. 因為下錯站了。

3番 120 （二）第5回 P.115

男の人が話しています。この地域の人が長生きである理由として、言っていないことはどれですか。言っていないことです。

M：先日、この地域の人の平均寿命が発表されましたが、皆さんはもうご存知ですか。発表によると、男の人は78才、女の人は85才で、男女とも非常に長生きだそうです。それにしても、なぜこの地域の人はこんなに長生きなんでしょうか。まず、1つは食事です。魚を中心とした食事は、とても健康にいいと言われています。また、医療もかなり進んでいます。この地域の病院には優秀な医者や、高度な設備が整っています。そして、最後に、最も大切なことは、この地域には犯罪が少ないことです。安全でなければ、長生きはできません。

この地域の人が長生きである理由として、言っていないことはどれですか？

1. 食事が健康にいいこと。
2. 気候がいいこと。
3. 医療が進んでいること。
4. 安全であること。

男人正在講話。關於這個地區的居民長壽的原因，何者是男人未提及的？沒有提到的原因。

男：前幾天公布了這個地區居民的平均壽命，大家知道是幾歲嗎？數據顯示，男人的平均壽命為 78 歲，女人為 85 歲，男女都非常長壽。為什麼這個地區的居民能如此長壽呢？首先，第一個原因就是飲食。一般認為以魚為主的飲食習慣對健康十分有益。另外，醫療水準也十分地先進。此地區的醫院有優秀的醫生，以及高度完善醫療設備。而且，最後，也是最重要的一點，此地區的犯罪率很低。環境不安全，是無法長壽的。

關於這個地區的居民長壽的原因，何者是男人未提及的？

1. 飲食有益健康。
2. 氣候佳。
3. 醫療進步。
4. 環境安全。

4番 121 (二)第5回 P.115

女の人二人が話しています。二人はどうして困っていますか。

F1：あ、また前の日からゴミ出してる人がいる。
F2：本当。ゴミは当日の朝出すことになってるのに。
F1：これじゃ、また猫や鳥がちらかしちゃう。
F2：はあ、今度管理人さんに言ってみようかしら。
F1：それより、注意を紙に書いて張っておくのはどう？
F2：そうね。それで、やめてくれるといいけど。
F1：本当は、見たら直接注意するほうがいいんだろうけど…。
F2：でも、いつ来るか分からないし…。
F1：本当に困るわね。まったく。

二人はどうして困っていますか。

1. 猫や鳥がいるから。
2. 管理人さんに注意されたから。
3. 注意は紙に書いてあるから。
4. 前の日、ゴミを捨てる人がいるから。

兩個女人正在談話。兩人為什麼困擾？

女 1：又有人從前一天開始就把垃圾拿出來了。
女 2：就是啊。明明規定垃圾當天早上才可以拿出來。
女 1：這樣又會被貓啦鳥弄得亂七八糟。
女 2：要不要下次跟管理員講講看。
女 1：不如貼一張告示如何？
女 2：好啊。如果對方可以因此不再這樣做就好了。
女 1：其實，如果看到的話直接提醒他應該會比較好。

女２：可是我們也不知道對方什麼時候來……。
女１：很令人傷腦筋。真是的。

兩人為什麼困擾？

1. 因為有貓啦鳥之類的。
2. 因為被管理員警告。
3. 因為注意事項寫在紙上。
4. 因為有人在前一天丟垃圾。

５番 122 (二)第５回 P.116

店で、男の人と女の人が話しています。女の人が、今日この店に来た理由は何ですか。

M：お客様、本日は腕時計をお探しでいらっしゃいますか？
F：いえ、あの…、壁に掛けるタイプのなんですけど。
M：掛け時計でございましたら、あちらに展示してございますので、ご案内いたします。私どものお店は、初めてでいらっしゃいますか？
F：ええっと、以前こちらの時計を友人からいただきまして…。
M：さようでございましたか、ありがとうございます。今回は贈り物でしょうか、それともご自宅用で？
F：いいえ、その時の時計がちょっと調子悪くなったみたいなので、その、こちらで見ていただくことはできますでしょうか？
M：あ、そういうことでございますね。はい、承っておりますが。
F：それで、修理代ってだいたいいくらぐらいなんでしょうか？
M：故障の箇所にもよりますので、まずはこちらまでお持ちいただければと。
F：そうですか。では近いうちに持参します。

女の人が、今日この店に来た理由は何ですか。

1. 贈り物の時計を探すため。
2. 自宅用の掛け時計を探すため。
3. 腕時計を修理するため。
4. 時計の修理について確認するため。

男人和女人正在店裡談話。請問女人今天到這家店的理由是什麼呢？

男：您好，今天您是要找手錶嗎？
女：不是，是掛在牆壁上的的那一種。
男：是掛鐘吧，那在那邊展示著。我來帶路。我們店您是第一次來嗎？
女：是啊，以前朋友曾送我你們的時鐘。
男：這樣子啊。謝謝您。今天是要送禮用的？還是自用的？

女：之前那個時鐘好像有點怪怪的。可以請你們看一下嗎？
男：啊，是這樣子啊，有的，我們有在修理。
女：修理費大約多少錢呢？
男：因為要看壞的地方而定，請您先拿來這裡。
女：這樣子啊，那我最近幾天就拿來。

請問女人今天到這家店的理由是什麼呢？

1. 在找送禮的時鐘。
2. 在找家裡用的時鐘。
3. 為了要修理手錶。
4. 為了要確認時鐘的修理。

6番 123 (二)第5回 P.116

男（おとこ）の人（ひと）が女（おんな）の先輩（せんぱい）に就職（しゅうしょく）に関（かん）するアドバイスを受（う）けています。

F：就職（しゅうしょく）決（き）まった？
M：うーん、まだ。今（いま）迷（まよ）っているところなんです。いろいろ教（おし）えてください。
F：全（すべ）ての条件（じょうけん）が整（ととの）っているところなんてないわよ。
M：うん。この会社（かいしゃ）は給料（きゅうりょう）はよさそうなんだけど、人間関係（にんげんかんけい）が面倒（めんどう）くさいらしいです。
F：それは注意（ちゅうい）したほうがいいわよ。そういうのってなかなか変（か）わるもんじゃないから。
M：んー、そういうもんですか。こっちの会社（かいしゃ）は小（ちい）さくて。
F：大（おお）きさはいいじゃないの。ただ仕事（しごと）がおもしろくなくて辞（や）めたい人（ひと）を何人（なんにん）も知（し）ってるから、その辺（へん）は我慢（がまん）しないほうがいいわよ。

先輩（せんぱい）が就職（しゅうしょく）で特（とく）に重要（じゅうよう）だと言（い）っているのは何（なん）と何（なん）ですか。

1. 人間関係（にんげんかんけい）と給料（きゅうりょう）。
2. 仕事（しごと）の内容（ないよう）と会社（かいしゃ）の規模（きぼ）。
3. 人間関係（にんげんかんけい）と仕事（しごと）の内容（ないよう）。
4. 仕事（しごと）の内容（ないよう）と給料（きゅうりょう）。

男人正在聽取學姊關於就業的建議。

女：決定要去哪間公司了嗎？
男：唔，還沒……。我現在很茫然。請妳告訴我一些關於工作的事情。
女：沒有一間公司能囊括全部你想要的條件的。
男：嗯。這間公司的薪水好像很不錯，不過人際關係好像很麻煩。
女：人際關係方面注意一下比較好喔。因為那不是說改變就能改變的。
男：哦，是這樣啊。不過這間公司規模很小。
女：規模大小是沒關係。不過在我認識的當中，有好幾個人是因為工作枯燥乏味而離職的，我覺得你在這方面不要委屈自己比較好。

學姊說特別重要的是哪兩件事？

1. 人際關係與薪資。
2. 工作內容與公司規模。
3. 人際關係與工作內容。
4. 工作內容與薪資。

㈡ 重點理解・第六回

1番 124 (二)第6回 P. 117

男の人と女の人があるレストランについて話しています。女の人はこのレストランのどんなところが一番気に入っていると言っていますか。

M：会社の近くのさくらレストラン、雑誌で紹介されてたんですよ。

F：去年できたお店ですよね。すっごくおいしかったって、友達も昨日話してましたわよ。

M：そうですか。来月、親の結婚記念日に家族と夕食を食べに行こうと思うんですけど。料理はどうですか。

F：夜のメニューはコース料理だけなんですが、季節やその日の材料によって、毎日料理が変わるんです。私はそれが楽しみで、よく行くんです。

M：そうですか。お店はどんな感じですか。

F：今話題のお店だし、ちょっと賑やかです。静かに話したいなと思う時もありますが、店員さんのサービは悪くないですよ。あっ、それから、ワインが一杯無料なんですよ。私はお酒を飲まないので、関係ないんですけどね。

M：そうですか。ではぜひ行ってみようと思います。

女の人はこのレストランのどんなところが一番気に入っていると言っていますか。

1. 店が静かなところ。
2. 料理が毎日かわるところ。
3. 店員が親切なところ。
4. ワインが1杯無料で飲めるところ。

男人和女人正在討論某一家餐廳。女人說她最喜歡這家餐廳的什麼地方呢？

男：公司附近的櫻花餐廳被雜誌介紹了喔。

女：是去年開幕的餐應廳對吧？我朋友昨天也說非常好吃喔。

男：這樣子啊！下個月我爸媽的結婚紀念日那天我們全家想去吃晚餐，他們的餐點如何？

女：晚上是只有套餐，但是依季節不同，每天的餐點會更替。我非常期待這一點，所以常常去。

男：這樣啊！餐廳的氣氛如何？

女：這是目前話題正熱的餐廳，所以蠻熱鬧的，有時候我還會想安靜地說個話，但是店員的服務不差。啊，還有他們有免費招待一杯酒喔，不過我不喝酒，所以跟我沒關係。

男：這樣啊，我想去吃吃看。

女人說她最喜歡這家餐廳的什麼地方呢？

1. 餐廳安靜這一點。

2. 餐點每天更替這一點。
3. 店員很親切這一點。
4. 免費招待一杯酒這一點。

2番 125 (二) 第6回 P. 117

夫(おっと)と妻(つま)が話(はな)しています。いつ展覧会(てんらんかい)に行(い)きますか。

M：平山卓(ひらやまたく)の展覧会(てんらんかい)、22日(にち)までだけど、見(み)に行(い)く？
F：いいわね。じゃ、土曜日(どようび)か日曜日(にちようび)の朝(あさ)いちばんに行(い)こうよ。混(こ)んでたらゆっくり見(み)られないから。
M：えー、朝(あさ)いちばんは勘弁(かんべん)してくれよ。週末(しゅうまつ)は起(お)きられないし、今度(こんど)の土曜日(どようび)はちょっと友達(ともだち)と会(あ)うことになってるんだよ。
F：でも、普通(ふつう)の日(ひ)の夕方(ゆうがた)なんて早(はや)く帰(かえ)れないでしょ。
M：うん。でも来週(らいしゅう)の後半(こうはん)なら大丈夫(だいじょうぶ)だと思(おも)うんだけど。
F：ああそう。じゃあ、決(き)まりね。

いつ展覧会(てんらんかい)に行(い)きますか。

1. 16日(にち)
2. 18日(にち)
3. 21日(にち)
4. 22日(にち)

夫妻兩人正在交談，何時要去展覽會？

男：平山卓的展覽會到22號，要不要去看？
女：好啊。那麼星期六或星期日早上一大早進場吧！人太多的話沒辦法好好看。
男：啊？早上一大早？饒了我吧！週末我爬不起來。而且我這星期六也要去找一下朋友。
女：可是你平日的傍晚也沒辦法早點回家吧？
男：是啊。不過下星期後半我想應該就可以。
女：這樣啊？那就這麼決定啦。

何時要去展覽會？

1. 16日
2. 18日
3. 21日
4. 22日

3番 126 (二) 第6回 P. 118

携帯電話(けいたいでんわ)で女(おんな)の人(ひと)と男(おとこ)の人(ひと)が話(はな)しています。女(おんな)の人(ひと)は桜台病院(さくらだいびょういん)まで何(なに)で行(い)きますか。

M：もしもし、里奈(りな)さん？今(いま)どこ？病院(びょういん)の入口(いりぐち)で会(あ)う約束(やくそく)だよね。先生(せんせい)のお見舞(みま)いの時間(じかん)に遅(おく)れちゃうよ。
F：ごめんごめん。いま、駅(えき)の北口(きたぐち)の改札(かいさつ)についてるんだけど、ここから桜台病院(さくらだいびょういん)までどう行(い)ったらいいの？
M：あ、えっと、歩(ある)くのはちょっと遠(とお)いよ。バス停(てい)からバスに乗(の)って。あ、でも今(いま)の時間(じかん)、あんまり走(はし)ってないからなあ。
F：じゃあ、タクシーで行(い)くかな？

M：えーと、今の時間帯は、タクシーもあまりいないかもなあ。じゃ、車で迎えに行くから、そこで待ってて。ちょっと時間かかるかもしれないけど。

F：いえ、それは申し訳ないし。

M：ご遠慮なく。

F：そう？じゃ、お言葉に甘えて。すみません。

女の人は桜台病院まで何で行きますか。

1. 歩いて行く。
2. バスで行く。
3. タクシーで行く。
4. 男の人の車で行く。

男女兩人在電話中交談。女人要如何到櫻台醫院？

男：喂，里奈？你現在在哪？我們約在醫院門口對吧？我們要趕不上到老師的探病時間了。

女：對不起對不起！我現在到車站北口驗票閘門了，櫻台醫院要怎麼去？

男：唔，用走的有點遠喔。你從公車站搭公車……，不過現在這個時間公車已經很少了。

女：那我搭計程車去？

男：唔，現在這個時間，可能也沒有什麼計程車。那麼我開車去接你好了，你在那裡等一下。可能會花一點時間。

女：不用了，那太不好意思了。

男：請妳不用客氣。

女：這樣啊。那我就恭敬不如從命了，不好意思。

女人要如何到櫻台醫院？

1. 用走的。
2. 搭公車。
3. 搭計程車。
4. 坐男人的車去的。

4番 127 (二)第6回 P.118

テレビのレポーターが農業について話しています。新しく農業をするようになった人たちの中で、最も多いのはどんな人たちですか。

F：最近、新しく農業を始める人が増えています。若い人で、学校を卒業してすぐに親の仕事を継いで農業を目指す人もいますが、会社に雇われて農業を始める人たちが新しい農家の半数を占めるようになりました。これは、食品会社が土地を買い、人を募集して、農業を教え、農家を育てる形式です。このほかに、わずかですが、仕事を引退してから農業を始めた人や不景気で会社が倒産し、町から田舎へ引っ越してきた人たちなどもいます。

新しく農業をするようになった人たちの中で、最も多いのはどんな人たちですか。

1. 食品会社に雇われた人たち。
2. 親の仕事を継いだ人たち。
3. 仕事を引退した人たち。
4. 不景気のため会社で働けなくなった人たち。

電視台的記者正在談論農業。在新開始從事農業的人當中，最多的是哪一些人？

女：最近初次從事農業的人逐漸增加。雖然有一些年輕人，剛從學校畢業就以繼承家業，從事農業為目標。但是受雇於公司，從而務農的人，占了首度從事農業農民的一半。這是食品公司買下土地，召集人力，實施農業教育，培育農民的方式。除此之外，雖然僅占少數，但也有人是辭去工作之後才開始從事農業的，也有人是因為不景氣，公司倒閉，因而從城市搬到鄉村來的。

在新開始從事農業的人當中，最多的是哪一些人？

1. 受雇於食品公司的人。
2. 繼承家業的人。
3. 辭去工作的人。
4. 因為不景氣所以無法在公司繼續工作的人。

5番 128 (二)第6回 P.119

会社で、男の人と女の人が部長に贈るものについて話しています。食事会の日、何を持って行きますか。

M：成田さん、来月木村部長が海外の支店に移られることになったの、聞きましたか？

F：はい、聞きましたよ。部長にはいろいろお世話になったし、最後に営業部のみんなで食事会をしようと思うんですけど。どう思いますか。

M：それはいいですね。その時、プレゼントと一緒にカードを渡しましょうか。

F：わかりました。じゃ、わたし、カード買っておきます。皆に回してメッセージを書いてもらいましょう。

M：プレゼントは？あ、そういえば先日、デパートで部長が好きだって言ってたお酒を見つけたんですけど。

F：うーん、でも部長には小さいお子さんもいらっしゃるみたいだから、お菓子とかのほうがいいかも。じゃあ、お酒は別の日にお渡しすることにして、その日はお菓子とお花でも持っていきますか。

M：お花もいいですね。わかりました。じゃあ、他のプレゼントは、後日私が何か用意しておきます。皆にカードを書いてもらうのは時間かかるかもしれないから、あしたから回し始めないとね。

F：そうですね。わかりました。

食事会の日、何を持って行きますか。

1. カードとお花
2. カードとお酒とお花
3. カードとお菓子とお花
4. ケーキとお花

男女兩人正在公司討論要送給部長的東西。餐會當天，要帶什麼去呢？

男：成田小姐，你有聽說下個月部長就要派到海外分店了嗎？

女：嗯，聽說了。部長很照顧我們，我想最後業務部大家一起辦個聚餐如何？

男：好主意！那時候再送部長禮物跟卡片吧！

女：好，那麼我買卡片給大家寫。

男：禮物呢？唔……，我前幾天在百貨公司找到部長之前說他喜歡的酒。

女：可是部長好像有年幼的小孩，還是點心好了。酒的話改天再送給部長，那天帶點心、花去？

男：花也不錯。好，那其他的禮物我再想辦法準備。要給大家寫卡片要花一些時間，得明天傳給大家寫。

女：對啊！我知道了。

餐會當天，要帶什麼去呢？

1. 卡片、花
2. 卡片、酒、花
3. 卡片、點心、花
4. 蛋糕、花

6番 129 (二)第6回 P. 119

男の人と女の人が、紙のリサイクルについて話しています。男の人はこのあと、どの紙を使いますか。

M：先輩、あの、コピー用に使う紙はこれでいいんでしょうか？

F：あ、そうそう。基本的には裏が白くてまだ使える、リサイクル用紙を使ってほしいんです。

M：わかりました。リサイクル用紙…っと。あ、ここの、全部ですね。あれ、サイズもバラバラだし、両面印刷されているものも混ざっているし、困ったなあ。

F：最近整理できてなかったわね。

M：しかもこのサイズのは、みんな両面使えないなあ。

F：ない場合は新しい紙でいいわよ。

男の人はこのあと、どの紙を使いますか。

1. 表が印刷されていて、裏が白い紙。

2. 表も裏も白い紙。
3. リサイクル用紙。
4. 両面印刷されている紙。

男人與女人在談有關紙張回收一事。男人之後會用什麼紙張呢？

男：學姐，影印用紙，這樣可以嗎？
女：嗯，沒錯。基本上背面白色的還可以使用，可以用來做回收用紙。
男：我知道了。嗯，回收用紙～，就是這裡的全部，對吧？咦，那個尺寸不一，又混入雙面列印的，真傷腦筋啊！
女：最近都沒整理。
男：而且，這種尺寸的紙，都不能兩面使用。
女：沒有回收紙的話，就用新紙吧！

男人之後會用什麼紙張呢？

1 正面有印刷，背面空白的紙。
2 正反面都是空白的紙。
3 回收用紙。
4 兩面都有印刷的紙。

(二) 重點理解・第七回

1番 130 (二) 第 7 回 P. 120

携帯電話で男の人と女の人が、話しています。女の人はどうして困っていますか。

F：もしもし、鈴木先輩ですか。あの、青山ですが。こんな時間にすみにません。もうお休みになっていましたか。

M：いえ、大丈夫ですよ。日曜日は遅く起きるつもりだから、今日はまだ起きてましたよ。

F：あ、すみません。実は新しい製品のことで、問題があって……。

M：え、あの、今すごく売れてるやつ？

F：急に、若者の間で人気が出て、もうすぐ売り切れそうなんですよ。

M：生産が、追いつかないんですか。

F：工場に確認したら、今、部品が不足してて、生産が止まっちゃいそうだと言ってました。

M：それは大変なことになりそうですね。

F：先輩はどこか他の部品の仕入れ先、知っていますか。これから急いで連絡しないと…。

M：わかった。確認したら、またすぐ連絡します。

女の人はどうして困っていますか。

1. 製品が売れていないから。
2. 製品が品切れになったから。

3. 製品の部品が値上がりしたから。
4. 製品の生産が止まりそうだから。

男女兩人正在電話中交談。女人為什麼困擾？

女：喂，請問是鈴木前輩嗎？嗯，我是青山，這麼晚打給您真是抱歉。您已經睡了嗎？
男：沒關係。星期日我打算早上晚點起床，所以現在還沒睡。
女：啊，不好意思。其實是新產品發生問題……。
男：啊，那個賣得很好的產品？
女：突然在年輕人之間爆紅，馬上就要缺貨了。
男：生產追不上嗎？
女：我跟工廠確認後，對方說現在零件不足，生產可能會停下來。
男：那可會發生大事呢！
女：前輩你知道哪裡有零件出貨商嗎？我現在得趕緊連絡才行。
男：好，我確認後，馬上跟你連絡。

女人為什麼困擾？

1. 因為商品賣不好。
2. 因為商品沒貨了。
3. 因為商品零件漲價。
4. 因為商品的生產快要停了。

2番 131 (二)第7回 P. 120

女の人が話しています。どんな人が誰のためにお菓子を買うと言っていますか。

F：えー、いま卵のような形をしたお菓子を買う人がたくさんいるそうです。そのお菓子の中には小さい動物のおもちゃが入っていて、それを集めるために買うんだそうです。特に30代の男性が多いと聞いたので、お父さんが子供のために買ってやるんだろうと思ったんですが、そうではなくて、自分の部屋に飾って楽しむためなんだそうです。

どんな人が誰のためにお菓子を買うと言っていますか。

1. 子供が自分のために買う。
2. 子供がお父さんのために買う。
3. 男性が子供のために買う。
4. 男性が自分のために買う。

女人正在講話。她說是誰為誰買的點心？

女：現在好像很多人購買外形和蛋相似的點心。點心中放有小動物的造型玩具，據說大家是為了收集那些玩具才買點心的。據說特別是 30 幾歲的男性占大多數，所以我原以為是父親為小孩買的，但實際上並非如此，而是父親將玩具拿來裝飾自己的房間，享受樂趣。

女人說是誰為誰買的點心？

1. 小孩買給自己。
2. 小孩買給爸爸。
3. 男人買給小孩。
4. 男人買給自己。

3番 132 (二) 第7回 P. 121

女の人が男の人に相談しています。女の人はお土産を何にしますか。

F：明日、友だちの家へ遊びに行くんだけど、何かお土産を持っていったほうがいいよね。何がいいかしら？

M：そうだなあ、一般的には消えものがいいって言うけど。

F：消えもの？

M：うん。つまり、消えるものだよ。例えば、食べたり飲んだりしてしまったらなくなるものや、あと、花なんかがそれに当たるよ。

F：へえ。じゃあ、食べ物だったら何がお好きかしら？

M：そうだねぇ、飲み物はまだしも、食べ物は好みがあるし、花も種類とか色とか、難しいよね。

F：じゃあ、お食事の前にみんなで一杯できるものがいいかしらね。うん、そうするわ、ありがとう。

女の人はお土産を何にしますか。

1. 食べ物　2. 飲み物　3. 服　4. 花

女人跟男人商量。女人要選什麼伴手禮？

女：明天我要去朋友家玩，要帶什麼伴手禮好呢？

男：這個嘛～，一般來說，會消失的東西比較好

女：會消失的東西？

男：嗯，會消失的東西，譬如說是吃了或是喝了就會不見的東西，或是花之類的。

女：喔？那吃的東西你喜歡什麼呢？

男：喔？那，飲料還好說，但是吃的東西各有所好，花的種類或是顏色之類的，好難選喔！

女：那，在用餐之前可以大家喝一杯的東西可能不錯。嗯，就這麼辦，謝謝。

女人要選什麼伴手禮？

1. 食物　2. 飲料　3. 衣服　4. 花

4番 133 (二) 第7回 P. 121

テレビでアナウンサーがあるお茶の博物館について話しています。この博物館で、外国からのお客さんが増えたのは、どうしてだと言っていますか。

F：今、日本では、日本文化に興味を持つ外国からの観光客が増えています。このお茶の博物館が外国からのお客さんから高く支持されている理由は、何をおいてもそのお茶独自の魅力にあります。また、こちらの博物館の長い歴史を誇りと感じている面もあるでしょうし、展示

施設などが整っていることも、その理由と考えられます。こちらの1階では、お茶の歴史を勉強することができます。2階では、お茶についての映画が見られます。3階では、実際にさまざまな種類のお茶を飲んで、味を比較することができます。

この博物館で、外国からのお客さんが増えたのは、どうしてだと言っていますか。

1. お茶のれきしが勉強できるから。
2. お茶についての施設が整っているから。
3. お茶に独自の魅力があるから。
4. 周囲の環境がよさそうだから。

電視裡播報員正在談論茶葉博物館。這間博物館外國來客增加的理由是什麼？

女：現在在日本，對日本文化有興趣的外國觀光客增多。這間博物館受到廣大支持的原因就在於其茶葉的獨特魅力。另外還有引以為傲的悠久歷史，完善的展覽設施我想也是原因之一。在博物館的1樓我們可以認識茶的歷史；2樓可以觀看與茶有關的電影；3樓可以實際飲用各式茶品，比較其風味。

這間博物館外國來客增加的理由是什麼？

1. 因為可以學到茶的歷史。
2. 因為茶葉相關的設施完善。
3. 茶的獨特魅力。
4. 周圍環境良好。

5番 134 (二)第7回 P. 122

女の学生と男の学生が話しています。男の学生は旅行で何が大変だと言っていますか。

F：鈴木君、夏休み、インドに行くんだって？

M：うん、インドには去年ボランティアで何回か活動に行ってたけど、今回は遊びに行くの。

F：へえ。ボランティアじゃなくて、旅行か。

M：ええ。今回は特に計画は立てずに、向こうに着いてから、いろいろ決めようと思って。僕は観光地に行くより、携帯のマップを使って、自分の知らない町を歩くのが好きなんだ。

F：ああ、外国語ができるから、もし道に迷っても、人に聞けていいよね。

M：いや。できない言葉ももちろんあるけど、それはジェスチャーや地図を描いて伝えればいいし。道に迷うこともあるけど、結局それもいい思い出になるよ。

F：すごいなあ。鈴木君は旅になれてるから、リュックサック一つで、どこでもいけるでしょ？

M：いや。そういう人が羨ましいよ。僕もそうしたいんだけど、荷物の準備では苦労してるんだ。あれもこれも必要だと思うと、つい荷物が増えちゃうんだよね。

F：えっ？そうなの？意外だなぁ。

男の学生は旅行で何が大変だと言っていますか。

1. 旅行の計画を立てること。
2. 外国語が話せないこと。
3. よく道にまようこと。
4. 荷物が多くなること。

女學生與男學生在交談。男學生說旅行什麼很辛苦？

女：鈴木，聽說你暑假要去印度？

男：嗯。去年我因為志工活動去了好幾次，這次是去玩。

女：喔，不是去當志工，而是去旅行啊！

男：嗯，這次我不會特別訂下計畫，而是到了那邊再決定。比起去觀光地，我比較喜歡利用手機地圖到自己不認識的地方。

女：啊，你會外語，就算是迷路了，問人就好了。

男：不是啦。當然也有我無法言語溝通的地方，但是那個只要用手勢或是畫個地圖就可以解決。雖然還是會迷路，但是那也是美好的回憶。

女：太厲害了！鈴木你習慣旅行，所以一個後背包就哪兒都能去吧？

男：才沒有！我才羡慕那樣的人。我也想那樣，但是我老是跟打包行李苦鬥。一想到這個也需要那個也需要，行李就不小心爆增了。

女：啊？好意外！

男學生說旅行什麼很辛苦？

1. 訂旅行計畫。
2. 不會說外文。
3. 時常迷路。
4. 行李變多。

6番 135 （二）第7回 P. 122

女の学生と男の学生が話しています。男の学生は、野球部の新しいマネージャーはどんな人だと言っていますか。

F：今度、野球部に新しいマネージャーが入ったんだって。

M：うん。マネージャーの経験はあまりないらしいんだけど、明るいし、マネージャーに向いているのかなって思うよ。鈴木さんっていうんだけど、元気な人だよ。

F：そう。

M：とにかく、声が大きいんだよ。中学生時代に、スポーツをやってたんだって。毎朝、大きな声で、「おはようございます」ってみんなにあいさつしてくるんだ。

F：そうなんだ。

M：野球（やきゅう）についての知識（ちしき）はまだまだだろうけど、まじめだし、勉強（べんきょう）すれば、すぐにいい仕事（しごと）ができるようになると思（おも）うよ。僕（ぼく）も先輩（せんぱい）として、ていねいに教（おし）えてあげたいって思（おも）っているんだ。

F：いい人（ひと）が来（き）てくれてよかったね。

男（おとこ）の学生（がくせい）は、野球部（やきゅうぶ）の新（あたら）しいマネージャーはどんな人（ひと）だと言（い）っていますか。

1. マネージャーの仕事（しごと）の経験（けいけん）がある。
2. マネージャーの仕事（しごと）に向（む）いていそうだ。
3. 野球（やきゅう）をよく勉強（べんきょう）していそうだ。
4. 仕事（しごと）がよくできる。

男女學生在交談，男學生說棒球社新進總幹事是什麼樣的人？

女：聽說這次棒球社有新總幹事進來？

男：嗯，雖然沒有總幹事的經驗，但是個性開朗，我想他適合當總幹事。一位叫鈴木的人，很有精神喔！

女：這樣啊！

男：總之他聲音很宏亮，聽說他在中學生時候有玩過運動項目。他每天早上都大聲地向大家問好說早安。

女：這樣啊！

男：對棒球的知識他還不甚充足，但是他很認真，只要學習一定可以把工作做好。我身為前輩也會仔細教導他的。

女：太好了，來了一位很棒的人。

男人說棒球社新進總幹事是什麼樣的人？

1. 有總幹事工作經驗。
2. 適合總幹事工作。
3. 充分學習棒球。
4. 工作很能幹。

(二) 重點理解・第八回

1番 136 (二)第8回 P.123

男（おとこ）の人（ひと）と女（おんな）の人（ひと）が、話（はな）しています。女（おんな）の人（ひと）は、どうして大家（おおや）に注意（ちゅうい）されましたか。

M：ああ、カクさん。今日（きょう）はゴミの日（ひ）じゃないから、それ、捨（す）てないでね。

F：あ、大家（おおや）さん、こんにちは。でも今日（きょう）は火曜日（かようび）だから、燃（も）えないゴミの日（ひ）ですよね。

M：ほら、今日（きょう）は祝日（しゅくじつ）でしょう。だから取（と）りに来（き）てくれないんだよ。

F：ああ、そうなんですか。すみませんでした。じゃあ、明日（あした）は…。

M：月（げつ）、水（すい）が燃（も）えるゴミで、火（か）、金（きん）が燃（も）えないゴミ、木曜日（もくようび）は大型（おおがた）ゴミだから、それ、しあさってです。

F：わかりました。

M：あとね。最近、部屋でギターを練習していたでしょう？このアパートは楽器演奏禁止だって言ってたじゃないですか。

F：それは私じゃないですよ。隣の部屋の人かも。

M：ああ、あの人ですか。本当に困りますね。夜もテレビの音がうるさいし、ついこの間も、アパートの前に車を止めていて、注意をしたばかりなのにな。

女の人は、どうして大家に注意されましたか。

1. 部屋でギターをひいたから。
2. ゴミを出す日をまちがえたから。
3. テレビの音がうるさかったから。
4. アパートの前に車を止めたから。

男人和女人正在交談。請問女人為什麼被房東警告？

男：啊，郭小姐，今天不是收垃圾的日子，所以請不要丟。

女：啊，房東先生，你好。但是今天是星期二，是收不可燃垃圾的日子吧？

男：但是今天是休假日，不會來收的。

女：啊，這樣子啊，不好意思。那，明天……。

男：星期一，三是可燃垃圾，星期二，五是不可燃垃圾，星期四是大型垃圾，所以請大後天再丟。

女：我知道了。

男：還有，最近你在房裡練習吉他了嗎？我不是說這公寓禁止彈奏樂器嗎？

女：那不是我，可能是隔壁房間的人。

男：那個人啊？真是傷腦筋。晚上看電視的聲音也很吵，就在前一陣子他在公寓前停車，我才警告過他的。

請問女人為什麼被房東警告？

1. 因為在房裡彈吉他。
2. 因為弄錯丟垃圾的日子。
3. 因為電視的聲音太吵。
4. 因為在公寓前停車。

2番 137 (二)第8回 P. 123

サッカーの試合の後で、コーチが選手たちに話しています。コーチは試合で特に何がよくできていたと言っていますか。

M：今日は勝ってよかった。暑いなか、チームとしてよく頑張ったと思う。もっとやらなければいけない場面がありましたが、これをしっかり経験にして、さらによくなってくればいいと思いました。皆試合中互いに声を積極的にかけてたね。仲間に声をかけてもらうと力が出るから、それはすごく大事なことで、今日特によかった点だと思う。それから、今日は2点取られた。もっとボールをよく見て守ろう。それにボールをもらってからどうしようか考える時間が長くて、ボールを出す前に取られることが多かった。ボールをもらったらすぐ動くように、次の試合までによく練習しておこう。

コーチは試合で特に何がよくできていたと言っていますか。

1. せっきょくてきに点をとること。
2. なかまと声をかけ合うこと。
3. ボールをよく見てまもること。
4. よく考えてボールを出すこと。

足球比賽之後教練向選手們談話，教練說比賽裡特別是哪一點表現很好？

男：我們今天獲勝，真是太好了，在炎熱之中隊員團隊表現出色。雖然有再加強的地方，我們以此為經驗做得更好就好。大家在比賽中有積極地相互喊聲——同伴相互喊聲就能夠產生力量，這是非常重要的一點，也是今天表現得特別好的一點。還有，今天我們被拿走了２分，我們得把球守得更好，還有拿到球後思考要怎麼辦的時間太長，結果很多時候在踢出球之前球就被搶走了。下次比賽之前要好好練習一拿到球就要迅速動作。

教練說特別是哪一點表現很好？

1. 積極拿分。
2. 與同伴相互喊聲。
3. 注意看球守球。
4. 仔細思考後再踢出球。

3番 138 （二）第8回 P.124

電話で夫と妻が話しています。二人は今日の晩ご飯をどうしますか。

F：もしもし、今日仕事早く終わるから、外で夕飯食べない？

M：じゃ、駅の近くに新しくできたレストラン、カレーがおいしいらしいって言ってたでしょ。行ってみようか。

F：うーん、昨日カレーだったから、違うほうがいいな。私のお勧めは、最近できたイタリアンレストランなんだけど。パスタがなかなかいいって、友達が言ってたから。

M：でも、この時間なら、人がいっぱいで、予約がないと入れないんじゃない？

F：そうね。じゃ、お寿司とか豚カツとかにする？

M：うん、お寿司にしよう。旬の魚を食べたいから。

F：あ、そうだ、ごめん。6時ごろにお客様があるんだった。

M：じゃ、私、先に店に行って席取っておくね。7時に店でいい？

F：ありがとう。じゃ、また後で。

二人は今日の晩ご飯をどうしますか。

1. 店に行ってお寿司を食べる。
2. 外で夕飯を食べるのをやめる。
3. レストランに行ってカレーを食べる。
4. イタリアンレストランのパスタを食べる。

夫妻在電話中交談。兩人今天晚餐要如何？

女：喂，今天我工作早結束，我們在外面吃晚餐如何？

男：那，車站附近新開的餐廳，你說咖哩好像很好吃，我們去吃看看吧！

女：嗯，昨天吃咖哩，吃點別的好了。我推薦最近新開的義大利餐廳，我朋友說義大麵好吃喔。

男：可是這個時間的話人很多，沒有預約的話進不去吧？

女：也是！那吃壽司或豬排？

男：嗯，吃壽司吧！我想吃正對時節的魚。

女：啊，對不起，我6點左右有客人。

男：那我先去店裡佔位子，我們7點見可以嗎？

女：謝謝。那麼待會見。

兩人今天晚餐要如何？

1. 去店裡吃壽司。
2. 放棄在外面吃晚餐。
3. 去店裡吃咖哩。
4. 去吃義大利餐廳的義大利麵。

4番 139 (二)第8回 P.124

ラジオでアナウンサーと作家の男の人が話しています。男の人が最近、釣りに行っている一番の目的は何ですか。

F：みなさん、こんにちは。今日お話してくださるのは作家の三島大介さんです。さっそくですが、三島さん、休日はどのように過ごしていらっしゃるんですか。

M：最近は、よく息子と川へ釣りに行きますね。

F：川へ釣りに？

M：ええ。以前から、一人で川にはよく釣りに行っていたんですよ。川の流れや植物を観察したりしながら、一人で釣りをしていると、飽きなくて。自然の中にいると、小説のアイデアがどんどん湧いてきましてね。

F：なるほど。

M：でも、半年ぐらい前に、最後まで諦めないで、魚を釣るという経験を繰り返すことが、子どもの教育にいいということを聞きましてね。それで、息子を誘ってみたんです。前から、何か自信になるような経験を与えてやりたいと思っていたので、今では、釣りに行くときはいつもいっしょです。わたしの魚釣りの目的は変わりましたが、やっぱり川釣りはいいなあと思います。うちに帰って、釣りの話をしていると、妻も入ってきてね。以前より、家族の会話も増えたような気がしますよ。

男の人が最近、釣りに行っている一番の目的は何ですか。

1. 川の流れや植物をかんさつするため。
2. 小説のアイデアを考えるため。
3. 息子に自信をつけさせるため。
4. 家族との会話をふやすため。

收音機中主持人與男作家在交談。男人最近去釣魚最大的目的是什麼？

女：大家午安。今天為大家暢談的是作家三島大介先生。直接近入主題，三島先生您假日都是怎麼過的呢？

男：最近常和我兒子去河邊釣魚。

女：去河邊釣魚？

男：是的，從以前開始我就獨自一人去河邊釣魚。一邊觀察河流以及植物一邊獨自釣魚，從不厭煩。在大自然中，就會湧起小說的靈感。

女：原來如此。

男：但是，半年前開始我聽說，堅持釣魚到最後，這樣子的重覆經驗對兒童教育很好，所以我就試著約我兒子。從以前開始我就想給我兒子某些產生自信的經驗，所以現在我去釣魚的時候就總是一起去。我釣魚的目的變了，但是還是覺得河釣很棒。我回到家說起釣魚，我太太也會加入。我覺得比起以前，與家人的對話增加了。

男人最近去釣魚最大的目的是什麼？

1. 為了觀察河流以及植物。
2. 為了想小說的靈感。
3. 為了增加兒子的自信。
4. 為了增加與家人的對話。

5番 140 (二) 第8回 P.125

ラジオで女の人が話しています。女の人は生ごみのにおいを防ぐために、どうしていますか。

F：生活していく中ではいろいろなごみが発生します。毎日のことなので、ごみの処理に悩む人も少なくないでしょう。特に、料理の時や食事の残りで出る生ごみ、夏はにおいが気になりますね。においを防ぐには、生ごみをよく乾かしてビニール袋などに入れる、捨てる日まで冷凍庫で凍らせる、調味料の酢をかけて、においを消すなどの方法があります。わたしは、酢のすっぱいにおいが苦手だし、生ごみを食べ物といっしょに冷凍庫に入れるのはちょっと…と思ってしまうので、新聞紙に包んで、ベランダで乾かすようにしています。家に庭があれば、庭に埋めてしまうっていうのが簡単だし、リサイクルにもなっていいんですが、わたしのようにアパートに住んでると、それは無理ですからね。

女の人は生ごみのにおいを防ぐために、どうしていますか。

1. ごみをかわかす。
2. ごみをこおらせる。
3. ごみにすをかける。
4. ごみをにわにうめる。

女人在收音機裡談話，女人為了防止廚餘臭味她怎麼做？

女：在持續生活中會產生很多垃圾，因為是每天的事，所以為垃圾處理而煩惱的人也不少吧！特別是做菜、用餐後留下的廚餘，在夏天很讓人在意其味道。為了防止臭味，可以利用許多消除臭味的方法——可以將廚餘充分乾燥後放入塑膠袋中、在丟掉之前冰在冷凍庫、淋上調味料的醋等等。我很怕醋的酸味；對廚餘跟食物一起放在冷凍庫裡也有點抗拒，所以就用報紙包起來放在陽台乾燥。如果家裡有庭院的話，就可以埋在庭院裡，那就很簡單，而且還可以大地回收。但是我住在這樣的公寓裡，那是辦不到的。

女人為了防止廚房臭味她怎麼做？

1. 將垃圾乾燥。　2. 將垃圾冷凍。
3. 將垃圾淋上醋。　4. 將垃圾埋在庭院裡。

6番 141 （二）第8回 P.125

男の人と女の人が、駅前で話しています。男の人は、駅へ何をしに来ましたか。

M：あの、失礼ですが、本日ご予約いただいている鈴木美紀さんでいらっしゃいますか。私、さくら旅館のものですが。

F：はい、鈴木は私です。

M：ああ、寒い中わざわざ遠いところ、お疲れさまでした。私、お客様専用車のドライバーの井上と申します。あちらに車が停めてございますので、どうぞこちらへ、旅館までご案内いたします。

F：あっ、忘れてた。さくら旅館さんは送迎サービス付きだったんですね。

M：ええ、ちょっと交通が不便なところにございますので。

F：ありがとうございます、ああ、よかった。ここからどうやって向かおうかと思っていたところだったんです。

M：そうでしたか。バスだとだいたい20分かかるのですが、この車ですと直接参りますので、10分ほどで宿へ到着できます。

F：そうですか。荷物も多いし、助かりました。

男の人は、駅へ何をしに来ましたか。

1. さくら旅館を紹介しに来た。
2. さくら旅館への行き方を聞きに来た。
3. 女の人を迎えに来た。
4. 女の人の荷物を取りに来た。

男人和女人正在車站前面談話。請問男人到車站來做什麼事呢？

男：啊，很抱歉，請問是今天有預約的鈴木美紀小姐嗎？我是櫻花旅館的人。
女：啊？是啊，我是鈴木。
男：啊，在這麼寒冷的天氣還大老遠的來，辛苦了。我是客人專用車的駕駛叫井上。車子停在那裡，這邊請，我送你去旅館。
女：我都忘了櫻花旅館有接送的服務。
男：因為是交通不便的地方。
女：謝謝，真是太好了，我正在想從這裡要怎麼去旅館呢？
男：是嗎？搭公車的話大約要 20 分鐘。開車的話直接前往，約 10 分鐘就可以到旅館了。
女：是嗎？行李也很多，真是太好了。

男人到車站來做什麼事呢？

1. 來介紹櫻花旅館。
2. 來問去櫻花旅館的方式。
3. 來接女人。
4. 來拿女人的行李。

㈢ 概要理解・第一回

1番 143 （三）第1回 P. 126

テレビでアナウンサーが花火大会について話しています。

F：さあ、あの7月がもうすぐやってきますよ。この美月町で毎年7月に行なわれている花火大会。今年は7月17日土曜日午後7時開始です。小さな町の花火大会ですが、質の高さで全国的にも有名になりました。今年も全国各地の花火職人が自慢の花火を打ち上げますが、今年は海外の花火職人も参加するそうです。楽しみですね。また、この日は道路が渋滞します。会場へは車ではなく、できるだけ歩いて行きましょう。

アナウンサーはこの祭りの何について話していますか。

1. 花火大会のお知らせと注意
2. 花火大会の歴史
3. 日本と海外の花火職人の違い
4. 花火大会の日の駐車場の場所

電視裡，播報員正在講關於煙火大會的事。

女：來～七月馬上就要到來囉！美月町每年七月舉行的這個煙火大會。今年是7月17日星期六下午七點開始。雖然是小鎮的煙火大會，因為品質高，在全國也變得有名。今年也會施放全國各地煙火職人自豪的煙火，不過今年國外的煙火職人也將一同參與。真是令人期待。另外，在這一天道路會很壅塞，前往會場時不使用車輛，盡量步行前往吧！

播報員正在講祭典的什麼事？

1. 煙火大會的公告通知及注意事項
2. 煙火大會的歷史
3. 日本與國外煙火職人的差異
4. 煙火大會當日停車場的地點

2番 144（三）第1回

女(おんな)の人(ひと)と男(おとこ)の人(ひと)が話(はな)しています。

F：ちょっと、そんなに速(はや)く歩(ある)かないでくれる？ゆっくり見(み)られないじゃない？

M：だって、みんな同(おな)じ絵(え)に見(み)えてきたからさぁ…。

F：えー、何(なに)よ、それ。

M：だって、僕(ぼく)、もともとこういうの、興味(きょうみ)ないって言(い)っただろう？

F：でもさ、せっかく来(き)たんだから、もっとじっくり見(み)ておきたいのよね。チケットだって、結構高(けっこうたか)かったんだから、ここ。

M：そう言(い)うけどさ、君(きみ)だって、ロックコンサートとか、興味(きょうみ)ないじゃない？

F：そりゃそうね。まあ、好(この)みの問題(もんだい)ね。

M：だろー、だから……。

F：わかったわ、じゃあ、出口(でぐち)のところの喫茶店(きっさてん)で、お茶(ちゃ)でも飲(の)んでてくれる？わたし、もう少(すこ)し見(み)ていくから。

M：オーケー、じゃあ、また後(あと)で。

女(おんな)の人(ひと)が言(い)いたいことは、どんなことですか。

1. 芸術(げいじゅつ)の好(この)みが違(ちが)うことはしょうがない。
2. 早(はや)く喫茶店(きっさてん)でお茶(ちゃ)を飲(の)みたい。
3. 男(おとこ)の人(ひと)は、自分(じぶん)への興味(きょうみ)がない。
4. 美術館(びじゅつかん)に対(たい)して、不満(ふまん)がたくさんある。

男女兩人正在交談。

女：你可不可以不要走那麼快？這樣沒辦法慢慢看吧！

男：就因為畫看起來都一樣啊！。

女：啊？什麼啦！

男：我就說我本來就對這個沒興趣了。

女：可是都難得來了，我想要仔細一點看。這裡的票也是蠻貴的。

男：話是這麼說，但是妳不是也對搖滾演唱會等等的沒興趣嗎？

女：說的也是，這是喜好的問題。

男：對吧。所以……。

女：我知道了，那你在出口的咖啡店喝個茶？
　　我還要多看一下。
男：OK，那待會見。

女人想說是什麼事情？

1. 對藝術的喜好的差異是莫可奈何的。
2. 想早些去咖啡廳喝茶。
3. 男人對自己沒興趣。
4. 對美術館有很多不滿。

3番 145 (三) 第1回

テレビで女の人が話しています。

F：近頃、休日でも窓口を開けている、という郵便局が増えてきているそうです。現在、休日も窓口を開けている郵便局は、全国で約 100 局あります。ほかのところでも開けてもらいたいという声に応えて、政府は3年後に休日に窓口を開ける局を現在の3倍にすることを目標にし、より良いサービスに取り組むことにしました。とりあえず来年度は50局増やす予定だそうです

女の人は何について話していますか。

1. 郵便局のサービスの低下していること。
2. 郵便局の利用者数が、毎年変化していること。
3. 郵便局が全国で 100 局利用されていること。
4. 休日でも窓口を開けている郵便局の数を増やす予定があること。

女人正在電視上說話。

女：假日也照常營業的郵局正逐漸增加。目前假日也照常營業的郵局，全國約有 100 間。為回應其他地區希望開辦此服務的聲浪，政府定下目標，預計三年後假日營業的窗口增加為現在的三倍，努力提供更好的服務。首先明年度預計先增加 50 間假日營業的郵局。

女人正在說明什麼事情？

1. 郵局的服務低落。
2. 利用郵局的人數每年變化。
3. 全國有 100 間郵局為大家所使用。
4. 預計增開假日也提供服務的郵局。

㈢ 概要理解・第二回

1番 146 (三) 第2回

女の人と男の人が話しています。

F：かばん、重そうね。何が入っているの？
M：色々と。ほら。
F：んー、こんなにいつも持って歩いているの？

M：これは、「いつも」ってわけじゃないんだけど。運転するときにかけるんだ。

F：うわあ、この辞書。もうぼろぼろじゃない？

M：どんなときでもすぐに取り出して見るようにしているんだ。

F：んー、後は……傘も入れているんだ。

M：これは、天気予報で晴れが100%の日以外は入れておくことにしているから。

F：用心深いのね。へえ、こんな物も、何を撮るの？

M：僕、看板に興味があって、おもしろい看板があったらすぐ撮れるようにしているんだ。

二人は何について話していますか。

1. かばんの大きさ。
2. かばんに入っているもの。
3. かばんのデザイン性。
4. かばんの重さ。

男女兩人正在交談。

女：你的包包好像很重耶。裡面放了什麼東西啊？

男：放了各式各樣的東西喔。妳看。

女：哦。你一直都帶著這些東西行趴趴走的嗎？

男：我並沒有「一直」把這個帶在身上。開車時才背。

女：哇！這本字典已經很破舊了耶。

男：這樣的話不管什麼時候都可以馬上拿出來看，所以我才把它放在包包裡的。

女：喔……。還有……裡面也有放雨傘啊。

男：那是當氣象報告說100%天氣晴朗的日子之外，我都會放進去。

女：你真的很謹慎耶。哦，連這個都有，你要拍什麼啊？

男：嗯，我對廣告看板很有興趣，如果看到什麼有趣的看板，就可以馬上拍下來。

二人在談論什麼？

1. 包包的大小。
2. 包包裡放的東西。
3. 包包的設計。
4. 包包的重量。

2番 147（三）第2回

女の人が話しています。

F：アパートを選ぶとき何が大事でしょうか。それは人によって違います。例えば、安いことがいちばん大事だと考える人もいるし、それよりも、駅からの距離や家の広さが大事だと思う人もたくさんいます。でも安全が大事だと考える人ほどは多くないということです。ほかにペットが飼えるかどうかや、子供などの騒音問題が気になる人も増えているそうです。

女の人が言いたいことは何ですか。

1. アパート選びはとても難しいこと。
2. アパートの広さと駅からの距離について。
3. アパートの安全性を重視する人がいちばん多い。
4. アパートのペットや騒音問題の少なさ。

女人正在談話。

女：每個人選擇公寓時最重視什麼呢？那是因人而異的，例如有人最重視價格便宜，也有人認為比起價格，和車站的距離以及房子的空間大小才是最重要的。但是，認為安全第一的人還是最多的。其他在意是否可以養寵物、小朋友噪音的人數也在增加中。

女人想表達的是什麼？

1. 選擇公寓是非常困難的事。
2. 公寓的大小及到車站的距離。
3. 重視公寓的安全性的人最多。
4. 公寓的寵物及噪音問題減少。

3番 148 (三) 第2回

女の人と男の人が話しています。

F：ねえ、この調査知ってる？
M：え、なに？休みの日には何をするかという調査？
F：そう。それで、第1位は「レストランで食事」、第2位は「ドライブ」。
M：旅行もよくするんじゃないの？
F：そう。「旅行」は第3位。で、山本さんはいつも何してるの？
M：そうだな。部屋で音楽聞いたりしているよ。音楽を聴くなんていうのは5位ぐらいじゃないかな。
F：残念でした。第5位は「映画を見る」で、「音楽を聴く」は第7位。
M：そうか、5位ぐらいには入ってると思ったけどな、でも、10位以内なんだ。

男の人は、調査について何と言っていますか。

1. 休みの日に音楽を聴く人は、思っていたより少なくない。
2. 休みの日に映画を見る人は、想像より少ない。
3. 休みの日に旅行する人は、あまり多くない。
4. 休みの日にレストランで食事をする人は、本当は多くない。

男女兩人正在談論。

女：你知道這個調查嗎？
男：咦？什麼？假日從事何種休閒的調查？
女：沒錯。第1名是「到餐廳用餐」、第2名是「兜風」。
男：應該還有旅行吧？

女：對啊，「旅行」是第 3 名。那山本平常都做些什麼？
男：唔，在房間聽聽音樂啊。聽音樂大概排名第 5 吧？
女：很可惜，你猜錯了。第 5 名是「看電影」，第 7 名才是「聽音樂」。
男：這樣啊？我以為聽音樂大概會是第 5 名的，不過還是在 10 名以內啦。

男人針對調查說了什麼？

1. 假日聽音樂的人比想像中多。
2. 假日看電影的人比想像中少。
3. 假日旅行的人不是很多。
4. 假日在餐廳吃飯的人真的不多。

(三) 概要理解・第三回

1番 149 (三) 第3回

女の人がお茶について話しています。

F：えー、お茶にはいろいろな種類があります。そのうち、今日はいくつかをご紹介します。まずこちらのお茶ですが、これにはビタミンCが多く含まれていて、風邪の予防に効果的です。2番目のお茶は、寝る前に飲むといいと言われているもので、神経を休める働きがあります。3番目は太りすぎに悩んでいる人に試してもらいたいお茶です。食事といっしょにお飲みになるといいそうです。最後にこのお茶ですが、胃腸の働きによく効きます。食べすぎ、飲みすぎを感じたときに、ぜひお試しください。

女の人はお茶の何について話していますか。

1. それぞれのお茶の作り方。
2. それぞれのお茶の効果。
3. お茶と薬の関係。
4. お茶のおいしい入れ方。

女人正在談論茶。

女：茶有各式各樣的種類，今天我就為大家介紹其中幾種。首先是這個茶，這種茶富含維他命 C，有預防感冒的功能。2 號茶適合在睡前飲用，可讓神經放鬆休息。為肥胖苦惱的人可試試 3 號茶，與餐點一起享用。最後是這個茶，有健胃整腸的功效，如果自覺飲食過量時請一定要喝喝看。

女人正在談論關於茶的什麼？

1. 各式茶種的作法。
2. 各式茶種的效果。
3. 茶與藥的關係。
4. 好喝的茶的沏泡方式。

2番 150 (三) 第3回

男の人が話しています。

M：安心、安全で有名な「薬のワールド」からのお知らせです。このたび、胃に優しい風邪薬「ワールドA」が新しくなりました。今までの「ワールドA」は1日に3回飲まなければなりませんでしたが、この「新ワールドA」は朝1回飲むだけで1日中効果が続きます。これまで同様、もちろん水なしで飲めます。パッケージも新しくなった「新ワールドA」、使用上の注意をよく読んでお使いください。

男の人は何について話していますか。

1. 風邪薬の会社の紹介。
2. 風邪薬の価格が下がった理由。
3. 風邪薬が、最近よく売れていること。
4. 風邪薬が新しく変わった点。

男人正在談話。

男：以下是以安心、安全著名的「世界藥品」所發布的消息。這次不傷胃的感冒藥「World A」重新改良。之前的「World A」一天必須服用3 次，但是這款「新World A」只要早上服用一次，效果就可以持續一整天。和之前一樣，不需開水即可服用。包裝更新後的「新 World A」，在服用前請詳讀注意事項。

男人在談論什麼？

1. 感冒藥公司的介紹。
2. 感冒藥價格下降的理由。
3. 感冒藥最近銷售佳。
4. 感冒藥改變的點。

3番 151 (三)第3回

男の人と女の人が話しています。

M：今度の宝くじで1千万円あたったら、何に使おうか？

F：1千万円？もしかして、当たったの？

M：ちがうよ、当たったら、の話。

F：なんだ、当たってもいないのに、なんで聞くの？

M：そんな夢のないこと言わないで。僕だったら、5百万円ぐらいの車を買って、残りは船でゆっくり世界を周りたいな。

F：もし当たったとしたら、旅行はいいけど、船はね……。私は国内で列車がいいわ。それから、残りは家を買うときに使いたいわね。

M：残ったお金だけでは、家は買えないよ。

F：あなたこそ、夢のないこと、言わないでよ。

二人は何について話していますか。

1. 宝くじが当たった場合の、お金の使い道。
2. 宝くじが当たる方法。
3. 一番安い旅行の交通手段。
4. 車を買う予算と家を買う予算の比較。

男女兩人正在交談。

男：如果這次的彩卷中了一千萬，妳要用在哪裡？
女：一千萬？你該不會中獎了？
男：不是啦！是「假如中了的話」！
女：什麼嘛！又沒中獎，為什麼要問？
男：別說那種沒有夢想的話啦！如果是我的話，會買一輛大約 500 萬元的車，剩下的錢我想坐船悠閒環遊世界。
女：如果中了的話，旅行是不錯啦，可是坐船的話……。我會選坐火車國內旅行，然後剩下的錢留在買房子的時候用。
男：光只有剩下的錢是買不起房子的。
女：你才是別說那種沒有夢想的話啦！

兩人正在討論什麼？

1. 如果中了彩券的話，錢的用途。
2. 中彩券的方法。
3. 最便宜的旅行交通方法。
4. 買車的預算與買房子預算的比較。

(三) 概要理解・第四回

1 番 152 (三) 第 4 回

男の人がラジオで話しています。

M：今、いろいろな目覚まし時計がありますねえ。だんだん音が大きくなるものとか、5分おきに鳴るものとか……。今日は、新しいタイプの目覚まし時計をご紹介したいと思います。ある会社の実験によると、人は音で起こされるよりも光で起こされるほうが、起きたとき、ずいぶん気分がいいんだそうです。それも、突然明るくするというのではなく、だんだん明るくするほうがいい、という結果がわかりました。この実験結果をもとに、こちらの新製品が誕生したそうです。

男の人は何について話していますか。

1. 新製品の使い方の説明
2. 新製品の特徴について
3. 目覚まし時計の実験方法
4. 目覚まし時計の種類の多さ

廣播中男人正在談話。

男：目前有各式各樣的鬧鐘——有鬧鈴聲會逐漸變大的鬧鐘，或是每隔五分鐘響一次的鬧鐘。今天我想要向大家介紹的這種新型鬧鐘。根據某間公司的實驗指出，比起聽到聲音而起床，因光線而醒來的話，起床時的心情較佳。還有結果顯示，並非使光線突然變亮，而是採用逐漸變亮的方式比較好。根據這個實驗結果而產生了這項新產品。

男人談的是什麼？

1. 新產品的使用方法說明
2. 新產品的特徵
3. 鬧鐘的實驗方法
4. 鬧鐘的種類多樣

2番 153 (三) 第4回

女(おんな)の人(ひと)が、男(おとこ)の人(ひと)に質問(しつもん)しています。

F：今日(きょう)は、優勝(ゆうしょう)おめでとうございます。

M：ありがとうございます。

F：優勝(ゆうしょう)までは、いろいろな努力(どりょく)があったかと思(おも)います。

M：はい、もうプロになってから10年(ねん)になるんで、今年(ことし)こそは日本一(にほんいち)になろうと思(おも)ってがんばりました。

F：近年(きんねん)、もう引退(いんたい)が近(ちか)いんじゃないか、とも言(い)われましたね。

M：ええ、実(じつ)はそれが嫌(いや)でね。来年(らいねん)はコーチになったら……なんて言(い)う人(ひと)もいて。僕(ぼく)の中(なか)では、まだ10年(ねん)、という気持(きも)ちなんですが。

F：ファンの皆(みな)さんも、同(おな)じ気持(きも)ちだと思(おも)います。

M：はい、いつも応援(おうえん)ありがとうございます。

F：来年(らいねん)は、世界一(せかいいち)を狙(ねら)いますか。

M：そのつもりです。

F：期待(きたい)しています。本当(ほんとう)におめでとうございました。

男(おとこ)の人(ひと)が言(い)いたいことは何(なん)ですか。

1. 来年(らいねん)は日本一(にほんいち)になりたい。
2. 来年(らいねん)も選手(せんしゅ)を続(つづ)けたい。
3. もう引退(いんたい)したい。
4. コーチとして、がんばりたい。

女人正在向男人詢問問題。

女：恭喜您今天獲得冠軍。
男：謝謝。
女：我想您在獲得勝利為止，一定經過了各式的努力。
男：是的，我當職業選手已經 10 年了，立志今年一定要拿下日本第一，所以非常努力。
女：有人說您是不是要引退了？
男：是啊，真的很不開心。也有人建議我明年去當教練。我心裡的想法是再努力 10 年。
女：相信粉絲們也抱持著相同的想法。
男：是的，感謝大家一直以來的支持。
女：明年您要以世界第一為目標嗎？
男：我是這麼打算的。
女：期待您傑出的表現。今天真的非常恭喜您。

男人想說的是什麼？

1. 明年想成為日本第一。
2. 明年還是繼續想當選手。
3. 已經想引退。
4. 想以教練的身分，繼續努力。

3番 154 (三)第4回

テレビで女の人が話しています。

F：来月末、歴史ある遊園地が営業を終えます。八十年前にできたこの花山遊園地、これまでたくさんの人のさまざまな思い出を作って来ました。私も子供の頃、両親や友人と来た思い出があります。花山遊園地では、長い間来てくださったお客様のために、今月と来月の平日は入場料半額、更に、来月の平日は乗り物もすべて半額にするそうです。この遊園地がなくなるのは残念ですが、この機会に皆さんもぜひ遊びに行かれてはいかがでしょうか。

女の人は何について話していますか。

1. 遊園地の歴史。
2. 来月の平日は入場料も乗り物も半額になる。
3. 子供の頃に遊びに来た思い出。
4. 今月の平日は入場料が半額、来月は乗り物が半額になる。

電視裡，女人正在講話。

女：下個月底，歷史悠久的遊樂園將終止營運。建於八十年前的這座花山遊樂園，至今為止製造了許多人各式各樣的回憶。我也有兒時和父母朋友來玩的回憶。花山遊樂園，為了回饋長時間光顧的遊客們，這個月及下個月的平日入場半價，而且，下個月平日搭乘遊樂設施也全部半價。這座遊樂園即將消失，雖然可惜，趁著這個機會，大家也請務必來玩玩如何？

女人說了什麼？

1. 遊樂園的歷史。
2. 下個月平日入場及遊樂設施皆半價。
3. 小時候來玩的回憶。
4. 這個月平日入場半價，下個月遊樂設施半價。

(三) 概要理解・第五回

1番 155 (三)第5回

男の人と女の人が話しています。

F：じゃ、おつかれさま。お先に失礼します。

M：おつかれさま。あれ、どうしたの？その格好。スポーツジムにでも行くの？

F：ううん。走って帰るの。先月から夜とか朝に走っているんだけど、今日から会社から帰る時に走ることにしたの。そうすれば、時間も有効に使えるでしょう。

M：確かに、そうだけど。家まで走って、どのくらいかかるの？

F ：たぶん1時間くらいかな。

M：うわあ、すごいな。僕にはちょっと無理だな。ところで、どうして？ダイエットのためとか。

F ：ううん。来年、外国の山を登りに行くの。学生の時の山登りの仲間と一緒にね。6,000メートルくらいの山だから、体力をつけておかないとね。

M：そうか。がんばってね。

女の人は何について話していますか。

1. 山登りの面白さ。
2. 毎日会社からスポーツジムまで走っていること。
3. 走って帰れば時間の無駄なくダイエットができること。
4. 毎日走っている理由。

男人和女人正在講話。

女 ：那麼，辛苦了。我先告辭。

男 ：辛苦了。疑，怎麼穿那樣？你要去健身房什麼的嗎？

女 ：不是，我要跑步回家。上個月開始會在晚上或早上跑步，不過從今天開始我決定從公司離開時跑步回家。這樣一來，時間也可以有效利用。

男 ：的確是這樣。跑到家裡，大約要花多久時間呢？

女 ：大概一個小時左右吧。

男 ：哇！真厲害。我沒有辦法做到。對了，為什麼跑步呢？為了減肥之類的嗎？

女 ：不是，明年我要去國外登山。和學生時代的登山朋友一起。因為是六千公尺左右的山，必須要先備好體力。

男 ：這樣啊！加油哦！

女人在說什麼事？

1. 登山的有趣之處
2. 每天從公司跑到健身房
3. 跑步回家不僅不浪費時間也能減肥
4. 每天跑步的理由

2番 156 (三)第5回 126

スポーツジムで男の人が説明しています。

M：このジムには、24時間いつでも出入りできますが、入る時にはかならず会員カードが必要です。ジムの中は、トレーニングルーム、プール、更衣室、シャワールーム、休憩室、この五つに分かれています。喫煙は禁止となっていますので、吸われる方はいったん外に出てからお願いいたします。また、飲食は休憩室以外ではご遠慮ください。休憩室でも、においの強い食べ物などは、ご遠慮ください。

男の人はスポーツジムの何について話していますか。

1. 食事や喫煙とスポーツの関係。
2. 会員カードの使い方。
3. スポーツジムを利用する時の注意。
4. 休憩室だけは、喫煙や飲食をしてもいいこと。

健身房裡，男人正在說明。

男：本健身房 24 小時隨時都可以出入，但進入時必須要有會員卡。健身房裡分成五區：訓練室、游泳池、更衣室、盥洗室、休息室。吸菸是被禁止的，因此要抽菸的人請麻煩先暫時出去。還有，休息室以外區域請不要飲食。在休息室，也請避免味道強烈的食物。

男人在針對健身房的什麼做說明？

1. 飲食、抽菸和運動的關係。
2. 會員卡的使用方式
3. 使用健身房時的注意事項
4. 只有休息室裡可以抽菸或飲食。

3番 (157) (三) 第5回

会社で男の人と女の人が話しています。

F：森さん、ちょっといいですか。

M：はい、課長、なんでしょうか。

F：実は、急にベトナム工場へ来週行かなければならなくなりました。でも、会議も来週でしょう。

M：ああ、そうですね。課長が新製品の販売計画をみんなに伝えることになってましたね。

F：そこで、森さんにそれをお願いしたいんです。

M：はい、わかりました。

F：私がネットで会議に参加することもできるけど、向こうでのスケジュールがまだハッキリしないから。

M：そうですか。わかりました。

F：伝える内容について、後で1時間ほど説明しておきたいんですが。

M：わかりました。私はこれから出かけますが、午後2時までには戻ります。

F：では、また声を掛けますね。

女の人が男の人に、会議について言いたいことは何ですか。

1. 代わりに販売計画をみんなに伝えて欲しい。
2. ネットで会議に参加するつもりだ。

3. 会議の時間を今日の午後に変えたい。
4. 代わりに男の人にベトナムに行ってほしい。

公司裡，男人和女人正在講話。

女：森先生，方便講個話嗎？
男：是，課長，什麼事？
女：其實，我下週突然必須要到越南的工廠一趟。但是，會議也是下週對吧。
男：啊，對啊。課長要向大家發表新產品的販售計畫。
女：所以，我想拜託森先生這件事。
男：是，我知道了。
女：雖然我也可以用連線的方式參與會議，但那邊的行程還不是很清楚。
男：這樣啊，我了解了。
女：關於要公佈的內容，我想待會花一個小時左右先跟你說明。
男：好的。不過我現在要外出，下午兩點前會回來。
女：那麼我再找你喔！

關於會議，女人想對男人說的是什麼？

1. 希望他代替她向大家公佈販售計畫。
2. 打算以連線方式參與會議。
3. 想變更會議的時間至今日下午。
4. 希望他代替她去越南。

㈢ 概要理解・第六回

1番 158 (三) 第6回

大学で女の学生と男の学生がある授業について話しています。

M：だめだ。今学期の成績はあきらめた。
F：ええっ？今学期は始まったばかりだよ。どうしたの？
M：城山先生の「西洋哲学論」っていう授業、ついていけないよ。
F：難しいの？
M：僕は知識を学ぶために、この授業を選んだんだけど、毎回毎回質問されるんだ。「物とはなんだ」とか「君が今見ているのはどんな世界だ」とかね。疲れるんだよ。何も答えられないで、汗をかいているだけ。
F：へえ、おもしろいじゃない？そういうのが哲学なんじゃないの？
M：古代ギリシャとかの哲学者の名前とか言葉を覚えるのかと思ってたからさ。
F：そういうのは高校までの勉強でしょう。自分で考える練習になるんじゃない？その授業。

男の学生はこの授業について何と言っていますか。

1. 知識を覚えるだけなのでつまらない。
2. 質問ばかりされて疲れる。

3. 考(かんが)える練習(れんしゅう)になる良(よ)い授業(じゅぎょう)だ。
4. 今学期(こんがっき)の成績(せいせき)は知識(ちしき)を覚(おぼ)えればだいじょうぶだ。

大學裡，女學生和男學生正在談論某課程。

男：不行了！我放棄這學期的成績了。
女：欸！這學期才剛開始耶！怎麼了？
男：城山老師的「西洋哲學論」，這門課我跟不上。
女：很難嗎？
男：我雖然是為了學習知識而選這門課的，但是我每次都會被問問題。「物質是什麼」、「你現在看到的是什麼樣的世界」啦。覺得很累，什麼都回答不出來，只是一直流汗。
女：欸～很有趣啊！那樣才是哲學不是嗎？
男：因為我以為是要記記古希臘之類的哲學家名字啦這類單詞。
女：那樣是大學以前的學習方式吧。那門課正好能練習自己思考不是嗎？

關於這門課，男學生說了什麼？

1. 只是學習知識所以無趣
2. 一直被問問題覺得很累
3. 是一門練習自己思考的好課程
4. 這學期的成績只要學習到知識就沒問題。

2番 159 (三)第6回

テレビで会社(かいしゃ)の社長(しゃちょう)が話(はな)しています。

F：うちの製品(せいひん)もやっと多(おお)くの方々(かたがた)に使(つか)って頂(いただ)けるようになりましたが、それは最近(さいきん)のことで、以前(いぜん)はなかなか売(う)れず、経営状態(けいえいじょうたい)も悪(わる)かったんです。ところが、ある時(とき)、伝統(でんとう)に注目(ちゅうもく)したことで大(おお)きく変(か)わったんです。昔(むかし)、この町(まち)には伝統的(でんとうてき)な着物(きもの)に関係(かんけい)したお店(みせ)や工場(こうじょう)があって職人(しょくにん)も多(おお)かったんです。そこで、うちの若(わか)い社員(しゃいん)が中心(ちゅうしん)になって、この伝統技術(でんとうぎじゅつ)や伝統(でんとう)の素材(そざい)を取(と)り入(い)れてみたんです。そこからですね、うちの製品(せいひん)が多(おお)くの人(ひと)に注目(ちゅうもく)され始(はじ)めたのは。

社長(しゃちょう)は自分(じぶん)の会社(かいしゃ)の何(なに)について話(はな)していますか。

1. 製品(せいひん)の使(つか)いやすさ。
2. 会社(かいしゃ)ができた時(とき)の様子(ようす)。
3. 会社(かいしゃ)の経営(けいえい)が改善(かいぜん)した理由(りゆう)。
4. 若(わか)い社員(しゃいん)の問題点(もんだいてん)。

電視裡，公司社長正在講話。

女：我們的產品現在終於有許多人在使用，不過這是近來的事，以前賣不太出去，經營狀態也很糟糕。然而，從某個時候開始，因為注重傳統而有了很大的變化。從前，這個城鎮裡有著傳統和服相關的店家與工廠，也有許多職人。因此，以我們公司的年輕職員為中心，將這項傳統技術及傳統素材納入。從這裡開始，我們的產品就開始受到許多人的注意。

關於自己的公司，社長說了什麼？

1. 產品使用容易。
2. 創建公司時的樣子。
3. 公司經營改善的原因。
4. 年輕社員的問題點。

3番 160 (三) 第6回

大学のクラブで女の学生と男の学生が話しています。

F：長澤くん、クラブのみんなで来週行くお花見のこと、聞いてるよね。

M：花見のことは知ってるけど、他に何かあるの？

F：家が公園に近い長澤くんと私が朝公園へ行って場所を取ることになってるのよ。

M：ええっ。聞いてないよ。

F：長澤くん、最近休んでいたから、伝えわすれちゃったのかもしれない。

M：何時に行けばいいの。

F：朝6時。他のみんなは10時に来る。

M：ええ？そんなに朝早くから4時間も待つのか？

F：あの公園は花見をする人がたくさん来るから、早めに行って場所を取らないとね。ところで、実は私、その日、朝からアルバイトが急に入っちゃって。

M：はあ～。わかったよ。ゆっくり一人でゲームでもしながら待ちますよ。

女の学生が言いたいことは何ですか。

1. 朝一緒に公園へ場所を取りに行ってほしい。
2. 自分は都合が悪くなったので、男の学生一人で公園に行ってほしい。
3. 来週、みんなでお花見をすることになった。
4. 公園でゲームをしてほしい。

大學社團裡，女學生正在和男學生講話。

女：長澤，你有聽說社團下週大家要一起去賞花的事吧？

男：賞花的事我知道啊！還有其他事嗎？

女：家裡離公園很近的長澤和我，早上要去公園占位喔！

男：欸……，這我沒聽說耶！

女：長澤最近都沒來，所以可能忘記跟你說了。

男：要幾點去呢？

女：早上六點。其他人十點來。

男：欸～要從那麼早開始等四個小時嗎？

女：很多人會去那個公園賞花，所以不早點去占位不行。對了，其實我那天臨時早上有個打工。

男：喔……，我知道了啦！我一個人打電動慢慢等吧！

女學生想說什麼事？

1. 希望早上一起去公園占位。
2. 因為自己有事，希望男學生一個人去公園。
3. 下週要和大家一起去賞花。
4. 希望他在公園打電動。

㈢ 概要理解・第七回

1番 161 (三) 第7回

女の人がホテルの人と予約のことで話しています。

F：来月、10日から2泊したいんですが、部屋はありますか。できれば、一人部屋を二つお願いしたいんですが。

M：申し訳ありません。来月はもう予約がかなり入っていまして、2泊ですと一人部屋はいっぱいとなっております。

F：そうなんですか。じゃ、一泊ならあるということですか。

M：はい、10日だけでしたら、一人部屋が二つ空いております。

F：じゃ、11日は二人部屋ありますか。

M：ええ、ございます。

F：そうですか。じゃ、仕方ありませんね。それでお願いします。

M：はい、かしこまりました。

女の人は予約について、どのように決めましたか。

1. 予約は諦める。
2. 10日に一泊だけする。
3. 11日に一泊だけする。
4. 10日は一人部屋、11日は二人部屋で予約する。

女人正在和旅館人員談預約的事。

女：下個月10號想住兩個晚上，有房間嗎？可以的話想要兩間單人房。

男：非常抱歉。下個月的訂房已經相當滿，兩個晚上的話，單人房已經滿房。

女：這樣啊。那麼住一個晚上的話還有房間，是嗎？

男：是的，只有10號的話，還有兩間單人房。

女：那麼11號有雙人房嗎？

男：是，有的。

女：這樣啊。那也沒辦法了。那就麻煩你。

男：是的，我知道了。

關於預約，女人最後決定如何？

1. 放棄預約
2. 只住10號一晚
3. 只住11號一晚
4. 預約10號單人房，11號是雙人房

2番 162 (三) 第7回

テレビで女の人が話しています。

F：皆さん、毎晩、よく眠れていますか。人生の三分の一が睡眠だと言われ、食事や運動と同じく、とても大切なものです。現代人の心や体の問題は、この睡眠をきちんととらないことが原因かもしれません。だから、最近では、よく眠るためのベッドや枕も売られていますね。でも、生活習慣も睡眠に大きな関係があるのです。例えば、食事の量や時間です。食べ過ぎないようにしたり、夕食後3時間以上経ってから寝るようにするだけでも睡眠の質は良くなります。まず、生活習慣を見直すことから始めてみましょう。

女の人は何について、話していますか。

1. 良い睡眠のためには、良いベッドや枕を選ぶ必要がある。
2. 人生の半分以上は睡眠だから重要だ。
3. 栄養あるものを食べれば、心と体の問題は解決する。
4. 生活習慣を見直せば睡眠の質は良くなる。

電視裡，女人正在講話。

女：各位，你們每天晚上都睡得好嗎？據說人生的三分之一是睡眠，和吃飯、運動同樣非常重要。現代人的身心問題，其原因也許是沒有好好地睡覺。所以最近改善睡眠的床及枕頭都賣得很好。不過，生活習慣也和睡眠有很大的關係。例如，吃飯的量與時間。盡量不要吃太多，晚餐後經過三小時以上再睡覺，光是這樣也可以讓睡眠品質提升。首先，從重新檢視生活習慣開始試試吧！

女人在講什麼事？

1. 為了良好的睡眠，選擇好的床和枕頭是必要的。
2. 人生有一半以上是睡眠所以很重要。
3. 只要吃有營養的東西，身心的問題就可以解決。
4. 只要重新檢視生活習慣就能讓睡眠品質提升。

3番 163 (三)第7回

柔道の試合の後、女の人と男の選手が話しています。

F：お疲れさま。どう？勝った今の気分は。

M：まだ試合は終わってない。一人に勝っただけ。まだ相手は何人もいるんだ。

F：そうだよね。優勝候補の選手に勝ったんだからって、私の方が喜んじゃった。でも、まだまだ、これからよね。

M：ああ。でも、今の試合は少し自信になったよ。この一年間、柔道の事だけに集中して、他人の何倍も練習してきた。さっきの相手は本当に強かったから、おれが負けるかもしれないから必死だったけど、でも、心はずっと冷静だった気がする。それが自分でも不思議なくらいなんだ。

F：そうか。そうなんだね。とにかく、次の試合もがんばってね。

男の選手は試合についてどう言っていますか。

1. 努力してきた自分が勝つのは当然だ。
2. 強い相手だったから、勝てたのが不思議だ。
3. 強い相手だったが、冷静に試合ができて自信が出た。
4. 何とも思わない。

柔道比賽後，女人和男選手正在講話。

女：辛苦了。如何？獲勝之後的心情。
男：比賽還沒有結束。只是贏了一人而已。對手還有很多人。
女：說的也是。因為是贏了最有希望獲得冠軍的選手，是我太高興了。不過，還沒結束，接下來還有對吧！
男：是啊！不過，剛剛的比賽讓我稍微變得有點自信了。這一年，我只專注在柔道一件事，比其他人多好幾倍的練習。剛才的對手真的很強，因為也許會輸，所以我拚了命，不過感覺心裡是保持冷靜的。我自己也覺得不可思議。
女：是嗎！是這樣啊！總而言之，下一場比賽也要加油啊！

關於比賽，男選手說了什麼？

1. 自己一直以來都很努力，獲勝是當然的。
2. 因為對手很強，獲勝覺得不可思議。
3. 雖然對手很強，但能夠冷靜地比賽，有了自信心。
4. 什麼都沒想。

㈢ 概要理解・第八回

1番 164 (三)第8回

テレビで男のアナウンサーと女の人が話しています。

M：アメリアさんはイギリスから日本に来られて40年、この村に住んでいらっしゃるそうですね。
F：はい、ここの自然と伝統的な家、ここの生活スタイルが気に入って住み始めました。
M：確かに自然が豊かですし、家は古いですが快適そうです。でも、不便ではないですか。それに冬は寒いでしょう？
F：この家は二百年以上前に建てられたものですが、まだまだだいじょうぶ。私は便利になりたいわけじゃなくて、生活を楽しみたくて生きているんです。自然と一緒に生活をしたいんです。夏は涼しい風、冬は暖かい囲炉裏の火を感じたいんです。

M：なるほど。アメリアさんの書いた本はどれも、とても人気があります。アメリアさんのような生活をしたいと感じている人が多いのかもしれませんね。

女の人が言いたいことは何ですか。

1. 物は古いものほど良い。
2. 都会の生活は嫌いだ。
3. 自然の中での生活を楽しみたい。
4. 本を書けば売れるので生活には困らない。

電視裡，男播報員正在和女人講話。

男：Amelia 小姐，聽說您從英國來到日本四十年，一直住在這個村莊對吧？

女：是的，喜歡這裡的大自然、傳統的家屋，和這裡的生活風格，而開始住在這裡。

男：確實有豐富的大自然，屋子雖然老舊卻看起來舒適。不過，沒有不方便的地方嗎？而且冬天也很冷吧？

女：這棟屋子雖然是兩百年以前所建造，但還非常堅固。我並不是想要方便，而是想要享受著生活而活。想和大自然一起生活。夏天有涼爽的風，冬天想感受溫暖的爐火。

男：原來如此。Amelia 小姐寫的書，每一本都很受歡迎。也許有很多人想要過像 Amelia 小姐這樣的生活吧。

女人想說的是什麼？

1. 物品越舊越好。
2. 討厭都市生活。
3. 想在大自然中享受生活。
4. 只要寫書就能熱賣，所以生活無虞。

2番 165 (三) 第8回

テレビでアナウンサーが話しています。

F：ここは、東京都とほぼ同じ面積の国が管理する自然公園です。大部分は高い山と深い森で、その中にいくつもの美しい湖があり、川が流れています。ここの大自然は大切に守られていて、便利なショッピングセンターなどはありませんが、スキー、登山、ボート、サイクリングなど、四季それぞれ豊かな自然の中でのスポーツができます。もちろん、温泉やキャンプなどを楽しめる場所もたくさんあり、自然好きの人なら飽きることはないでしょう。

女の人は自然公園の何について話していますか。

1. 大自然の中でスポーツができる。
2. 遊びに行ける季節が限られている。
3. 便利なショッピングセンターもあるので困らない。
4. 自然公園は東京都にある。

電視裡，播報員正在講話。

女：這裡是和東京都面積幾乎相當的國家管理自然公園。大部分是高山及鬱鬱森林，其中也有好幾個美麗的湖泊，小溪流淌。這裡的大自然被好好保護著，雖然沒有便利的購物中心等等，但有滑雪、登山、划船、自行車環遊等，可以在四季豐富的自然中運動。當然，也有許多能享受溫泉、野營等的場所。喜歡大自然的人一定不會感到厭倦吧！

關於自然公園，女人說了什麼？

1. 可以在大自然中運動。
2. 能夠去遊玩的季節有限制。
3. 因為也有便利的購物中心等不會感到困擾。
4. 自然公園在東京都裡。

3番 166 (三)第8回

アパートの前で管理人の男の人と女の人が話しています。

F：管理人さん、こんにちは。

M：あ、佐藤さん、こんにちは。

F：管理人さん、私の隣の部屋の高橋さんになんとか言ってもらえませんか。最近、毎晩うるさくて眠れないんです。この前、会った時に高橋さんに言ったんですが「気を付けます」って。でも、変わらないんです。

M：どうしたんでしょうね。

F：高橋さん、外国育ちでしょう。それで、最近、その外国の友だちが遊びに来ているらしいんです。高橋さんは良い人だし、友だちに会えて嬉しい気持ちは分かりますけどね。高橋さん、日本語はまだ勉強中だし日本の生活のことも分かってないみたいだし、どう言っていいか分からないんです。

M：そうですか。わかりました。今度、私が話してみましょう。はっきり伝えれば分かってくれますよ。

F：お願いします。

女の人が言いたいことは何ですか。

1. 高橋さんにアパートから出て行ってほしい。
2. アパートでうるさくしないでほしい。
3. 日本語をしっかり勉強してほしい。
4. 外国の習慣や文化を教えてほしい。

公寓前，男管理員正和女人講話。

女：管理員先生，你好。

男：啊，佐藤小姐，你好。

女：管理員先生，你能向我隔壁房間的高橋先生說說嗎？最近每晚都吵得讓我無法睡覺。之前遇到高橋先生時已經說過了，他說「會注意」。但還是沒有改善。

男：是發生什麼事了呢？

女：高橋先生是在國外長大的吧。所以最近好像是那些國外的友人來玩。高橋先生人很好，和朋友見面高興的心情我也是可以理解。高橋先生也還在學習日語中，似乎也不太了解日本的生活，所以我不知道要怎麼跟他說。

男：這樣啊！我了解了。下次我會說看看。清楚表達的話他應該會理解的。

女：麻煩你了。

女人想說什麼事？

1. 希望高橋先生搬離公寓。
2. 希望在公寓內不要喧嘩。
3. 希望他好好學日語。
4. 希望他告訴她外國的習慣與文化。

㈢ 概要理解・第九回

1番 167 (三) 第9回

大学の事務の人が留学生に話しています。

M：このアパートの部屋は全部、うちの学校が借りているので、住んでいるのはうちの学校の学生だけです。日本人学生も留学生もいます。3年生の学生に管理を頼んであるので、細かいことは、後で教えてくれると思います。最近、ゴミの出し方や騒音のことで、近所の人から大学に何度も連絡が来ているんです。とにかく、近所の人に迷惑をかけないように、ルールを守るようにしてください。お願いしますね。

大学の事務の人は何について話していますか。

1. ゴミの出し方
2. いろいろな学校の学生がいるのでルールを守ることが大切だ。
3. 近所の人にルールを教えてもらう必要がある。
4. アパートでの生活は周囲の人に迷惑をかけないことが大切だ。

大學事務員正在跟留學生講話。

男：這間公寓的房間全部都由我們學校承租，所以只有住我們學校的學生。有日本人學生也有留學生。由三年級的學生負責管理，因此細節事項我想稍後會再告訴你。最近，因為垃圾的丟棄方式和噪音的事，附近居民好幾次向大學聯絡。總之，請遵守規定，不要造成附近居民的困擾。麻煩你了。

大學事務員在說什麼事？

1. 垃圾的丟棄方式。
2. 因為有各校的學生因此遵守規定很重要。
3. 有必要讓附近的人來教導規矩。
4. 公寓生活很重要的是不要造成周圍的人的困擾。

2番 168 (三)第9回

男の人と女の人が話しています。

F：鈴木くん、犬を連れて旅行によく行くって言ってたでしょう。私も今度の夏休みは、うちの犬を連れて旅行に行こうと思っているんだけど、だいじょうぶかな。

M：ペット連れでも泊まれるホテルもたくさんあるから、ちゃんと調べてから行けば大丈夫だと思うけど、木村さんの犬、一匹じゃないよね。

F：うん。3匹よ。

M：それは大変だよ。一匹しか連れて入れない場所もあるし、乗り物も難しくなるしね。他の方法、考えた方が良いんじゃない？

F：そうかあ。

M：あ、そうだ。駅前にペット用ホテルができたの、知ってる？あそこに預ければいいんじゃない？

F：あ、そうか。そうね。じゃ、すぐ調べてみる。

二人は何について話していますか。

1. 犬を連れて旅行する楽しさ。
2. ほとんどのホテルはペット連れでは泊まれないこと。
3. 女の人の犬を男の人に預けるということ。
4. 女の人が旅行に行く時、犬をどうするかということ。

男人和女人正在講話。

女：鈴木先生，你說過你經常帶著狗旅行對吧。這個暑假我也想帶我家的狗去旅行，不知道會不會有問題。

男：有很多旅館可以帶著寵物入住，先查好再去的話應該就沒問題。木村小姐的狗不只一隻吧？

女：嗯，有三隻。

男：那樣會很辛苦喔！因為有些地方只能帶一隻寵物進去，搭乘交通工具也會變得困難。考慮一下其他方法比較好吧？

女：這樣啊。

男：啊對了，車站前的寵物旅館蓋好了，你知道嗎？寄放在那邊就可以了。

女：啊，對喔。也是。那我查看看。

兩人正在談什麼？

1. 帶著狗旅行的快樂。
2. 大部分的旅館都無法帶寵物入住。
3. 女人要把狗寄託給男人。
4. 女人去旅行時，狗該怎麼辦。

3番 169 (三)第9回

ラジオでアナウンサーが話しています。

F：この数年、天候異常の影響がいろいろな所で出ています。特に今年は、去年から続く夏の暑さ、大雨や台風などが原因で、木の実などの山の食糧が少なくなり、山にいるはずの熊や猿が近くの村や町など人の住む地域に出てくることが増えています。そして、農作物が食べられたり住民がケガをするなどの被害も出始めています。日本全国で同じような被害や事故が起きています。山の近くにお住いの方はもちろん、観光で行かれる方も十分にお気を付けください。

アナウンサーは何について話していますか。

1. 天候異常が原因で農作物に被害が出ている。
2. 山に行く時は、動物にやる食べ物を持って行くべきだ。
3. 熊や猿による農作物や人への被害が増えている。
4. 天候異常が原因で山の動物が少なくなってしまった。

廣播裡，播報員正在講話。

F：這幾年，在許多地方都出現天候異常的影響。尤其是今年，從去年開始的酷暑、大雨及颱風等原因，果實等山中食糧減少，本應在山中的熊及猴子，出現在附近村落等人類居住的區域的狀況增多了。而且也出現農作物被吃掉，居民受傷等災情。在日本全境都有類似的受災及事故出現。除了住在山附近的居民，去觀光的人也請十分注意。

播報員正在說什麼事？

1. 因為天候異常，農作物出現災情。
2. 去山裡時，應該攜帶餵食動物的食物。
3. 熊及猴子帶來的農作物及人的災害增加了。
4. 因為天候異常，山裡的動物減少了。

㈢ 概要理解・第十回

1番 170（三）第10回

ラジオでスポーツ選手が話しています。

M：オリンピックで金メダルを獲ることが、子供の頃からの夢で目標でした。やっとオリンピック選手に選ばれて、もっと頑張ろうと思った時に、病気になりました。夢も目標も生きる力も失いました。でも、ある時、両親のことを考えていたら、急に「これじゃ、いけない」と思ったんです。子供の頃から今まで、両親は全力で私を助けてくれています。夢も治療も、まだ結果は出ていないのに、私が勝手に諦めるわけにはいかないと思ったんです。

このスポーツ選手が伝えたいことは何ですか？

1. スポーツ以外の仕事を見つけなければならないということ。
2. 夢や目標も病気の治療もまだ諦めないということ。
3. 両親にプレゼントをするということ。
4. オリンピックの夢は諦めたということ。

廣播裡，運動選手正在講話。

男：在奧運中獲得金牌，是我從小的夢想也是目標。當我終於被選為奧運選手，想更加努力時，就生病了。失去了夢想、目標還有生存動力。但是，當有一次想到我的父母親，突然有了「這樣的話不行」的想法。從小時候至今，父母親都全心全力的幫助我。夢想、治療，明明都尚未有結果，我想我也不能輕言放棄。

這個運動選手想傳達的是什麼？

1. 必須找運動以外的工作。
2. 夢想、目標和疾病的治療都還不能放棄。
3. 送父母親禮物。
4. 放棄奧運的夢想。

2番 171 (三) 第10回

女の人と男の人が話しています。

F：あら、田中さん。どうなさったんですか。

M：ええ、笑うと痛くて。ひどい目にあっちゃいましてね。

F：ええ。

M：昨日公園をのんびり散歩していたら、急に目の前にボールか飛んできて。

F：まあ、危ない。

M：それで、とっさに足を広げて、こうやって腕を伸ばして。

F：ええ、ええ、それで。

M：手でボールを取ろうとしたんですが、取れなくて、ほおに当たって……。

F：あらー。

M：こうなっちゃったというわけです。

F：まあ、お大事に。

M：どうも。

男の人が言いたいことは何ですか。

1. 公園にいるとき、ボールでけがをしてしまった。
2. 公園へ行って、ボールで遊んでいた。
3. 公園へ行って、運動をしていた。
4. 公園で、ひどいことをしてしまった。

男女兩人正在交談。

女：田中先生，您怎麼了啊？
男：只要一笑就會痛，我遇到了很倒楣的事情。
女：是喔。
男：我昨天在公園悠閒散步的時候，突然眼前飛來一個球。
女：好危險。
男：然後我就立刻把腳張開，像這樣伸長手臂。
女：喔喔，然後呢？
男：我本來打算用手接球的，可是沒接到，球就打到了我的臉頰……。
女：哎呀……。
男：所以就變成現在這樣了。
女：您要保重啊。
男：謝謝。

男人想說的事情是什麼？

1. 在公園因為球而受傷。
2. 去公園玩球。
3. 去公園運動。
4. 在公園做了過分的事。

3番 172 (三) 第10回

テレビでアナウンサーが話しています。

F：今日は水浜水族館からお伝えします。多くのお客さんが来ています。水浜水族館は魚をはじめ、イルカ、ペンギンなどいろいろな生き物がいます。海や川の生き物との距離がとても近く、その顔や体、動きなど、近くでよく観察することができるんです。予約をすれば、係りの人が案内してくれて、ペンギンやイルカなどに直接えさをやることもできるんですよ。お客さんが集まるのも納得ですね。今はアザラシの赤ちゃんも見られるそうです。

アナウンサーは何について話していますか。

1. 水族館のお客さんの様子。
2. この水族館が人気のある理由。
3. 海や川の生き物の可愛らしさ。
4. 今特に人気のある生き物。

播報員在電視上說話。

女：今天我們在水濱水族館為各位報導，現場看到許多的遊客。水濱水族館從魚到海豚、企鵝等等各式生物都有，與河川海洋生物之間的距離非常近，所以可以仔細地觀察其臉孔、身體以及動作。如果有預約的話，工作人員會直接帶您給企鵝、海豚餵食。我們可以了解為什麼會有這麼多遊客了。現在的話，可以看到小海豹喔！

播報員正說什麼？

1. 水族館的遊客的情形。
2. 這家水族館受歡迎的理由。
3. 河川海洋生物的可愛。
4. 現在特別受歡迎的生物。

㈣ 發話表現・第一回

1番 174 (二)第1回 P.127

会場(かいじょう)は人(ひと)がいっぱいで、座(すわ)れるかどうかわかりません。係(かかり)の人(ひと)に、何(なん)と言(い)いますか。

F：1. あのう、空(あ)いている席(せき)、ありませんか。
2. あのう、ここに席(せき)を取(と)ることにしませんか。
3. あのう、ちょっと座(すわ)ってもらえませんか。

會場的人潮擁擠，不知是否有位子坐，要對工作人員說什麼？

1. 請問有空位嗎？
2. 嗯，我們在這裡佔位子好嗎？
3. 嗯，請您坐下好嗎？

2番 175 (四)第1回 P.127

友達(ともだち)のカメラを借(か)りて、使(つか)ってみたいです。何(なん)と言(い)いますか。

F：1. ねえ、これもらいたいんだけど。
2. ねえ、写真(しゃしん)に写(うつ)るんじゃない。
3. ねえ、このカメラで撮(と)ってみたい。

想向朋友借相機來試拍照片，該說什麼？

1. 誒，我想拿這個。
2. 誒，照片裡會照進去。
3. 誒，我想試試這部相機拍照。

3番 176 (四) 第1回 P. 128

予約（よやく）した切符（きっぷ）を、駅（えき）の機械（きかい）で受（う）け取（と）ります。機械（きかい）の使（つか）い方（かた）がわかりません。駅員（えきいん）に何（なん）と言（い）いますか。

F：1. どうやって受（う）け取（と）るのか教（おし）えましょうか。
　 2. 受（う）け取（と）りはどうすればいいんですか。
　 3. 切符（きっぷ）を予約（よやく）したらどうでしょうか。

訂好的車票要在車站的機器取票，不知道機器的使用方法，該對站務員說什麼？

1. 要不要我教你如何取票？
2. 要怎麼取票？
3. 訂票如何？

4番 177 (四) 第1回 P. 128

クラスメートに昨日（きのう）のノートを見（み）せてもらいたいです。何（なん）と言（い）いますか。

F：1. 悪（わる）いんだけど、昨日（きょう）のノート、ちょっと見（み）せて。
　 2. あのう、実（じつ）は、ノート、見（み）せるんだって。
　 3. ねえ、このノート、見（み）せたかったらいいよ。

希望同學給自己看昨天的筆記，該說什麼？

1. 不好意思，可以給我看昨天的筆記嗎？
2. 嗯，其實聽說會給別人看筆記。
3. 嗯，這個筆記想給別人看的話，沒問題喔。

(四) 發話表現・第二回

1番 178 (四) 第2回 P. 129

カフェで客（きゃく）に注文（ちゅうもん）を聞（き）きます。客（きゃく）に何（なん）といいますか。

M：1. ご注文（ちゅうもん）をお聞（き）きください。
　 2. ご注文（ちゅうもん）はお決（き）まりになりましたか。
　 3. 注文（ちゅうもん）してもよろしいですか。

在咖啡廳向客人詢問點餐內容，該向客人說什麼？

1. 請您問點餐。
2. 您要點餐了嗎？
3. 我可以點餐嗎？

2番 179 (四)第2回 P.129

犬(いぬ)にチョコレートをやってはいけません。友達(ともだち)たちに注意(ちゅうい)します。何(なん)といいますか。

F：1. チョコレート、気(き)をつけてやってね。
2. チョコレート、やっちゃだめだよ。
3. チョコレート、やるなって言(い)ってないよ。

告誡朋友不可以給小狗吃巧克力，該說什麼？

1. 給小狗吃的時候要小心喔。
2. 不可以給小狗吃巧克力。
3. 沒說不可以給小狗吃巧克力。

3番 180 (四)第2回 P.130

客(きゃく)にリゾートホテルを案内(あんない)します。何(なん)といいますか。

F：1. ホテルの中(なか)を案内(あんない)していただきます。
2. ホテルの中(なか)をご案内(あんない)します。
3. ホテルの中(なか)の案内(あんない)をお願(ねが)いします。

帶客人了解渡假飯店，該說什麼？

1. 帶我參觀渡假飯店。
2. 我帶您參觀渡假飯店。
3. 麻煩您帶我參觀渡假飯店。

4番 181 (四)第2回 P.130

クラスメートみんなの写真(しゃしん)を撮(と)ります。みんなにカメラのほうを見(み)てほしいです。何(なん)といいますか。

M：1. 私(わたし)、写(うつ)ってる。
2. ねえ、写真(しゃしん)を撮(と)って。
3. みんな、こっちむいて。

要拍全班的照片，希望每個人都看著相機，該怎麼說？

1. 我在照片中。
2. 嘿，請拍張照。
3. 大家，看這裡。

(四) 發話表現・第三回

1番 182 (四)第3回 P.131

自分(じぶん)たちの写真(しゃしん)を撮(と)ってほしいです。近(ちか)くにいる人(ひと)に何(なん)と言(い)いますか。

F：1. あのう、写真(しゃしん)をとってもよろしいでしょうか。
2. あのう、写真(しゃしん)をとっていただけませんか。
3. あのう、写真(しゃしん)をおとりしましょうか。

希望對方幫自己拍照，要對附近的人說什麼呢？

1. 嗯，可以拍照嗎？
2. 嗯，可以幫我們拍照嗎？
3. 嗯，我幫你拍照好嗎？

2番 183 (四) 第 3 回 P. 131

子どもがうちを出ます。テーブルに弁当があります。何と言いますか。

F：1. ねえ、弁当忘れてるんじゃない？
　　2. ねえ、弁当もっていかないでよ。
　　3. ねぇ、弁当おいておかない？

孩子要出門，餐桌上放了便當，該說什麼？

1. 誒，你是不是忘了便當？
2. 誒，不要把便當拿走啊。
3. 誒，要不要把便當放著？

3番 184 (四) 第 3 回 P. 132

事務室に入りましたが、係員がいません。係員を呼びたいです。何と言いますか。

F：1. すみませんが、どちらさまでしょうか。
　　2. あのう、こちらはいかがですか。
　　3. すみません、どなたかいらっしゃいませんか。

進入辦公室後，工作人員不在，要找工作人員，該說什麼？

1. 不好意思，您是哪位？
2. 誒，這個如何？
3. 不好意思，有人在嗎？

4番 185 (四) 第 3 回 P. 132

授業が終わりました。女の学生が片付けているテーブルといすを今から使います。何と言いますか。

M：1. 片付けていってくれませんか。
　　2. そのままにしておいてください。
　　3. テーブルといすを使ってもらえますか。

下課了，女學生在收拾的桌子椅子等一下還要使用，該說什麼？

1. 可以幫我整理嗎？
2. 就這樣擺著不用動。
3. 可以請您使用桌子椅子嗎？

(四) 發話表現・第四回

1番 186 (四) 第 4 回 P. 133

後輩（こうはい）が財布（さいふ）を忘（わす）れて困（こま）っています。後輩（こうはい）に何（なん）といいますか。

M：1. お金（かね）、貸（か）そうか？
2. お金（かね）、貸（か）してくれる？
3. 借（か）りてもいいよ。

學弟忘了錢包，正傷腦筋。該對學弟說什麼？

1. 要我借你錢嗎？
2. 可以借我錢嗎？
3. 我可以借你啊。

2番 187 (四) 第 4 回 P. 133

アレルギーで牛乳（ぎゅうにゅう）が飲（の）めません。お菓子（かし）に牛乳（ぎゅうにゅう）が入（はい）っているかどうか知（し）りたいです。店（みせ）の人（ひと）に何（なん）といいますか。

F：1. 牛乳（ぎゅうにゅう）を入（い）れなくていいですか。
2. このお菓子（かし）は牛乳（ぎゅうにゅう）を使（つか）っていますか。
3. 牛乳（ぎゅうにゅう）を飲（の）まなきゃならないんですか。

因為過敏不能喝牛奶，想知道點心裡是否有加牛奶，該對店裡人的說什麼？

1. 可以不加牛奶嗎？
2. 這個點心有使用牛奶嗎？
3. 一定要喝牛奶嗎？。

3番 188 (四) 第 4 回 P. 134

記念写真（きねんしゃしん）に先生（せんせい）のサインがほしいです。先生（せんせい）に何（なん）といいますか。

F：1. サインをもらってきてくださいませんか。
2. どちらにサインをいたしましょうか。
3. こちらにサインをいただきたいんですが。

拿紀念照片給老師簽名，該對老師說什麼？

1. 可以請您來拿簽名嗎？
2. 在哪裡簽名好呢？
3. 我想請老師在這裡簽名。

4番 189 (四) 第 4 回 P. 134

テニスの試合（しあい）を見（み）に行（い）きます。試合（しあい）が始（はじ）まりそうです。友達（ともだち）に何（なん）といいますか。

F：1. ねえ、急（いそ）がないと。
2. さっき、始（はじ）まったところだよ。
3. もう始（はじ）めちゃったね。

兩人去看網球比賽，比賽就要開始了。該對朋友說什麼？

1. 誒，得快點。
2. 先前才剛開始喔。
3. 已經開始了。

㈣ 發話表現・第五回

1番 190 (四) 第 5 回 P. 135

新製品を説明しています。資料を見てもらいたいです。何と言いますか。

F：1. こちらでお目にかかります。
　2. こちらをご覧ください。
　3. お見せくださいますか。

說明新產品，希望大家看資料，該說什麼？

1. 在這裡見面。
2. 請看這邊。
3. 請您給我看好嗎？

2番 191 (四) 第 5 回 P. 135

書類を受け取ります。サインするところがわかりません。何と言いますか。

M：1. どこにサインが書いてありますか。
　2. どこでサインを渡しましょうか。
　3. どこにサインをすればいいですか。

收取文件，不知道要簽名在哪裡，該說什麼？

1. 哪裡有寫簽名？
2. 要把簽名交到哪裡？
3. 要在哪裡簽名呢？

3番 192 (四) 第 5 回 P. 136

今日はおなかがすごくすいています。ご飯を普通より多くしてほしいです。何と言いますか。

M：1. ご飯、多すぎるんですけど。
　2. ご飯、もうけっこうです。
　3. ご飯、多めでお願いします。

今天非常餓，希望飯量多一些。該說什麼？

1. 飯太多了。
2. 飯不用了。
3. 飯請給多一些。

4番 193 (四) 第 5 回 P. 136

おいしそうな店を見つけました。友達を誘って、一緒に入りたいです。何と言いますか。

F：1. ここ、食べなきゃいけない。
　2. ここ、ちょっと食べに行かない？
　3. ここ、この前入ったよね。

看到似乎好吃的餐廳，想邀朋友一起進去。該說什麼？

1. 這裡，一定得吃。
2. 要不要去吃這間？
3. 這間我們之前進去過了，對吧？

(四) 發話表現・第六回

1番 194 (四)第6回 P.137

パソコンを忘(わす)れたので、友達(ともだち)のパソコンを借(か)りたいです。何(なん)と言(い)いますか。

F：1. そのパソコン、ちょっと使(つか)わせてもらってもいい？
2. ぜひ、そのパソコン使(つか)ってみて。
3. そのパソコン、使(つか)ってみるといいよ。

忘了帶筆電，想跟朋友借筆電。該說什麼？
1. 這個筆電可以借我用一下嗎？
2. 請一定要用這部筆電。
3. 這部筆電，試用一下就好了。

2番 195 (四)第6回 P.137

レストランで、自分(じぶん)が注文(ちゅうもん)していない料理(りょうり)が来(き)ました。何(なん)と言(い)いますか。

F：1. それを食(た)べたらどうですか。
2. それ、頼(たの)んでないんですけど。
3. えっと、違(ちが)う料理(りょうり)にしませんか。

在餐廳裡，服務生送來了自己沒有點的餐點。該說什麼？
1. 要不要試試吃那個？
2. 那個我沒有點。
3. 嗯～，點不一樣的餐點吧？

3番 196 (四)第6回 P.138

ここに荷物(にもつ)は置(お)けません。友達(ともだち)に注意(ちゅうい)します。何(なん)と言(い)いますか。

F：1. ここに置(お)いちゃいけないんじゃない？
2. ここにしまわなくちゃね。
3. ここに止(と)まるなって書(か)いてあるよ。

告誡朋友這裡不可以放行李，該說什麼？
1. 不能擺這裡喔。
2. 得收到這裡。
3. 這裡寫了「禁停」喔。

4番 197 (四)第6回 P.138

入場時間(にゅうじょうじかん)になりましたが、まだ入(はい)れません。係員(かかりいん)に聞(き)いてみます。何(なん)と言(い)いますか。

F：1. すみません、あと何分(なんぷん)で入場(にゅうじょう)されますか。
2. あの、何時(なんじ)に入(い)れてもらえるんでしょうか。
3. この会場(かいじょう)は何時(なんじ)まで閉(し)まっていますか。

到了入場時間，還不能進場。詢問服務人員。要說什麼？

1. 不好意思，還有幾分您要入場？
2. 嗯，幾點可以讓我們入場呢？
3. 這個會場，到幾點關閉？

(四) 發話表現・第七回

1番 198 (四) 第 7 回 P. 139

道で前を歩いている人のハンカチを拾いました。何と言いますか。

F：1. ハンカチ、落としましたよ。

2. ハンカチが捨ててありますよ。

3. ハンカチを忘れてしまったんですか。

在路上撿到走在前面的人的手帕，該說什麼？

1. 您的手帕掉了喔。
2. 手帕丟了喔。
3. 您忘了手帕嗎？

2番 199 (四) 第 7 回 P. 139

後輩が郵便局へ行きます。アメリカへの荷物も郵便で送ってほしいです。何といいますか。

F：1. この荷物、持ってってあげようか。

2. これもついでに出して来てくれない？

3. こっちの荷物も一緒にお願いしない？

學弟要去郵局，想要對方寄包裹去美國。該說什麼？

1. 這個包裹，我幫你拿吧！
2. 這個也可以順便幫我寄嗎？
3. 這個包裹要不要一起拜託？

3番 200 (四) 第 7 回 P. 140

図書館でパソコンを使いたいです。何と言いますか。

M：1. よかったら、パソコンお貸ししましょうか。

2. すみませんが、パソコンをお使いください。

3. あのう、パソコンをお借りできますか。

在圖書館中，想使用電腦，自己卻沒帶。該說什麼？

1. 可以的話，我借你電腦如何？
2. 不好意思，請用電腦。
3. 嗯，可以跟您借電腦嗎？

4番 201 (四)第7回 P.140

留学するので、先生に知らせます。何と言いますか？

F：1. 留学されるそうですよ。
2. 留学先には、必ず伺います。
3. 今度留学することになりました。

向老師報告自己要去留學，該說什麼？

1. 聽說要去留學了喔。
2. 我一定會去拜訪您留學的地方。
3. 我要去留學了。

(四) 發話表現・第八回

1番 202 (四)第8回 P.141

コピー機が故障しています。同僚に何と言いますか？

F：1. お先にどうぞ。
2. 今、使えないようですよ。
3. 動かないでくださいね。

影印機不會動了，該跟同事說什麼？

1. 我先走了。
2. 現在似乎不能用喔。
3. 請不要動喔。

2番 203 (四)第8回 P.141

シャツのボタンがありません。息子に何と言いますか。

F：1. ボタン、これなんじゃない？
2. ボタン、もらっとくね。
3. ボタン、取れてるよ。

襯衫的扣子不見，要對兒子說什麼？

1. 鈕扣不是這個嗎？
2. 鈕扣我拿了喔。
3. 你的鈕扣掉了喔。

3番 204 (四)第8回 P.142

図書館です。イヤホンの音がうるさいかどうか聞きたいです。隣の人に何と言いますか。

F：1. 音、きちんと聞こえますか？
2. 音、気になりますか？
3. 音、大きく聞けますか？

在圖書館裡，問對方耳機的聲音是否會太吵。該對身旁的人說什麼？

1. 聲音聽得很清楚嗎？
2. 您會在意聲音嗎？
3. 可以聽得很大聲嗎？

4番 205 (四) 第 8 回 P. 142

コーピーを注文(ちゅうもん)したのに、ワインが来(き)ました。何(なん)と言(い)いますか。

F：1. これはコーヒーより、ワインですか。

2. どういうわけで、ワインを持(も)って来ましたか。

3. あのう、コーヒーを頼(たの)んだはずですけど。

點了咖啡，但是送來的是葡萄酒。要說什麼？

1. 這個不是咖啡，是酒嗎？
2. 是什麼緣故送酒來呢？
3. 嗯～，我點的應該是咖啡。

(五) 即時應答・第一回

1番 207 (五) 第 1 回 P. 143

M：もう 5 時(じ)だね。暗(くら)くならないうちに帰(かえ)ろう。

1. 本当(ほんとう)だ。まだ暗(くら)くないね。
2. どうして帰(かえ)っちゃだめなの？
3. うん、そうしようか。

男：已經 5 點了啊，趁著天還沒黑我們回家吧！

1. 真的耶，還沒天黑耶。
2. 為什麼不可以回家？
3. 嗯，就這麼辦吧！

2番 208 (五) 第 1 回

F：この靴(くつ)、汚(きたな)いね。洗(あら)ったほうがいいんじゃない？

1. やっぱりそう思(おも)う？
2. 洗(あら)ったばかりなんだね。
3. 早(はや)く使(つか)ったほうがいいね。

女：這鞋還真髒，洗一洗吧？

1. 果然你也這樣覺得，對吧？
2. 是才剛洗吧？!
3. 趕快使用比較好。

3番 209（五）第1回

F：三田(みた)さん、けがの具合(ぐあい)はどうですか。

1. 元気(げんき)になるといいですね。
2. おかげさまで。もうだいぶよくなりました。
3. もう下(さ)がりましたよ。

女：三田你的傷勢怎麼樣了？

1. 如果精神好就好了。
2. 托您的福，已經好得差不多了。
3. 已經退了。

4番 210（五）第1回

M：アクセサリーが欲(ほ)しいんだけど、一緒(いっしょ)にお店(みせ)に行(い)って選(えら)んでくれない？

1. え、私(わたし)が選(えら)ぶの？
2. ああ、行(い)ったことあるよ。
3. もう一緒(いっしょ)に買(か)ったらどう？

男：我想要買飾品，可以跟我一起去店裡選嗎？

1. 啊，我選嗎？
2. 嗯，我有去過。
3. 再一起買如何？

5番 211（五）第1回

M：鈴木(すずき)さん、先週(せんしゅう)のレポート、書(か)き終(お)わった？

1. レポートやっと完成(かんせい)したんですか。
2. あっ、できたので、見(み)ていただけますか。
3. 授業(じゅぎょう)なら、もう終(お)わったみたいですよ。

男：鈴木，上個禮拜的報告，你寫完了嗎？

1. 報告終於寫完了啊？
2. 是的，完成了。您可以幫我看一下嗎？
3. 如果是課程的話，似乎已經結束了喔。

6番 212（五）第1回

M：先生(せんせい)にご挨拶(あいさつ)したいんですが、いらっしゃいますか。

1. 今席(いませき)を外(はず)しています。
2. ええ、会(あ)いたいですね。
3. いつ挨拶(あいさつ)したんですか。

男：我想向老師打聲招呼，老師在嗎？

1. 老師現在不在位子上。
2. 嗯，很想見吧？
3. 什麼時候打過招呼了？

7番 213 (五)第1回

M：あのう、山田商事(やまだしょうじ)の方(かた)でいらっしゃいますか。

1. はい、私(わたし)は来(き)ましたけど。
2. こちらは山田様(やまださま)です。
3. いえ、あちらの方(かた)がそうです。

男：請問您是山田商事的人嗎？

1. 是的，我來了。
2. 這位是山田先生。
3. 不是，似乎那一位才是。

8番 214 (五)第1回

M：彼女(かのじょ)にあんなことを言(い)って、怒(おこ)るのも当然(とうぜん)だよ。

1. つい、これから気(き)をつける。
2. 確(たし)かに私(わたし)も意外(いがい)だった。
3. 彼女(かのじょ)は怒(おこ)ってないの？

男：你跟你女朋友說那種話，你女朋友生氣也是當然的。

1. 不小心就說了。以後我會小心。
2. 的確我也很意外。
3. 她沒在生氣嗎？

9番 215 (五)第1回

M：ほとんど食(た)べてしまったから、もう片付(かたづ)けとこうか。

1. もう片付(かたづ)けてあるの？
2. もうちょっと後(あと)でもよくない？
3. 食(た)べる前(まえ)にしようよ。

男：幾乎都吃完了，整理一下吧！

1. 已經整理好了？
2. 再等一下好嗎？
3. 在吃之前整理吧！

㈤ 即時應答・第二回

1番 216 (五)第2回

M：あの、誘(さそ)ってくださった来週(らいしゅう)の飲(の)み会(かい)ですけど、行(い)けなくなっちゃいまして。

1. そうですか。じゃ、また今度(こんど)誘(さそ)いますね。
2. えっ？飲(の)み会(かい)、やらないことになったんですか。
3. 来週(らいしゅう)、行(い)けるんですね。

男 ：你邀我的下禮拜喝酒聚會，我不能去了。

1. 這樣啊，下次我再約你。
2. 啊？喝酒聚會不辦了嗎？
3. 下禮拜你可以去，對吧？

2番 217 (五)第2回

M：誕生日(たんじょうび)パーティーの準備(じゅんび)、何(なに)か僕(ぼく)に手伝(てつだ)えることある？

1. 大丈夫(だいじょうぶ)。山田(やまだ)さんに頼(たの)んだから。
2. 何(なに)か注文(ちゅうもん)しましたか？
3. 何(なに)もしてくれないんです。

男：生日派對的準備，有什麼需要我幫忙的嗎？

1. 沒關係，我已經拜託山田了。
2. 你是否點了什麼？
3. 什麼都不幫我做。

3番 218 (五)第2回

F：山田(やまだ)さんが土曜日(どようび)、みんなでお花見(はなみ)でもどうかって。

1. いいですね。私(わたし)もぜひ。
2. 桜(さくら)がきれいでしたね。
3. 山田(やまだ)さんはどうして行(い)かないんですか。

女：山田說這個禮拜六大家一起去賞花。

1. 好啊，我也一定要去。
2. 櫻花好漂亮啊。
3. 山田為什麼不去？

4番 219 (五)第2回

M：林先生(りんせんせい)の絵(え)、もうご覧(らん)になりましたか。

1. いいえ、お目(め)にかかりませんでした。
2. ああ。あの絵(え)、素敵(すてき)でしたね。
3. あのう、絵(え)はまだ描(か)かれないんですか。

男：林老師的畫，您看過了嗎？

1. 沒有，我們沒有見面。
2. 有的，那畫真美啊！
3. 您畫還沒畫嗎？。

5番 220 (五)第2回

F：あれ？宮田(みやた)さんが来(こ)ないはずがないんだけどなあ。

1. 何(なん)で早(はや)く来(き)たんだろう。
2. 電車(でんしゃ)が遅(おく)れてるのかもしれないよ。
3. もう来(き)てるんだ。よかった。

女：誒？宮田應該不會還沒到啊！

1. 你怎麼這麼早來啊？
2. 電車可能誤點了。
3. 你已經來了啊，太好了。

6番 221 (五)第2回

F：すみません、このカタログ、いただいてもよろしいでしょうか。

1. ぜひ拝見(はいけん)させてください。
2. どうぞ、お持(も)ちください。
3. ええ、ぜひいただきます。。

女：不好意思，這個目錄我可以拿嗎？

1. 請務必讓我拜讀。
2, 敬請取用。
3. 好的，務必拿取。

7番 222 (五)第2回

M：週末(しゅうまつ)の映画(えいが)、ちっとも面白(おもしろ)くなくて。

1. いいよ。一緒(いっしょ)に行(い)こう。
2. そんなに面白(おもしろ)かったの？
3. 残念(ざんねん)だったね。

男：週末看的電影一點都不有趣。

1. 好啊，一起去。
2. 那麼有趣嗎？
3. 真遺憾。

8番 223 (五)第2回

F：村田(むらた)さんほどスポーツが得意(とくい)な人(ひと)はクラスにいないよ。

1. そうそう。あんな上手(じょうず)な人(ひと)、なかなかいないよね。
2. クラスで誰(だれ)が一番上手(いちばんじょうず)かな？
3. 村田(むらた)さんはスポーツが苦手(にがて)ってこと？

女：在班上沒人比村田運動還厲害喔。

1. 對啊，那麼厲害的人很少見呢！
2. 班上誰最厲害？
3. 你說村田不擅長運動？

9番 224 (五)第2回

M：まだ部屋(へや)を使(つか)いますから、冷房(れいぼう)はそのままつけといてください。

1. まだついていませんね。
2. あ、消(け)しちゃってごめんなさい。
3. じゃあ、消(け)しておきます。

男：我還要用房間，冷氣讓它開著。

1. 還沒打開。
2. 啊！我關掉了，對不起。
3. 那我就先關了。

㈤ 即時應答・第三回

1番 225（五）第3回

M：お腹（なか）ぺこぺこなんだけど、おにぎりか何（なに）か持（も）ってない？

1. おにぎりはだめなの？
2. パンでも食（た）べておいたら？。
3. パンならあるけど。

男：我肚子餓扁了，有飯糰或什麼的嗎？

1. 飯糰不行嗎？
2. 事先吃個麵包如何？。
3. 麵包的話，我是有。

2番 226（五）第3回

F：報告書（ほうこくしょ）は、月曜日（げつようび）までに部長（ぶちょう）に出（だ）しておくように。

1. はい、あとでご報告（ほうこく）お願（ねが）いします。
2. それでは部長（ぶちょう）に提出（ていしゅつ）させます。
3. 承知（しょうち）いたしました。

女：報告書請在禮拜一之前提交給經理。

1. 好的，麻煩你稍後提報告。
2. 那麼，我會請經理提交。
3. 好的，我知道了。

3番 227（五）第3回

M：よろしければ、駅（えき）までご案内（あんない）いたしましょうか。

1. すみません。ご案内（あんない）するのはどちらですか。
2. ごめんなさい、私（わたし）は案内（あんない）できませんが。
3. 申（もう）し訳（わけ）ありません。ではお願（ねが）いします。

男：方便的話，我帶您到車站好嗎？

1. 不好意思，要帶我去的是哪一位？
2. 對不起，我沒辦法帶你去。
3. 不好意思，麻煩你了。

4番 228（五）第3回

F：明日（あした）の企業（きぎょう）訪問（ほうもん）のことですが、社長（しゃちょう）から何（なに）か伺（うかが）っていませんか。

1. まだ聞（き）いてないんですよ。
2. いらっしゃると思（おも）いますよ。
3. いつでも私（わたし）が参（まい）ります。

女：明天的企業訪問，有聽社長說什麼嗎？

1. 還沒聽到社長說什麼耶。
2. 我想社長在。
3. 什麼時候我都會去。

5番 229 (五)第3回

F：コンビニ行くけど、何か買ってこようか。

1. じゃ、サンドイッチ、頼むよ
2. ついでにビール買ってくるよ。
3. 悪いけど、後では無理だよ。

女：我要去便利商店，要買些什麼回來嗎？

1. 那，麻煩你買三明治。
2. 那，我會順便買啤酒回來。
3. 不好意思，等一下不行喔。

6番 230 (五)第3回

M：前によく一緒に行ったラーメン屋、ずっと閉まってるんだよ。

1. えっ、そんなに早い時間に？
2. えっ、いつごろから？
3. えっ、今日から休み？

男：之前常去的拉麵店一直沒開喔。

1. 啊？在那麼早的時間？
2. 啊？什麼時候開始？
3. 啊？從今天開始沒開？

7番 231 (五)第3回

F：午前中にコピー頼んだんだけど、覚えてる？

1. あ、そこに置いてありますよ。
2. じゃあ、頼んでもいいですか。
3. ええ、コピーしていただきましたよ。

女：上午麻煩你影印的東西，你還記得？

1. 啊，我擺在那裡了。
2. 那麼我拜託你也可以嗎？
3. 是的，麻煩他幫我影印了喔。

8番 232 (五)第3回

M：この店のラーメン、これで一人分？これじゃ足りないですよね。

1. 本当、量少ないですね。
2. ちょっと多すぎますよね。
3. じゃ、二人で食べますか。

男：這家店的拉麵，這樣是一人份？這樣的話不夠吧？

1. 真的，量好少喔。
2. 有點太多了，是吧？
3. 那麼二個人吃？

9番 233 (五) 第3回

F：せっかくチケットくれたのに、風邪(かぜ)で行(い)けなくなってごめん。

1. そうだね、それは残念(ざんねん)だね。
2. 仕方(しかた)ないよ。気(き)にしないで。
3. 悪(わる)かったね。

女：難得你給我的票，我卻感冒不能去，對不起。

1. 是這樣。那真可惜。
2. 沒辦法，你別放在心上。
3. 不好意思，是我不好。

(五) 即時應答・第四回

1番 234 (五) 第4回

M：鈴木先輩(すずきせんぱい)、企画書(きかくしょ)できたんで、ちょっと見(み)てほしいんですけど。

1. 早(はや)く見(み)てもらえて、よかったね。
2. ほかに頼(たの)める人(ひと)がいなくて。
3. 私(わたし)でよければ、いいよ。

男：鈴木學姐，我做好了企劃書，您可以幫我看嗎？

1. 您可以快速幫我看，真是太好了。
2. 我沒有其他可以拜託的人。
3. 如果我來做可以的話。

2番 235 (五) 第4回

M：試験(しけん)の申(もう)し込(こ)みって、どこに出(だ)したらいいか知(し)ってる？

1. うちの学部(がくぶ)の事務室(じむしつ)に行(い)ってみたら。
2. 試験(しけん)ならどれでもいいと思(おも)うよ？
3. どれが人気(にんき)があるか知(し)らないなあ。

男：考試報名，要在哪裡報，你知道嗎？

1. 你去系辦公室看看。
2. 我想考試的話，哪裡都好。
3. 我不知道哪裡受歡迎。。

3番 236 (五) 第4回

M：体調悪(たいちょうわる)いんだって？今日(きょう)はもう帰(かえ)ったほうがいいんじゃない？

1. 山田(やまだ)さんも体調悪(たいちょうわる)いんですか。
2. じゃあ、休(やす)んでもらってもいいですか。
3. でも、まだ仕事(しごと)があるんです。

男：聽說你不舒服？今天要不要就回家休息？

1. 山田小姐也不舒服嗎？
2. 那麼，請你休息也可以嗎？
3. 可是，我還有工作。

4番 237 (五)第4回

M：来年(らいねん)、卒業論文(そつぎょうろんぶん)を書(か)くんだけど、何(なん)について書(か)いたらいいか、テーマ、なかなか決(き)められなくて。

1. できるだけ自分(じぶん)でテーマ、選(えら)んじゃいけないの？
2. 何(なに)について書(か)くか、テーマ、もう決(き)まってるんだね。
3. テーマ、決(き)めるのって難(むずか)しいよね？

男：明年我就要寫畢業論文了，要寫什麼好呢？我一直決定不了題目。

1. 盡可能自己選題目，不可以嗎？
2. 要寫什麼，題目已經決定好了對吧？
3. 決定題目好難啊，對吧？

5番 238 (五)第4回

M：暖房(だんぼう)つけてるんだったら、あの窓(まど)は閉(し)めたらどう？

1. そうだった、早(はや)く開(あ)けないと。
2. あ、開(あ)いてたんだ。
3. あれ？閉(し)まっていたの？

男：既然要開暖氣，那扇窗就關了吧？

1. 這樣的話，得早點打開。
2. 啊，開著啊？
3. 啊？關著嗎？

6番 239 (五)第4回

M：午後(ごご)からだとお客(きゃく)さん多(おお)いから、人(ひと)が少(すく)ないうちに買(か)い物(もの)行(い)かない？

1. じゃあ、すぐに出(で)よう。
2. ああ、もうお客(きゃく)さん多(おお)いのか。
3. お客(きゃく)さん、ずいぶん増(ふ)えちゃってるよ。

男：下午客人多，趁人少去買東西如何？

1. 那，我們就馬上出門吧！
2. 啊，已經客人多了啊？
3. 客人增加相當多了喔。

7番 240 (五)第4回

M：鈴木(すずき)さん、先(さき)ほどご覧(らん)になっていた本(ほん)、拝見(はいけん)させていただけませんか。

1. ええ、読(よ)んでくださいました。
2. ああ、これですか。かまいませんよ。
3. 私(わたし)も一度(いちど)拝見(はいけん)したいです。

男：鈴木小姐剛才您看的那本書，可以讓我看嗎？

1. 好的，您看了。
2. 啊，這個嗎？沒問題。
3. 我也想拜讀。

8番 241 (五) 第4回

M：コンビニ行ってくるけど、ついでに何か要る？

1. ううん、コンビニは行かないよ。
2. この手紙出しといてくれない？
3. 私は家にいるから、一人で行ってきてよ。

男：我要去一下便利商店，順便你有需要什麼嗎？

1. 不，我不要去便利商店喔。
2. 可以幫我寄這封信嗎？
3. 我會待在家裡，你一個人去吧！

9番 242 (五) 第4回

M：昨日、友達と食事の約束をしてたんだけど、1時間近くも待たされたよ。

1. 次は約束してから、行かなくちゃね。
2. ゆっくり食事できて、よかったね。
3. それじゃ、約束した意味ないね。

男：昨天我跟朋友約了吃飯，結果我等了將近1小時。

1. 下次得約好再去。
2. 太好了，可以慢慢地用餐。
3. 那樣就失去了約定的意義了。

(五) 即時應答・第五回

1番 243 (五) 第5回

M：今回送ってくれた商品、とても使いやすくなってました。

1. いやあ、改善してよかったです。
2. じゃあ、どこを修理しましょうか。
3. 値段が安くて、よかったです。

男：這次送來的商品變得很好使用。

1. 啊，改善了，真好！。
2. 那麼，要修理哪裡呢？
3. 價格變便宜了，太好了。

2番 244 (五) 第5回

F：眼鏡が見つからないんだけど、どこかになかった？

1. じゃあ、見つけたら教えて。
2. これじゃあ、見つけやすいよね。
3. さっきテーブルにあるの、見たけど。

女：我找不到我的眼鏡，你知不知道在哪？

1. 找到了跟我說。
2. 這樣的話容易找。
3. 我剛才看到在桌上。

3番 245 (五) 第5回

M：このお菓子、食べ出したらやめられなくなっちゃった。

1. 食べてしまわないでよ。
2. 食べたらおいしいよ。
3. 食べてから言ってよ。

男：這點心，我一開始吃就停不下來了。

1. 別全吃光啊！
2. 吃了覺得好吃喔。
3. 你吃過再說嘛！

4番 246 (五) 第5回

F ：どうぞ、おかけください。おいしいコーヒーいれますからね。

1. どうぞおかまいなく。
2. それはかまわないよ。
3. どうぞ召し上がってください。

女：您請坐，我來泡個好喝的咖啡。

1. 請您不要張羅了。
2. 那沒有關係喔。
3. 請您享用。

5番 247 (五) 第5回

F ：あのう、前にどこかでお目にかかったことありませんか。

1. えっ、前のほうに何かあるんですか。
2. いいえ、たぶんないと思いますが。
3. ああ、見たことがあります。

女：嗯，我們之前有在哪見過面嗎？

1. 之前有什麼事情嗎？
2. 不，我想應該沒有。
3. 嗯，我有看過。

6番 248 (五) 第5回

M：川野さんからデートに誘われたんだけど、どうしたらいいと思う？

1. 本当？すぐに返事したほうがいいよ。
2. 今度誘ってみたら？
3. じゃあ、後で聞いておくよ。

男：川野小姐提出要跟我約會，你覺得要怎麼辦？

1. 真的？快回覆她比較好喔。
2、你下次試著約她？
3. 那麼我等一下問她。

7番 249 (五) 第5回

F：木村さんのご出身は、どちらですか。

1. 京都の大学に通っています。
2. 生まれたのは福岡ですが、大阪で育ちました。
3. 東京と北海道へ行く予定です。

女：木村先生您是哪裡人？

1. 我上京都的大學。
2. 我在福岡出生，在大阪長大。
3. 我打算去東京及北海道。

8番 250 (五) 第5回

F：先月日本へ来たばかりなのに、日本語がお上手ですね。

1. ずっと国で勉強していましたから。
2. これから日本で日本語を勉強しますから。
3. 日本で英語を教えはじめたばかりですから。

女：您上個月才來日本，您的日文還真流利！

1. 我在我的國家就一直有學習了。
2. 今後我會在日本學日文。
3. 才剛開始在日本教英文。

9番 251 (五) 第5回

F：風が冷たくなったね。そろそろ雨が降ってもおかしくないよ。

1. 冷たいから、降ったんだね。
2. 本当、おかしいよね。冷たいけど、降らないんだね。
3. うん、降りそうだね。

女：風好冷！要說馬上就會下雨也不奇怪。

1. 好冷，下過雨了吧？
2. 真的好奇怪。好冷卻不下雨。
3. 嗯，快下雨了。

(五) 即時應答・第六回

1番 252 (五) 第6回

F：鈴木さん、夏休みの自由研究を手伝ってほしいんだけど。

1. そう、もう手伝わなくてもいいの？
2. ありがとう、じゃ、お願いするね。
3. ああ、すこし後ならできるけど。

女：鈴木，我的暑假自由研究，我希望你能幫我。

1. 這樣啊，可以不用幫忙嗎？
2. 謝謝，那麼麻煩你了。
3. 嗯，稍後的話是可以。

2番 253 (五)第6回

M：本日は遠くからおいでいただき、ありがとうございます。

1. いえ。私もやっと伺えて、うれしいです。
2. ようこそ、いらっしゃいました。
3. こちらこそ、またお会いしたいです。

男：感謝您遠道而來。

1. 不會的，我也很高興終於能與您見面。
2. 歡迎光臨。
3. 我也希望再次相會。

3番 254 (五)第6回

F：鈴木さんは成績もずっといいし、あの大学受けてみたらどうですか？

1. え、そんなに悪いんですか。
2. まだ勉強が足りないんでしょうか。
3. そうおっしゃるなら、考えてみます。

女：鈴木同學你的成績一直很好，要不要考考看那間大學？

1. 啊？那麼不好嗎？
2. 我還學習不足嗎？
3. 您這說麼，我會考慮看看。

4番 255 (五)第6回

F：あれ？宮田君の靴、紐が切れそうだよ。

1. あーあ、ここ切れちゃったね。
2. ああ、ほんとだ。ぜんぜん気が付かなかったよ。
3. 本当だ。紐がない。探してくれたの？ありがとう

女：啊！宮田你的鞋子的鞋帶就要斷了喔。

1. 啊～，這裡斷了啊。
2. 啊，真的耶，我完全沒發現。
3. 真的耶，鞋帶不見了。你幫我找了啊？謝謝。

5番 256 (五)第6回

M：しまった。自転車の鍵、かけずに来ちゃったかもしれない。

1. え、鍵かけちゃったの？
2. かけたなら、心配ないでしょ。
3. 戻ってみたほうが、いいんじゃない？

男：糟了，我可能腳踏車沒上鎖就過來了。

1. 啊？你上鎖了啊。
2. 既然上鎖了，就不用擔心了。
3. 回去看一下比較好吧？

6番 257 (五)第6回

M：資料(しりょう)の整理(せいり)、まだみたいだけど、もう遅(おそ)いし、明日(あした)でもかまいませんよ。

1. 申(もう)し訳(わけ)ありません。じゃあ、今日(きょう)はこれで。
2. そんなに早(はや)く片付(かたづ)けてくださったんですね。
3. ああ、今日中(きょうじゅう)に整理(せいり)しないといけませんね。

男：資料的整理似乎還沒完成。不過時間已晚，明天再做沒關係。

1. 很抱歉，那麼今天就到這裡。
2. 你這麼快就幫我整理好了啊！
3. 那麼得在今天之內整理完成對吧？

7番 258 (五)第6回

F：小山(こやま)さん、その機械(きかい)の使(つか)い方(かた)、よろしければ、私(わたし)に教(おし)えていただけませんか。

1. 私(わたし)に教(おし)えてくれるんですか。
2. ちょっと待(ま)ってもらってもいいですか。
3. どうぞ。いつでも使(つか)っていいですよ。

女：小山先生，是否可以請您教我這機器的使用方法？

1. 你要教我嗎？
2. 可以請你等我一下嗎？
3. 請用，什麼時候都可以使用喔。

8番 259 (五)第6回

M：映画(えいが)を見(み)るって約束(やくそく)、明日(あした)だっけ？

1. 今夜(こんや)よ。もう何度(なんど)も言(い)ったじゃない？
2. よかった、見(み)れるんですね。
3. あさってよ、もう一度(いちど)言(い)うはずよ。

男：我們約看電影是明天嗎？

1, 今天晚上啦！跟你說過好幾次了。
2. 太好了能夠看。
3, 是後天喔！應該會再說一次。

9番 260 (五)第6回

F：翻訳(ほんやく)してくれたこの文(ぶん)、ここだけ意味(いみ)がおかしくない？

1. ええ、私(わたし)が全部(ぜんぶ)できます。
2. はい、翻訳(ほんやく)はおもしろいです。
3. 本当(ほんとう)ですか。ちょっと確認(かくにん)します。

女：你幫我翻譯的這篇文章，就這裡意思是不是有點奇怪？

1. 是的，我會全部完成。
2. 是，翻譯很有趣。
3. 真的嗎？我確認一下。

(五) 即時應答・第七回

1番 261 (五)第7回

F：山本さん、ご無沙汰しております。偶然ですね。

1. ああ、しばらくですね。
2. ああ、ちょっと顔を出してみようと思って。
3. いいえ、結構です。

女：山本先生好久不見，真是巧啊！

1. 對啊，好一陣子沒見了。
2. 對啊，我想露個臉。
3. 不，不用了。

2番 262 (五)第7回

F：鈴木さん、最近教師らしくなってきたと思いませんか。

1. ええ、もうすぐ教師になるらしいですよ。
2. まるで教師みたいですね。
3. きっと仕事に慣れてきたんでしょうね。

女：你不覺得鈴木最近變得有老師的樣子了？

1. 對啊，好像就要當上老師了。。
2. 完全像老師一般。
3. 一定是習慣工作了。

3番 263 (五)第7回

F：今度、出張でヨーロッパに行くんだって、いいなぁ。

1. 本当忙しい出張だったよ。
2. じゃ、お土産買ってきてね。
3. 遊びじゃなくて、仕事だから。

女：聽說這次的出差是去歐洲，真好啊！

1. 真是趟忙碌的出差。
2. 那麼，要買伴手禮回來喔！
3. 又不是去玩，是去工作。

4番 264 (五)第7回

M：この荷物全部運ぶの、大変だけど、文句言っててもはじまらないよね。

1. じゃあ、とにかく言ってみよう。
2. きっと全部運ぶんだろうなあ。
3. やる前から諦めるつもり？

男：要將這些行李全搬完雖然很辛苦，但是你抱怨也無濟於事。

1. 那麼，反正無論如何試著說說看。
2. 一定會全部搬完。
3. 你打算做之前就先放棄？

5番 265（五）第7回

F：雪(ゆき)、やみそうにないですね。すぐに晴(は)れると思(おも)ったんですが。

1. これは、かなり積(つ)もりそうですね。
2. もうすっかりやみましたね。
3. 本当(ほんとう)だ。晴(は)れそうですね。

女：雪似乎沒有停的跡象，我以為馬上就要放晴了。

1. 看來是會積雪相當深。
2. 雪完全停了。
3. 真的，看來會放晴。

6番 266（五）第7回

F：今地図(いまちずみ)見たけど、やっぱり間違(まちが)ってない？この道(みち)。

1. 昔(むかし)はよく間違(まちが)えたよね。
2. 合(あ)ってると思(おも)ったんだけどなあ。
3. じゃ、地図(ちず)を書(か)いてみようか。

女：我現在看了地圖，果然這條路不對吧？

1. 以前我常常搞錯，對吧？
2. 我覺得應該是對的啊！
3. 那麼來畫個地圖吧！

7番 267（五）第7回

F：早(はや)く寝(ね)なきゃ。明日(あした)起(お)きられなくなるよ。

1. 寝(ね)られないから、早(はや)くするんだね。
2. 起(お)きようとしたんだけどね。
3. ああ、じゃあもう寝(ね)よう。

女：得早點睡，不然明天會起不來喔。

1. 睡不著所以要早一點，對吧？
2. 我有想要起來啊！
3. 啊，那麼就睡了吧！

8番 268（五）第7回

F：まだ時間(じかん)もあるし、どっか寄(よ)って帰(かえ)らない？

1. 試験(しけん)が近(ちか)いから、今日(きょう)はやめとく。
2. もっと時間(じかん)があったらいいね。
3. じゃあ、何時(なんじ)に家(いえ)を出(で)ようか。

女：也還有時間，要不要去哪裡？

1. 要考試了，今天就不要了。
2. 時間多一點就好了。
3. 那麼我們要幾點出門？

9番 269 (五)第7回

M：三上（みかみ）さん、部長（ぶちょう）が今会議室（いまかいぎしつ）に入（はい）るなって。

1. え？なんで入（はい）ったんでしょうか。
2. じゃあ、入（はい）らせてもらいます。
3. いつまで入（はい）れないんですか。

男：三上先生，部長說現在不要進會議室。
1. 啊？為什麼進去了？
2. 那麼我要進去了。
3. 幾點之前不能進去？

(五) 即時應答・第八回

1番 270 (五)第8回

M：山内（やまうち）さん、よろしければこれから飲（の）みにでも？

1. すみません。ごちそうさまでした。
2. 今日（きょう）は遠慮（えんりょ）しておきます。
3. それでは行（い）ってまいります。

男：山內先生，接下來我們去喝一杯？
1. 不好意思，承蒙您招待了。
2. 今天就不了。
3. 那麼我去去就來。

2番 271 (五)第8回

M：このシャツ、あちらのと、取（と）り替（か）えできますか。

1. はい、お借（か）りできますよ。
2. ええ、ご自由（じゆう）にお入（はい）りください。
3. はい、ただいまお持（も）ちします。

男：這件襯衫可以跟那件換嗎？
1. 是的，可以借。
2. 是的，請您隨意進入。
3. 好的，我現在就拿過來。

3番 272 (五)第8回

F：夏休（なつやす）みの研究（けんきゅう）、天気（てんき）について調（しら）べてみない？面白（おもしろ）そうだよ。

1. どんなところが面白（おもしろ）かったの？
2. 私（わたし）も興味（きょうみ）あって、これにしようと思（おも）ってたんだ。
3. 天気（てんき）を研究（けんきゅう）するらしいね。じゃ、早（はや）い方（ほう）がいいよね。

女：暑假的研究，調查天氣如何？好像很有趣喔。
1. 什麼地方有趣呢？
2. 我也有興趣，才打算要挑這個的。
3. 好像要研究天氣。那麼最好快一點。

4番 273 (五)第8回

F：先輩のおかげで、スピーチ、うまくいきました。

1. 困ったときはいつでも呼んでね。
2. 助けてくれて、ありがとう。
3. 今から聞いてあげるよ。

女：托學長之福，我的演講很順利。

1. 傷腦筋的時候隨時找我。
2. 謝謝你幫我。
3. 我現在幫你問。

5番 274 (五)第8回

F：原田さん、お父さんの仕事の都合で引っ越すことになったんだって。

1. お父さん、都合悪いのかなあ。
2. 原田さんの都合も聞かなくちゃね。
3. それは急なことだね。

女：聽說原田同學好像因為他爸爸的關係要搬家。

1. 他爸爸不方便啊？。
2. 得問問原田同學方不方便。
3. 那還真突然啊！

6番 275 (五)第8回

M：田中さん、来週社長が泊まるホテルの予約はもう済んでるよね？

1. えっ？予約しなくてもいいんですか。
2. すみません、朝からずっと会議に出てたので。
3. おとといお泊りになりました。

男：田中小姐，下禮拜社長要住的飯店你訂好了吧？

1. 啊？可以不用訂嗎？
2. 不好意思，我從早就一直在開會。
3. 前天入住了。

7番 276 (五)第8回

M：昨日三浦さんに会ったんですけど、今度のパーティーの参加を断られちゃったんです。

1. 昨日三浦さんに会っちゃったんだね。
2. 三浦さん参加するの？楽しみだね。
3. 行けない理由でもあるのかなあ。

男：昨天我跟三浦先生見了面，他拒絕參加這次的宴會。

1. 你昨天見了三浦先生啊？
2. 三浦會參加嗎？我好期待。
3. 他有什麼不能去的理由嗎？

8番 277 (五)第8回

M：借(か)りてたCDなんだけど、明日(あした)でも構(かま)わない？

1. 別(べつ)にいつでもいいよ。
2. 今日(きょう)か明日(あした)か覚(おぼ)えてないのよ。
3. じゃあ、いつ貸(か)したらいい？

男：我跟你借的CD，明天還你沒問題嗎？

1. 什麼時候都可以啊！
2. 我不記得是今天還是明天。
3. 那麼我要什麼時候借你？

9番 278 (五)第8回

F：さっき渡(わた)したジュース、もう飲(の)んじゃったの？

1. うん、全部(ぜんぶ)飲(の)んでもいいよ。おいしいから。
2. うん、コップ持(も)ってこようか？おいしそうだったから。
3. あ、ごめん。君(きみ)も飲(の)みたかった？おいしそうだったから、つい。

女：剛才拿給你的果汁你喝光了啊？

1. 嗯，你可以喝完，很好喝。
2. 嗯，我拿杯子來好嗎？看起很好喝。
3. 啊，對不起。你也想喝嗎？看起來很好喝，我就不由得喝完了。

解答

問題	回	1	2	3	4	5	6
問題（一）	第一回	3	1	4	4	2	3
	第二回	2	2	1	4	4	2
	第三回	4	1	1	3	2	4
	第四回	2	3	2	3	4	2
	第五回	1	4	1	3	1	2
	第六回	4	3	3	2	2	3
	第七回	3	3	1	4	4	2
	第八回	2	4	1	1	3	1

問題	回	1	2	3	4	5	6
問題（二）	第一回	4	1	3	4	2	1
	第二回	2	3	2	4	4	3
	第三回	4	3	1	2	4	3
	第四回	1	3	4	2	3	1
	第五回	1	2	2	4	4	3
	第六回	2	3	4	1	3	2
	第七回	4	4	2	3	4	2
	第八回	2	2	1	3	1	3

問題（三）	1	2	3
第一回	1	1	4
第二回	2	3	1
第三回	2	4	1
第四回	2	2	2
第五回	4	3	1
第六回	2	3	2
第七回	4	4	3
第八回	3	1	2
第九回	4	4	3
第十回	2	1	2

問題（四）	1	2	3	4
第一回	1	3	2	1
第二回	2	2	2	3
第三回	2	1	3	2
第四回	1	2	3	1
第五回	2	3	3	2
第六回	1	2	1	2
第七回	1	2	3	3
第八回	2	3	2	3

問題（五）	1	2	3	4	5	6	7	8	9
第一回	3	1	2	1	2	1	3	1	2
第二回	1	1	1	2	2	2	3	1	2
第三回	3	3	3	1	1	2	1	1	2
第四回	3	1	3	3	2	1	2	2	3
第五回	1	3	1	1	2	1	2	1	3
第六回	3	1	3	2	3	1	2	1	3
第七回	1	3	3	3	1	2	3	1	3
第八回	2	3	2	1	3	2	3	1	3